元史演義

蔡東藩 著

從劫紅顏得妻至誅逐奸邪

波瀾壯闊的元朝史詩　成則為王，敗則為寇　雄才定國，忠良扶主

天生英物正堪誇，鐵血只憑赤手拿
從鐵木真崛起到天下一統，基業全從百戰來

目錄

第一回　感白光孀姝成孕　劫紅顏異兒得妻　　005

第二回　擁眾稱尊創始立國　班師奏凱復慶生男　　013

第三回　女丈夫執旗招叛眾　小英雄逃難遇救星　　021

第四回　追失馬幸遇良朋　喜乘龍送歸佳耦　　029

第五回　合浦還珠三軍奏凱　穹廬返幕各族投誠　　037

第六回　鐵木真獨勝諸部　札木合復興聯軍　　045

第七回　報舊恨重遇麗姝　復前仇疊逢美婦　　053

第八回　四傑赴援以德報怨　一夫拚命用少勝多　　061

第九回　責汪罕潛師劫寨　殺脫里悇力興兵　　069

第十回　納忽山屏主亡身　斡難河雄酋稱帝　　077

第十一回　西夏主獻女乞和　蒙古軍入關耀武　　085

第十二回　拔中都分兵南略　立繼嗣定議西征　　093

第十三回　回酋投荒竄死孤島　雄師追寇窮極遐方　　101

第十四回　見角端西域班師　破欽察歸途喪將　　109

第十五回	滅西夏庸主覆宗　遭大喪新君嗣統	117
第十六回	將帥迭亡乞盟城下　后妃被劫失守都中	125
第十七回	南北夾攻完顏赤族　東西遣將蒙古張威	133
第十八回	阿魯思全境被兵　歐羅巴東方受敵	141
第十九回	姑婦臨朝生暗釁　弟兄佐命立奇功	149
第二十回	勤南略齎志告終　據大位改元頒敕	157
第二十一回	守襄陽力屈五年　覆厓山功成一統	165
第二十二回	漁色徇財計臣致亂　表忠流血信國成仁	173
第二十三回	征日本全軍盡沒　討安南兩次無功	181
第二十四回	海都汗連兵構釁　乃顏王敗走遭擒	189
第二十五回	明黜陟權姦伏法　慎戰守老將驕兵	197
第二十六回	皇孫北返靈璽呈祥　母后西巡臺臣匭奏	205
第二十七回	得良將北方靖寇　信貪臣南服喪師	213
第二十八回	蠻酋成擒妖婦駢戮　藩王入覲牝后通謀	221
第二十九回	誅奸慝懷寧嗣位　耽酒色嬖倖盈朝	229
第三十回	承兄位誅逐奸邪　重儒臣規行科舉	237

第一回
感白光孀姝成孕　劫紅顏異兒得妻

「成則為王，敗則為寇」，無論古今中外，統是這般見解，這般稱呼，這也是成敗衡人的通例。（起語已涵蓋一切。）唯我中國自黃帝以後，帝有五，王有三，歷秦、漢、晉、南北朝及隋、唐、五季、南北宋，雖未嘗一姓，畢竟是漢族相傳，改姓不改族。其間或有戎狄蠻貊，入寇中原，然亦忽盛忽衰，自來自去，如獫鬻，如嚴狁，如匈奴，不過侵略朔方，沒有什麼猖獗。後來五胡契丹、女真鐵騎南來，橫行腹地，好算得威焰熏天，無人敢當，但終不能統一中國；幾疑天限南北，地判華夷，中原全境，只有漢族可為君長，他族不能厠入的。誰知南宋告終，厓山盡覆，趙氏一塊肉，淹入貝宮，赤膽忠心的陸秀夫、張世傑、文天祥，或溺死，或被殺，蕩蕩中原，竟被那蒙古大汗，囊括以去。一朝天子一朝臣，居然做了八十九年的中國皇帝，這真是有史以來的創局！有的說是天命，有的說是人事，小子也莫名其妙，只好就史論史，把蒙古興亡的事實，演出一部元朝小說來。諸君細閱一周，自能辨明天命人事的關係了！（暗中注重人事，為現今國民下一針砭，是有心愛國之談。）

且說蒙古源流，本為唐朝時候的室韋分部，向居中國北方，打獵為生，自成部落。嗣後與鄰部構釁，屢戰屢敗，弄到全軍覆沒，只剩了男女數人，逃入山中。那山名叫阿兒格乃袞，層巒疊嶂，高可矗天，唯一徑可通出入，中有平地一大方，土壤肥美，水草茂盛。（不亞桃源）。男女數人，遂藉此居住，自相配偶，不到幾年，生了好幾個男女。有一男子名叫

乞顏，生得膂力過人，所有毒蟲猛獸，遇著了他，無不應手立斃。他的後裔，獨稱繁盛。（有此大力，宜善生殖）。土人叫他作乞要特，「乞要」即「乞顏」的變音，特字便是統類的意義。種類既多，轉嫌地狹，苦於舊徑蕪塞，日思開闢。為出山計，輾轉覓得鐵礦，洞穴深邃，大眾伐木熾炭，篝火穴中，又宰了七十二牛，剖革為筒，吹風助火，漸漸的鐵石盡熔。前此羊腸曲徑，坍的坍，塌的塌，忽變作康莊大道，因此衢路遂闢。（不借五丁，竟闢蠶叢，蜀主不能專美於前。）

數十傳後，出了一個朵奔巴延，（《元史》作托奔默爾根，《祕史》作朵奔篾兒干。）嘗隨乃兄都蛙鎖豁兒，出外游牧。一日到了不兒罕山，但見叢林夾道，古木參天，隱隱將大山籠住。都蛙鎖豁兒，向朵奔巴延道：「兄弟！你看前面的大山，比我們居住地，好歹如何？」朵奔巴延道：「這山好得多哩。我們趁著閒暇，去逛一會子何如？」都蛙鎖豁兒稱善，遂攜手同行，一重一重的走將進去。到了險峻陡峭的地方，不得已援著木，扳著藤，猱升而上，費了好些氣力，竟至山巔。兄弟兩人，揀了一塊平坦的磐石，小坐片刻。四面瞭望，煙雲繚繞，岫嶼迴環，彷彿別有天地。俯視有兩河縈帶，支流錯雜，映著那山林景色，倍覺鮮妍。（好一幅畫圖。）

朵奔巴延看了許久，忽躍起道：「阿哥！這座大山的形勢，好得很！好得很！我們不如遷居此地，請阿哥酌奪！」說了數語，未聞回答，朵奔巴延不覺焦躁起來，復叫了數聲哥哥，方聞得一語道：「你不要忙！待我看明再說！」

朵奔巴延道：「看什麼？」都蛙鎖豁兒道：「你不見山下有一群行人麼？」朵奔巴延道：「行人不行人，管他做甚！」都蛙鎖豁兒道：「那行人裡面，有一個好女兒！」朵奔巴延不待說畢，便說道：「哥哥痴了！莫非想那女子作妻室麼？」都蛙鎖豁兒道：「不是這般說，我已有妻，那女兒若未曾嫁人，我去與她說親，配你可好麼？」朵奔巴延道：「遠遠的恰有幾個人

影,如何辨別妍媸?」都蛙鎖豁兒道:「你若不信,你自去看明!」朵奔巴延少年好色,聞著有美女子,便大著步跑至山下去了。

看官到此,未免有一疑問,都蛙鎖豁兒見有好女,何故朵奔巴延獨云見得不清?原來都蛙鎖豁兒一目獨明,能望至數里以外,所以部人叫他一隻眼。他能見人所未見,所以命弟探驗真實,自己亦慢步下來。

那時朵奔巴延,一口氣跑到山下,果見前面來了一叢百姓,內有一輛黑車,坐著一位齊齊整整、嬝嬝婷婷的美人兒。想是天仙來了。不由的瞅了幾眼,那美人似已覺著,也睜著秋波,對朵奔巴延睃了一睃。(像煞吊膀子,可想這美人身品。)朵奔巴延竟呆呆立住。等到美人已近面前,他尚目不轉睛,一味的痴望。忽覺得背後被擊一掌,方扭身轉看,擊掌的不是別人,就是那親哥哥都蛙鎖豁兒。他也不遑細問,復轉身去看著美人,但聽得背後朗聲道:「你敢是痴麼!何不問她來歷?」朵奔巴延經這一語,方把痴迷提醒,忙向前問道:「你們這等人,從哪裡來的?」有一老者答道:「我等是豁里剌兒台篾兒干一家。當初便是巴兒忽真地面的主人。」朵奔巴延道:「這年輕女子,是你何人?」那老者道:「是我外孫女兒。」朵奔巴延道:「她叫什麼名字?」那老者道:「我名巴兒忽歹篾兒干。只生一個女兒,名巴兒忽真豁呵,嫁與豁里禿馬敦的官人。」朵奔巴延聽了這語,不覺長嘆道:「晦氣!晦氣!」便轉身向都蛙鎖豁兒道:「這事不成,我們回去罷!」(活繪出少年性急。)

都蛙鎖豁兒道:「你聽得未曾清楚,為何便說不成?」朵奔巴延道:「他說的名字,什麼巴兒豁兒,我恰記不得許多,只他女兒確曾嫁過了。」都蛙鎖豁兒道:「瞎說!他說的是他女兒,並不是他外孫女兒!」朵奔巴延想了一想,才覺兄言果確。便道:「阿哥耳目聰明,還是請阿哥問他為是。」於是都蛙鎖豁兒前行一步,與老者行了禮,問明底細,方知美人的名字,叫做阿蘭郭斡。(舊作阿蘭果火,《元史》作阿倫果斡,《祕史》作阿蘭豁

阿。）且由老者詳述來歷。因豁里禿馬敦地面，禁捕貂鼠等物，所以投奔至此。都蛙鎖豁兒道：「這山已有主人麼？」那老者道：「這山的主人，叫做嗮赤伯顏。」都蛙鎖豁兒道：「這也罷，但不知你外孫女兒曾否字人？」老者答稱尚未，都蛙鎖豁兒便為弟求親。老者約略問了姓氏家居，去對那外孫女兒說明。

這時候的朵奔巴延，眼睜睜望著美人兒，只望她立刻允許，誰知這美人偏低頭無語。（故作反筆，妙）。尋由老者說了數語，那美人竟臉泛桃花，越覺嬌豔，好一歇，（急殺朵奔巴延。）方蒙這美人點首。（蒙字妙。）朵奔巴延喜出望外，不待老者回報，急移步走至老者前，欲向老者行甥舅禮，不意被乃兄伸手攔住。朵奔巴延退了一二步，心中還恨著阿哥。嗣經老者與都蛙鎖豁兒說明允意，才由都蛙鎖豁兒叫過朵奔巴延，謁過老者。復訂明迎婚日期，方分手告別。

朵奔巴延在途次語兄道：「他既肯把好女兒嫁我，為何今日不繳與我們，恰還要捱延日子？」（急色兒）。都蛙鎖豁兒道：「你不是強盜，難道便搶劫不成！」朵奔巴延才噤口無言。

過了數天，都蛙鎖豁兒撿出鹿皮二張，豹皮二張，狐皮二張，鼠獺皮數張，裝入車中，令朵奔巴延著了喜服，率著車輛僕役，至不兒罕山迎婚。自晝至夕，已將美人兒迎回，對天行過夫婦禮，擁入房幃。這一夜的歡娛，不消細述。嗣後一索得男，再索復得男，長子取名布兒古訥特，次子取名伯古訥特。（《元史》作布固合塔臺及博克多薩勒，《蒙古源流》作伯勒格特依及伯袞德依。）兩兒尚未長成，不意乃兄都蛙鎖豁兒竟一病身亡。

都蛙鎖豁兒生有四子，統是倔強得很，不把那朵奔巴延作親叔叔般看待。朵奔巴延氣憤填胸，帶著一妻二子，至兄墓前哭了一場，便往不兒罕山居住。晝逐牲犬，夜對妻孥，倒也快活自由。老天無意做人美，偏偏過

了數年，朵奔巴延受了感冒，竟爾臥床不起。臨終時，與嬌妻愛子，訣了永別，又把那善後事宜，囑託那襟夫瑪哈賚，一聲長嘆，奄然逝世了。（人人有此結果，何苦貪色貪財。）

朵奔巴延既死，那阿蘭郭斡青年寡偶，寂寂家居，免不得獨坐神傷，唏噓終日。幸虧瑪哈賚體心著意，時常來往，所有家事一切，盡由他代為籌辦，所以阿蘭郭斡尚沒有什麼苦況，做日和尚撞日鐘，也覺得破涕為笑了。（寓意於微。）

轉瞬一年，阿蘭郭斡的肚腹，居然膨脹起來，俄而越脹越大，某夕，竟產下一男。說也奇怪，所生男子，尚未斷乳，阿蘭郭斡腹脹如故，又復產了一男。旁人議論紛紛，那阿蘭郭斡毫不在意，以生以養，與從前夫在時無異。偏這肚中又要作怪，膨脹十月，又舉一男。臨產時，祥光滿室，覺有神異，乳兒啼聲，亦異常人。阿蘭郭斡很是欣慰，頭生子名不衷哈搭吉，次生子名不固撒兒只，第三子名孛端察兒。蒙古人種，目睛多作慄黃色，獨孛端察兒灰色目睛，甫越週年，即舉止不凡，所以阿蘭郭斡特別鍾愛。

獨古訥特兩兄弟，年已長成，背地裡很是不平，嘗私語道：「我母無親房兄弟，又無丈夫，為何生了這三個兒子？家內獨有襟丈往來，莫不是他生的麼？」說著時，被阿蘭郭斡聞知，便叫二子一同入房，密語道：「你等道我無夫生子，必與他人有私情麼？哪裡知道三個兒子，是從天所生的！我自你父亡後，並沒有什麼壞心，唯每夜有黃白色人，從天窗隙處進來，將我腹屢次摩挲，把他的光明，透入我腹，因此懷著了孕，連生三男。看來這三子不是凡人，久後他們做了帝王，你兩人才識得是天賜！」（欺人乎？欺己乎？）

吉訥特兩兄弟，彼此相覷，不出一詞。阿蘭郭斡復道：「你以為我捏謊麼？我如不耐寡居，何妨再醮，乃作此曖昧情事！你若不信，試伺我數

夕，自知真假！」古訥特兄弟應聲而出。是夕，果見有白光閃入母寢，至黎明方出。於是古訥特兄弟也有些迷信起來。（我卻不信）。

到了孛端察兒已越十齡，阿蘭郭斡烹羊炰羔，斗酒自勞，一面令五子列坐侍飲。酒半酣，便語五子道：「我已老了，不能與你等時常同飲，但你五人都是我一個肚皮裡生的，將來須要和睦度日，幸勿爭鬧！」語至此，顧著孛端察兒道：「你去攜五支箭來！」孛端察兒奉命而往，不一刻即將五支箭呈奉。阿蘭郭斡即命餘子起立，教他各折一箭，五人應手而斷。阿蘭郭斡復令把五支箭簳，束在一處，更叫他們輪流折箭。五人按次輪著，統不能折。阿蘭郭斡微笑道：「這就是單者易折，眾則難摧的語意。」（魏書《吐谷渾傳》，其主阿豺曾有此語，不識阿蘭郭斡何亦知此。）五子拱手聽命。

又越數年，阿蘭郭斡出外遊玩，偶然受了風寒，遂致發寒發熱。起初還可勉強支持，過了數日，已是困頓床褥，羸弱不堪。阿蘭郭斡自知不起，叫五人齊至床側，便道：「我也沒有什麼囑咐，但折箭的事情，你等須要切記，不可忘懷！」言訖，瞑目而逝。（想是神人召去。）

五子備辦喪禮，將母屍斂葬畢，長子布兒古訥特，創議分析，把所有家資，作四股均派，只將孛端察兒一人擱起，分毫不給。孛端察兒道：「我也是母親所生的，如何四兄統有家產，我獨向隅！」布兒古訥特道：「你年尚少，沒有分授家產的資格。家中有一匹禿尾馬，給你就是！你的飲食，由我四家擔任。何如？」孛端察兒尚欲爭論，偏那諸兄齊聲贊同，料知彼眾我寡，爭亦無益。

勉強同住了數月，見哥嫂等都甚冷淡，不由的懊惱道：「我這裡長住做什麼？我不如自去尋生，死也可，活也可！」（頗有丈夫氣。）遂把禿尾馬牽出，騰身上馬，負著弓矢，挾著刀劍，順了斡難河流，揚長而去。

到了巴爾圖鄂拉，（鄂拉，蒙古語，山也。）望見草木暢茂，山環水

繞，倒也是個幽靜的地方。他便下了騎，將禿尾馬拴著樹旁。探懷取刀，順手斬除草木，用木作架，披草作瓦，費了一晝夜工夫，竟築起一間草舍。腰間幸帶有乾糧，隨便充飢。次日出外瞭望，遙見有一隻黃鷹，攫著野鶩，任情吞噬。他眉頭一皺，計上心來，就拔了幾根馬尾，結成一條繩子，隨手作圈，靜悄悄的躡至黃鷹背後；巧值黃鷹昂起頭來，他順手放繩，把鷹頭圈住，牽至手中，捧住黃鷹道：「我子身無依，得了你，好與我做個夥伴，我取些野物養你，你也取些野物養我，可好麼？」黃鷹似解他語言，垂首聽命。孛端察兒遂攜鷹歸來，見山麓有一狼，含住野物，踉蹌奔趨。他就從背後取出短箭，拈弓搭著，颼的一聲，將狼射倒。隨取了死狼，並由狼吃殘的野物，一併挾著，返至草舍。一面用薪煨狼，聊當糧食，一面將狼殘野物，豢給黃鷹。這黃鷹兒恰也馴順，一豢數日，竟與孛端察兒相依如友。有時飛至野外，搏取食物，即啣給孛端察兒。孛端察兒欣慰非常，與黃鷹生熟分食。

　　轉瞬間已過殘冬。到了春間，野鶩齊來，多被黃鷹搏住，每日可數十翼，吃不勝吃，往往掛在樹上，由他乾臘。只有時思飲馬乳，一時無從置辦。孛端察兒登高遙望，見山後有一叢民居，差不多有數十家，便徒步前行，徑造該處乞奶漿。該處的人民，起初不肯，嗣經孛端察兒與他熟商，願以野物相易，因得邀他應允。自是無日不至該地，只兩造名姓，彼此未悉。

　　適同母兄不衷哈搭吉憶念幼弟，前來尋覓。先至該地探問，居民說有此人，惜未識姓氏住址。不衷哈搭吉尚在盤詰，不期有一偉少年，臂著鷹，跨著馬，得得而至。那居民譁然道：「來了，來了！」不衷哈搭吉回首一望，那少年不是別人，便是幼弟孛端察兒。當下兩人大喜，握手相見，各敘別後情形。不衷哈搭吉勸弟回家，孛端察兒先辭後允，遂與不衷哈搭吉返至草舍，約略收拾，即日起行。自此該地無孛端察兒蹤跡。

誰知過了數日，該地有一懷妊婦人正在河中汲水，忽見孛端察兒帶了壯士數名，急行而來，婦人阻住道：「你莫非又來吃馬奶麼？」孛端察兒道：「不是，我邀妳到我家去。」婦人道：「邀我去做什麼？」正詰問間，不防孛端察兒伸出兩手，竟將她抱了過去，那時連忙叫喊，已是不及。（奇兀得很。）小子嘗吟成一詩道：

　　天道非真善者昌，胡兒得志便猖狂；
　　強權世界由來久，盜賊居然育帝王！

未知這婦人性命如何？且看下回分解。

本回為全書弁冕，敘述蒙古源流，為有元之所自始。按《元史·太祖本紀》，載阿掄果斡（即阿蘭郭斡）事，謂其夫亡寡居，夜寢帳中，夢白光自天窗入，化為金色神人，來趨臥榻，驚覺遂有娠。產一子名孛端察兒。《源流》謂夢一偉男與之共寢，久之生三子。《祕史》謂黃白色人，將肚皮摩挲。是姑勿論，唯史家於帝王肇興，必述其祖宗之瑞應。姜嫄履敏，劉媼夢神，真耶幻耶？未足盡信。本書即人論人，就事敘事，言外寓意，不即不離，至描摹朵奔巴延，暨孛端察兒處，尤覺得一片天真，口吻俱肖。庸庸者多厚福，意者其或然歟！末後一結，兔起鶻落，益令人匪夷所思。

第二回
擁眾稱尊創始立國　班師奏凱復慶生男

　　卻說孛端察兒抱住該婦，疾行而歸。該地居民，聞有暴客，競來趨視，不意強人蜂擁到來，各執著明晃晃的刀仗，大聲吶喊，動者斬，不動者免死。居民見這情形，都錯愕不知所為。有幾個眼快腳長，轉身逃走，被那強人大步趕上，刀劍齊下，統變作身首兩分。大眾特別恟懼，只好遵令不動。強人遂把他們一一反剪，復將該民家產牲畜，劫掠殆盡，方帶了人物，一概回寨。

　　看官到此，幾不辨強徒何來，待小子一一交代。原來孛端察兒隨兄歸去時，途次語兄道：「人身有頭，衣裳有領，無頭不成人，無領不成衣。」（奇語）。不袞哈搭吉茫然莫辨，待孛端察兒唸了好幾遍，方詰問道：「你唸什麼咒語？」孛端察兒答道：「我說的不是咒語，乃是目前的好計。」不袞哈搭吉續問底細，孛端察兒道：「哥哥你到過的地方，雖有一叢百姓，恰無領袖管束。若把他子女財產，統去擄來，那時有妻妾，有奴隸，有財寶，豈不是快活一生麼！」（確是盜賊思想。）不袞哈搭吉道：「你說亦是，待回去與弟兄商量。」

　　孛端察兒非常高興，與阿哥急趨到家。既入門，見了布兒古訥特等人，不但忘卻前仇，便提議搶劫的事情。布兒古訥特素性嗜利，連忙稱善。頓時興起家甲，命孛端察兒做頭哨，不袞哈搭吉及不固撒兒只做二哨，自己與同父弟伯古訥特做後哨，陸續前進。孛端察兒趨入該地，先將一孕婦搶劫歸來；至不袞哈搭吉兄弟，暨布兒古訥特兄弟掃盡民居，返入

寨中。檢點手下從人，不缺一名，只少了孛端察兒。當下問明妻女，方知孛端察兒早已馳歸，與抱住的婦人，入帳取樂去了。

布兒古訥特道：「且暫由他，現在是發落該民要緊。」當下命家役牽入俘虜，問他願充僕役否。該民被他威嚇，統已神疲骨軟，只好唯唯聽命。布兒古訥特便命放綁，令他散住帳外，靜候號令。該民含淚趨出。復將搶來的家產牲畜，安置停當。

是時孛端察兒方慢慢的踱將出來。（大約是疲倦了。）布兒古訥特道：「你好！你好！青天白日，便做那鴛鴦勾當！」孛端察兒道：「哥哥等都有嫂子，難道為弟的不能納婦？」布兒古訥特正思回答，忽見一婦人徐步至前，紅顏半暈，綠鬢微鬆，只腹間稍稍隆起，未免有些困頓情狀。布兒古訥特道：「好一個婦人，不愧做我弟婦！」言下便問她名氏，那婦人便喘吁吁的答道：（喘吁吁三字，摹繪最佳。）「我叫做勃端哈屯，是札兒赤兀人氏。」說著時，已由孛端察兒叫她拜見諸兄，婦人勉強行過了禮，即返入後帳。

布兒古訥特道：「你有這個美婦，我等沒有，奈何！」孛端察兒道：「俘虜中也有幾個好婦女，何不叫她入侍？」布兒古訥特道：「不錯！」便與兄弟四人，出了帳，揀了幾名美人兒，帶回侍寢。幾個婦女，本沒有什麼名節，況經他威脅勢迫，哪裡還敢抗拒，只好由他擁抱尋歡。可見世人不能獨立，做了他族的奴隸，男為人役，女為人妾，是萬萬不能逃避的！（暮鼓晨鐘，請大眾聽著。）

這且休表。且說孛端察兒的妻室，懷孕滿月，生下一子，名札只剌歹。（《源流》作斡齊爾台。）旋由孛端察兒所產，再生一男，名巴阿里歹。兩男生後，那婦人華色已衰，孛端察兒又從他處娶了一婦，復把那陪嫁來的女傭，據為己妾。（任情縱慾，有何道德。）後妻生子合必赤，妾生子沾兀列歹，合必赤子名土敦邁寧。（《祕史》作篾年土敦。）土敦邁寧

生子甚多,約有八九人。(《元史》謂八子,《譯文證補》謂九子。)嗣是滋生日蕃,氏族愈眾。五傳至哈不勒,拓土開疆,威勢頗盛,各族推他為蒙古部長,稱名哈不勒汗。

是時金邦全盛,併有遼地,復興兵南下,據三鎮,(中山、太原、河間三鎮)。入兩河,直搗宋都,擄徽、欽二帝,且追宋高宗至杭州,一意前進,不暇後顧。哈不勒汗乘這機會,擁眾稱尊,隱隱有雄長朔方的意思。金主晟聞他英名,遣使宣召,命他入朝。哈不勒汗遂帶著壯士數名,乘了駿馬,趨入金京。謁見畢,金主晟見他狀貌魁梧,頗加敬禮。每賜宴,飭臣下殷勤款待。哈不勒汗恐飲食中毒,嘗託詞沐浴,離席至他處,嘔吐食物,乃復入席。因此百觥不醉,八箴無餘。金人多豪飲善啖,非常詫異。

一日在殿上筵宴。哈不勒汗連飛數十觴,遂有醉意,不覺酒興大發,手舞足蹈起來。舞蹈才罷,復大著步直至帝座,捋金主須。(不脫野蠻舊習。)那時廷臣都欲來殺哈不勒汗的呼叱聲、劍佩聲,雜沓一堂。虧得金主度量過人,和顏悅色道:「你且去入席,不要上來!」哈不勒汗方才知過,惶恐謝罪。金主復諭道:「這是小小失儀,不足為罪。」當下賜他帛數端,馬數匹,令即返蠻。哈不勒汗稱謝而出,便揚鞭就道,直回故寨。無如金邦的大臣,統說哈不勒汗懷有歹意,此時不除,必為後患。金主初欲懷柔遠人,厚贈遣歸,嗣被廷臣慫恿,眾口一詞,也未免有些懷疑,遂遣將士兼程前進,追還哈不勒汗。哪知哈不勒汗已有戒心,早風馳電掣的回到寨中。待至金使到來,他卻抗顏對使道:「你國是堂堂的大國,你主是堂堂的君長,昨日遣我歸,今又令我去,出爾反爾,是何道理!這等叫做亂命,我不便依從!」(這言頗有至理。)金將見他辭意強橫,只好怏怏而歸。

不數日,金使又到,適值哈不勒汗出獵未返,他婦翁吉拉特氏,率眾

歡迎，把自居的新帳，讓金使暫住。至哈不勒汗歸來，聞著這事，便語他妻室及部眾道：「金使到此，定是又來召我，欲除我以絕後患，我與他不能兩立，有他無我，有我無他；為今日計，不如將他殺卻，先洩我忿！」部眾不答，哈不勒汗道：「你等莫非懷有異心麼？你等若不助我殺金使，我當先殺你等！」言畢，怒髮直豎，鬚眉戟張，部眾忙稱遵命。哈不勒汗遂一馬當先，馳入帳中，手起刀落，把金使砍為兩段。金使的侍從，出來抗拒，被部眾一同趕上，殺得一個不留。（先下手為強。）

這消息傳達金廷，金主大怒，遣萬戶胡沙虎率兵往討。胡沙虎本是個沒用的傢伙，一入蒙古境內，不諳道里，不知兵法，只是一味的亂撞。那哈不勒汗很是能耐，率部眾避伏山中，堅壁不出。胡沙虎往來蒙地，不見一人，日久糧盡，只好勒兵回國。不意出了蒙境，那蒙兵卻漫山遍野的追來。看官，你想這時的胡沙虎還有心戀戰麼？當時你逃我竄，被蒙古兵大殺一陣。可憐血流山谷，屍積道塗，胡沙虎勒馬先逃，還算保全首領。（金人出手就是獻醜，已為金亡元興張本。）哈不勒汗得此大勝，遂仇視金邦，益發秣馬厲兵，專待金兵再到，與他廝殺。會金主晟謝世，從孫亶嗣位，因從叔撻懶專權，與叔父兀朮密謀，誘殺撻懶。撻懶遺族逃往漠北，至哈不勒汗處乞師復仇。哈不勒汗有隙可乘，自然應允。嗣是連寇金邊，把西平、河北二十七團寨，陸續攻取。金主亶聞邊疆被侵，遂與南宋議和，催歸將士，專顧北防。（螳螂捕蟬，不知黃雀已在其後）。其時金邦的百戰能臣，要算皇叔兀朮。自南歸國，奉了主命，出征蒙古，滿望馬到成功，誰知大小數十戰，遷移一二年，猶是勝負未分，相持莫決。（語所謂強弩之末，不能穿魯縞者，兀朮是已。）兀朮恐師老財匱，致蹈胡沙虎覆轍，遂決計議和；把西平、河北二十七團寨，盡行割與，又每歲給他牛羊若干頭，米豆若干斛，並冊哈不勒為蒙兀國王，方得罷兵修好。這是宋高宗紹興十七年間的事情。（有史可考，乃編年以清眉目。）

哈不勒汗生有七子，到年老病危時，偏叫他從弟俺巴孩進來，奉承國統，又囑諸子敬奉從叔，不得違命。諸子一律遵囑，哈不勒汗才瞑目去世了。

俺巴孩嗣立後，國勢如舊。會哈不勒汗的妻弟，名叫賽因特斤，偶罹疾病，往鄰近塔塔兒部，聘一巫者療治，日久無效，竟至歿世。家眾因巫者無靈，將他斬首。塔塔兒人不肯干休，遂興兵復仇。哈不勒汗七子，聞母族被兵，立率部眾往援。兩下酣鬥起來，哈不勒汗第六子合丹，（《祕史》作合答安。）驍健善戰，手持長槍一桿，所向無前。塔塔兒酋木禿兒不及防備，竟被合丹刺於馬下，幸部眾奮力搶救，方得暫保性命。醫治一載，才得痊癒，再發兵進攻，鏖戰兩次，絲毫不能取勝。到著末的一戰，塔塔兒部大敗，木禿兒仍死於合丹手下。

塔塔兒人陰圖雪憤，陽為乞和，一味甘言重幣，來哄這俺巴孩。俺巴孩信以為真，竟與塔塔兒結親，願將愛女嫁與該部嗣酋，（仇人之子，招為女夫，俺巴孩也太不小心。）自己送女成禮，到了塔塔兒部，不防伏兵四起，將父女一概擄去。哈不勒汗長子斡勤巴兒哈合，聞俺巴孩被搶，忙至塔塔兒部索還，並責他無禮。塔塔兒部不由分說，復將斡勤巴兒哈合拘住，一併送與金邦。

金人正懷宿忿，將俺巴孩釘住木驢背上，令他輾轉慘斃。俺巴孩令從人布勒格赤，告金主道：「你不能以武力獲我，徒借他人手下置我死地；又用這般慘刑，我死，我的子姪很多，必來復仇。」金主大怒，把斡勤巴兒哈合亦加死刑。並縱布勒格赤使還，令他歸告族眾，速即傾國前來，決一雌雄。

布勒格赤歸國，會議復仇，立哈不勒第四子忽都剌哈為汗，合寨齊起，攻入金界。金人殺他不過，高壘固守。忽都剌哈汗屢攻不克，方大掠而歸。蒙俗以尚武為本旨，忽都剌哈汗勇武絕倫，力能折人為兩截，每食

能盡一羊，聲大如洪鐘，每唱蒙兀歌，隔七嶺猶聞彼聲，因此嗣位數年，威名益振。他於子姪輩中，獨愛也速該，（《元史》作伊蘇克依。）嘗謂此兒英武，不亞自己，遂有傳統的意思。

也速該父名把兒壇把阿禿兒，係哈不勒汗次子，忽都剌哈汗仲兄。把兒壇生四男，長名蒙格禿乞顏，次名捏坤太石，三子即也速該，最幼的名答里台幹惕赤斤。也速該少有膂力，善騎射，能彎七石弓，也是個殺人不翻眼的魔星。他平時嘗在斡灘河畔遊獵，所得禽獸，比他人為多。到年將弱冠時，想得個美貌婦女作為配偶，無如部落中少有麗姝，所以因循遷延。

一日，又往斡灘河放鷹，遇著一男騎馬，一婦乘車，從河曲行來。那婦人生得秋水為眉，芙蓉為骨，映入也速該眼中，確是生平罕見。（冶容誨淫。）他即迎上前道：「你等是何方的人民？來此做甚？」那男子道：「我是蔑里吉部人，（《元史》稱蔑里吉為默爾奇斯。）名叫客赤列都。」也速該復指著婦人道：「這是你何人？」那男子道：「這是我的妻室。」也速該懷著鬼胎，便撒謊道：「我有話與你細說，你且少待，我去去就來。」那男子正要問他緣故，他已三腳兩步似飛的去了。

不一刻，遙見也速該率著壯士兩人，疾奔而來。那男子不覺心慌，忙語婦人道：「他有三人同來，未知吉凶若何？」婦人遠遠一瞧，也覺得著急起來，便道：「我看那三人的顏色，好生不善，恐要害你性命。你快走去！你若有性命呵，似我這般婦女很多哩，將來再娶一個，就喚做我的名字便是。」說罷，就脫下衣衫，與男子做個紀念。那男子方才接著。也速該三人已到，男子撥馬就走。也速該令弟守著婦人，自與仲兄捏坤太石趕這男子，跑過七個山頭，那男子已去遠了。

也速該偕兄同返，牽住婦人的乘車，令兄先行，飭弟後隨。那婦人帶哭帶語道：「我的丈夫向來家居，不曾受著什麼驚慌。如今被你等逐走，

扒山過嶺，何等艱難。你等良心上如何過得去！」也速該笑道：「我的良心是最好的，逐去妳的丈夫，再還妳的好丈夫！」（調侃得趣）。那婦人越加嚎啕，幾乎把河內的川流，山邊的林木，都振動了。答里台斡惕赤斤道：「妳丈夫嶺過得多了，水也渡得多了，你哭呵，他也不回頭尋妳，就使來尋，也是不得見了。妳住聲，休要哭！我們總不虧待妳！」婦人方漸漸止啼。

到了帳中，也速該便去稟知忽都剌哈汗。忽都剌哈汗道：「好！好！就給你為妻罷。」那婦人又哭將起來，忽都剌哈汗道：「我是此處國王，他是我的愛姪，將來我死後，他便接我的位置，妳給他為妻，豈不是現成的夫人麼！」婦人聞著夫人兩字，心中也轉悲為喜，眼中的珠淚，立刻停止。（到底水性楊花。）當下忽都剌哈汗，令該婦入後帳整妝，安排與也速該成婚。也速該喜不自禁，至與該婦交拜後，挽入洞房，燈下細瞧，比初見時更為美豔。那時迫不及待，便擁該婦同寢。歡會後問婦姓名，方知叫做訶額侖。（《元史》作諤楞，《源流》作烏格楞。）自此朝歡暮樂，幾度春風，竟由訶額侖結下珠胎，生出一個大名鼎鼎的人物來。（迤邐寫來，與朵奔巴延暨孛端察兒得婦時，又另是一種筆墨。）

忽都剌哈汗因伐金無功，復思往討塔塔兒部。也速該願為前鋒，當即點齊部眾，浩浩蕩蕩的殺奔塔塔兒部。塔塔兒部恰也預防，聞報也速該到來，忙令鐵木真兀格及庫魯不花兩頭目率眾抵禦。也速該怒馬直前，無人敢當。鐵木真出來阻攔，與也速該戰了數合，一聲吆喝，已被也速該隻手擒來。庫魯不花急忙趨救，也速該故意奔還，等到庫魯不花追至馬後，他卻扭轉身來，將手中握定的長槍，刺入庫魯不花的馬腹，那馬受傷墜地，眼見得庫魯不花也隨撲地下。蒙古部眾，霎時齊集，將庫魯不花活擒了去。那時塔塔兒部大加恟懼，忙選了兩員健將，前來抵敵。一個名叫闊湍巴剌合，一個名叫札里不花，兩將頗有智勇，料知也速該藝力過人，不可

小覷,便用了堅壁清野的法子,來困也速該。(的是好計。)也速該無計可施,憤急得了不得,會後隊兵到,又會同進攻,也是沒效。俄聞忽都剌哈汗罹疾,只得奏凱班師。

到了迭里溫盤陀山,見他阿弟到來向也速該賀喜。也速該道:「出師多日,只拿住敵酋兩名,不能報我大仇,有何足賀!」阿弟道:「擒住敵人,已是可喜,還有一椿絕大的喜事,我的嫂子,已產下一個麟兒了!」也速該道:「果真麼?」小子又有一詩道:

天生英物正堪誇,鐵血只憑赤手拿。

古有名言今益信,深山大澤出龍蛇。

欲知也速該得子情形,且由下回交代。

搶掠劫奪,是他們慣技,如孛端察兒以下,何一不作如是觀!唯哈不勒汗粗豪闊達,頗有英雄氣象,所以蒙兀得以建國。也速該劫婦懷胎,偏產出一大人物,豈朔方果為王氣所鍾耶?本回夾敘夾寫,斐然成章,而命意則全為成吉思汗蓄勢,如看山然,下有要穴,則上必有層巒疊嶂;如觀水然,後有洪波,則前必有曲澗重溪。大筆淋漓,不落小家氣象。

第三回
女丈夫執旗招叛眾　小英雄逃難遇救星

卻說也速該班師回國，也速該的兄弟及妻室訶額侖，統遠道出迎。至迭里溫盤陀山前，訶額侖忽然腹痛，料將生產，遂就山腳邊暫憩。不多時，即行分娩，產了一個頭角崢嶸的嬰兒，大眾都目為英物。還有一種怪異，這嬰孩初出母胎，他右手卻握得甚緊，由旁人啟視，乃是一握赤血，其色如肝，其堅如石，大家莫識由來，只說他是吉祥預兆。（分明是個殺星。）是兒生後，巧值也速該到來。由他阿弟詳報，也速該似信非信，忙即過視訶額侖母子。訶額侖雖覺疲倦，猶幸丰姿如舊，及瞧這嬰兒形狀，果然奇偉異常，雙目且炯炯有光。也速該不禁大喜，便道：「我此番出征，第一仗便擒住鐵木真，是我生平第一快事。今得此兒，也不妨取名鐵木真，（亦作鐵木真，《元史》作特種津。）留作後來紀念。」大眾很是贊成。

當下摯眷同歸，省視忽都剌哈汗疾病，已覺危急萬分，也速該不覺淚下。（就是喜極生悲的影子。）忽都剌哈汗執也速該手，淒然道：「我與你要永訣了！國事待你作主，你不要畏縮，也不要莽撞，方好哩！」也速該應允了，復將俘敵及產子情狀，略略陳明，忽都剌哈汗也覺心慰。也速該暫行退出，忽都剌哈汗即於是夕死了。

喪葬已畢，也速該統轄各族，遠近都憚他威武，不敢妨命。因此也速該逍遙自在，閒著時，嘗左擁嬌妻，右抱雛兒，享這人間幸福。（訶額侖此時，想只有笑無哭了。）陸續生下三男，一名合撒兒，一名合赤溫，一名帖木格。後復生了一女，取名帖木侖。也速該自合撒兒生後，曾別納一

婦，生一男子，名別里古台，因此也速該共有五兒。

至鐵木真九歲時，也速該引他出遊，擬往訶額侖母家，揀一個好女郎，與鐵木真訂婚。行至扯克徹兒山及赤忽兒古山間，遇著弘吉剌族人德薛禪，（《源流》作岱徹辰。）兩下攀談，頗覺投契。也速該便將擇婦的意思與他表明。德薛禪道：「我昨夜得了一夢，煞是奇異，莫非應在你的郎君！」（語甚突兀。）也速該問是何夢，德薛禪道：「我夢見一官人，兩手擎著日月，飛至我手上立住。」（愈語愈奇。）也速該道：「這官人將日月擎來，料是畀汝，汝的後福不淺哩。」德薛禪道：「我的後福，要全仗你的郎君。」也速該驚異起來，德薛禪道：「你不要怪我說謊，我夢中所見的官人，狀貌與郎君相似。如蒙不棄，我有愛女孛兒帖，願為郎君婦。他日我家子孫，再生好女，更世世獻與你皇帝家，怕不做后妃不成！」說得也速該笑容可掬，便欲至他家內，親視彼女。

當由德薛禪引路，匯入家中。德薛禪即命愛女出見，嬌小年華，已饒丰韻。也速該大喜，即問她年齡，比鐵木真只大一歲。當命留下從馬，作為聘禮。（敘鐵木真聘婦事，筆法又是一變。）便欲率子告辭，德薛禪苦苦留住，宿了一宵。

翌日，也速該啟行，欲挈他愛女同去。德薛禪道：「我只有一二子女，現時不忍分離，聞親家多福多男，何不將郎君暫留這裡，伴我寂寥？親家若不忍別子，我亦何忍別女哩！」也速該被他一激，便道：「我兒留在你家，亦屬何妨！只年輕膽小，事事須要照管哩。」德薛禪道：「你的兒，我的女婿，還要什麼客氣！」

也速該留下鐵木真，上馬即行。回到扯克徹兒山附近，見有塔塔兒部人，設帳陳筵，頗覺豐盛。正在瞧著，已有塔塔兒人遮住馬頭，邀他入席。也速該生性粗豪，且因途中飢渴，遂不管什麼好歹，竟下馬入宴，酒酣起謝，跨馬而去。途次覺隱隱腹痛，還道是偶感風寒，誰知到了帳中，

腹中更攪痛的了不得。一連三日，醫藥無效。（可為貪食者戒。）不覺猛悟道：「我中毒了！」（至此才知中毒，）（可謂有勇無智。）忙叫族人蒙力克進內，與他說道：「你父察剌哈老人，很是忠誠，你也當似父一般。我兒子鐵木真，在弘吉剌家做了女婿，我送子回來，途中被塔塔兒人毒害。你去領回我兒，快去！快快去！」

蒙力克三腳兩步的去召鐵木真，至鐵木真回來，可憐也速該已早登鬼籙，只剩遺骸！（史稱鐵木真十三歲遭父喪，此本《祕史》敘述。）當下嚎啕大哭。他母親訶額侖，本哭個不休，（又要哭了，畢竟紅顏命薄。）至此轉來勸住鐵木真。殮葬後，嫠婦孤兒，空幃相弔，好不傷心！各族人且欺她孤寡，多半不去理會；只有蒙力克父子，仍遵也速該遺言，留心照拂。訶額侖以下，很是感激。（一死一生，乃見交情。）

是時俺巴孩派下，族類蕃滋，自成部落，叫做泰赤烏部。（《元史》作泰楚特，《祕史》泰亦赤兀惕姓氏。）也速該在時，尚服管轄，祭祀一切，彼此皆躋堂稱觥，不分畛域。也速該歿後一年，適遇春祭，訶額侖去得落後，就被他屏斥回來，連胙肉亦不給與。訶額侖憤著道：「也速該原是死了，我的兒子怕不長大麼？為甚把胙肉一份子也不給我？」這語傳到泰赤烏部，俺巴孩尚有兩個妻妾，竟向著部眾道：「訶額侖太不成人！我等祭祀，難道定要請她！自今以後，我族休要睬她母子，看她母子怎生對待！」（活肖婦女口吻。）嗣是與訶額侖母子絕對不和，並且籠絡也速該族人，叫他棄此就彼。各族統趨附泰赤烏部，也速該部下，也未免受他羈縻。

時有哈不勒汗少子脫朵延，（《元史》作託鄉呼爾察。）係鐵木真叔祖行，向為也速該所信任，至此亦叛歸泰赤烏部。鐵木真苦留不從，察剌哈老人，亦竭力挽留。脫朵延道：「水已乾了，石已碎了，我留此做甚？」察剌哈尚攬袪苦勸，惱動了脫朵延，竟取了一柄長槍，向察剌哈亂戳。察剌

第三回　女丈夫執旗招叛眾　小英雄逃難遇救星

哈急忙避開，背上已中了一槍，負痛歸家。脫朵延率眾自去。

鐵木真聞察刺哈受傷，忙至彼家探視。察刺哈忍著痛，對鐵木真道：「你父去世未久，各親族多半叛離。我勸脫朵延休去，被他槍傷。我死不足惜，奈你母子孤棲，如何過得下去！」說著，不禁垂淚。（傷心語，我亦不忍聞。）

鐵木真大哭而出，稟告母親訶額侖。訶額侖豎起柳眉，睜開鳳目，勃然道：「彼等欺我太甚！我老孃雖是婦女，難道真一些兒沒用麼！」便攜著鐵木真，出召族眾，尚有數十人，勉以忠義，令他追還叛人。

訶額侖親自上馬，手持旄纛一大桿，在後壓隊，並叫從人攜了長槍，準備廝殺。說時遲那時快，脫朵延帶去的族眾，已被訶額侖追著。訶額侖大呼道：「叛眾聽者！」（其聲喤喤）。脫朵延等聞聲轉來，見訶額侖面帶殺氣，嫵媚中現出英武形狀，（想是從也速該處學來。）不由得驚愕起來，訶額侖遙指脫朵延道：「你是我家的尊長，為什麼捨我他去？我先夫也速該不曾薄待你，我母子且要仗你扶持！別人可去，你也這般，如何對我先人於地下！」脫朵延無言可答，只管撥馬自走，那族眾也思隨往。訶額侖愈加性起，叫從人遞過了槍，自己加鞭馳上，衝入叛眾隊間，橫著槍桿，將叛眾攔住一半，（好一個姽嫿將軍，所謂一夫拚命，萬夫莫當者是也，婦女且然，況乎男子漢。）喝聲道：「休走！老孃來與你拚命！」那叛眾不曾見訶額侖有此膽力，還道她藏著不用，此次方出來顯技，幾嚇得面面相覷。訶額侖見他有些疑懼，又略霽怒顏道：「倘你等叔伯子弟們尚有忠心，不願向我還手，我深是感念你們！你休與脫朵延同一般見識，須知瓦片尚有翻身日子，你不記念先夫也速該情誼，也須憐我母子數人，效力數年，待我兒郎們有日長成，或者也與先夫一般武藝，知恩必報，銜仇必復。你叔伯子弟們，試一細想，來去任便！」說罷，令鐵木真下馬，跪在地上，向眾哭拜。（臨之以威，動之以情，不怕叛眾不入彀中。）叛眾睹這情狀，

不由得心軟神移，也答拜道：「願效死力！」於是前行的已經過去，後行的統同隨回。

　　到家後，聞察哈剌老人已死，母子統去弔喪，大哭一場。族眾見她推誠置腹，方漸漸有些歸心訶額侖。怎奈泰赤烏部聚眾日多，仇視訶額侖母子，亦日益加甚。訶額侖恐遭毒手，每教她五子協力同心，緩緩兒的復仇雪恨。她嘗操作蒙語道：「除影兒外無伴黨，除尾子外無鞭子。」兩語意義，是譬如影不離形，尾不離身，要她五子不可拆開。因此鐵木真兄弟，時常憶著，很是和睦，同居數年，內外無事。

　　一日，兄弟妹六人，同往山中遊獵，不料遇著泰赤烏部的伴當，如黃鷹捕雀一般，來拿鐵木真。別里古台望見了，連忙將弟妹藏在壑內，自與兩兄彎弓射鬥。泰赤烏人欺他年幼，哪裡放在心上，不防弦聲一響，為首的被他射倒，餘眾望將過去，這放箭的不是別人，就是別里古台。（寫別里古台智勇，為後文立功張本。）眾人都向他搖手，大聲叫著：「我不來擄你，只將你哥哥鐵木真來！」鐵木真聞他指名追索，不禁心慌，忙上馬竄去。

　　泰赤烏人捨了別里古台等，只望鐵木真後追。鐵木真逃至帖兒古捏山，鑽入叢林，泰赤烏人不敢進躡，只是四圍守著。鐵木真一住三日，只尋些果實充飢。當下耐不住飢渴，牽馬出來，忽聽得撲塌一聲，馬鞍墜地。鐵木真自嘆道：「這是天父止我，叫我不要前行！」（可見蒙人迷信宗教。）復回去住了三日。又想出來，行了數步，驚見一大石擋住去路，又躊躇莫決道：「莫非老天還叫我休出麼？」又回去住了三日。實飢渴得了不得，遂硬著心腸道：「去也死，留也死，不如出去！」遂牽馬徑出，將堵住的大石，用力撥開，徐步下山。猛聽得一聲胡哨，頓時手忙腳亂，連人帶馬跌入陷坑，兩邊垂下撓鉤，把他人馬縶起，待鐵木真張目旁顧，已是身子被縛，左右都是泰赤烏人。（一險。捕一孩童如搏虎一般，並非泰赤烏

人沒用，實為鐵木真隱留聲價。）

　　鐵木真嘆了口氣，束手待斃。可巧時當首夏，泰赤烏部依著故例，在斡難河畔筵宴，無暇把鐵木真處死，只將他枷住營中，令一弱卒守著。鐵木真默想道：「此時不走，更待何時。」便兩手捧著了枷，突至弱卒身前，將枷撞去。弱卒不及預防，被他打倒，就脫身逃走。（絕處逢生。）一口氣奔了數里，身子疲乏不堪，便在樹林內小坐。嗣怕泰赤烏人追至，想了一計，躲在河水內溜道中，只把面目露出，暫且休息。正倦寐間，忽有人叫道：「鐵木真，你為何蹲在水內？」鐵木真覺著，把雙眼一擦，啟目視之，乃是一個泰赤烏部家人，名叫鎖兒罕失剌，不由得失聲道：「呵喲！」（二險。）還是鎖兒罕失剌道：「你不要慌！你出來便是。」鐵木真方才動身，拖泥帶水的走至岸上。鎖兒罕失剌愀然道：「看你這童兒，煞是可憐，我不忍將你加害。你快去！自尋你母親兄弟，若見到別人，休說與我相見！」言訖自去。

　　鐵木真暗想：自己已困憊異常，不能急奔，倘或再遇泰赤烏人，恐沒有第二個鎖兒罕，不如靜悄悄的跟著了他，到他家裡，求他設法救我。主見已定，便躡跡前行。鎖兒罕才入家門，鐵木真也已趕到。鎖兒罕見了鐵木真，大驚道：「你為何不聽我言，無故到此？」鐵木真垂淚道：「我肚已餓極了，口已渴極了，馬兒又沒有了，哪裡還能遠行！只求你老人家救我！」

　　鎖兒罕尚在遲疑，室內走出了兩個少年，便問道：「這就是鐵木真麼？雀被鸇逐，樹兒草兒，尚能把牠藏匿，難道我等父子，反不如草木！阿爹須救他為是。」鎖兒罕點著了頭，忙喚鐵木真入內，給他馬奶麥餌等物。鐵木真飽餐一頓，竭誠拜謝。問了兩少年名字，長的名沈白，次的名赤老溫。（《源流》作齊拉滾，即後文四傑之一。）鐵木真道：「我若有得志的日子，定當報答老丈鴻恩，及兩位哥哥的大德。」（志不在小，的是奇童。）

言未已，忽又有一少女來前，由鎖兒罕命她相見。鐵木真見她嬌小可人，頗生愛慕。只聽鎖兒罕道：「這是我的小女兒，叫做合答安，你在此恐人察覺，不如暫匿在羊毛車中，叫我小女看著。如有飢渴事情，可與我女說明。」又轉向女子道：「他如要飲食，你可取來給他。」女子遵囑，導鐵木真至羊毛車旁，開了車門，先搬出無數羊毛，方令鐵木真入匿，再將羊毛搬入，把他掩住。這時天氣方暑，鐵木真連聲呼熱。女子恰嬌聲囑道：「休叫，休叫！你要保全性命，還須忍耐方好！」鐵木真聞言，才不敢出聲。

　　到了夜間，女子取進飲食，將羊毛撥開，俾他充腹，那時彼此問答，很覺投機。鐵木真忽嘆道：「可惜！可惜！」女子道：「你說什麼？」鐵木真道：「可惜我聘過了妻！」（言下有垂涎意，暗為後文伏線。）那女子聽了，垂著臉道：「你不要亂想！今夜想無人來此，便可臥在羊毛上面，我與你車門開著，小覺涼快。」鐵木真應著，看那女子徐步而去；輾轉凝思，幾難成寐，（未曾脫臉，遂思少艾，可見胡兒好色。）後勉抑情腸，方朦朧睡去。約莫睡了三四個時辰，猛聽雞聲報曉，未免吃了一驚，靜候了好一刻，忽見那女子跟蹌奔來道：「不好了！不好了！外面有人來捉你了！快快將羊毛掩住！」（三險。）小子述此，曾有一詩詠鐵木真云：

不經患難不成才，勞餓始邀大任來；
試憶羊毛車上苦，少年蹉跌莫心灰。

　　未知鐵木真果被捉住否，且至下回說明。

　　是回為寡婦孤兒合傳，見得孤寡之倫，易受人欺，可為世態炎涼，作一榜樣。唯寡婦孤兒之卒被人欺者，雖由人情之叵測，亦緣一己之庸愚。試看訶額侖之臨危思奮，居然截住逃亡；鐵木真之情急智生，到底得離險難。人貴自立，如尋常兒女之哭泣窮途，自經溝瀆而莫之知者，果何補耶！讀此應為之一嘆，復為之一奮。

第三回　女丈夫執旗招叛眾　小英雄逃難遇救星

第四回
追失馬幸遇良朋　喜乘龍送歸佳耦

　　卻說鐵木真匿身羊毛車內，被那女子一嚇，險些兒魂膽飛揚，忙向女子道：「好妹子！妳與我羊毛蓋住，休被歹人看見，我心內一慌，連手足都麻木不仁了。」（應有這般情景，但也虧作書人描摹。）女子聞言，急將羊毛亂扯，扯出了一大堆，叫鐵木真鑽入車後，外面即將羊毛堵住，復將車門關好，跑著腿走了。女子方去，外面已有人進來，大聲道：「莫非藏在車內？快待我一搜！」話才畢，車門已被他開著，窸窸窣窣的掀這羊毛。（四險，我為鐵木真捏一把汗。）鐵木真縮做一團，屏著氣息，不敢少動，只聽著鎖兒罕道：「似這般熱天氣，羊毛內如何藏人！熱也要熱死的了。」

　　語後片刻，方聞得大眾散去。（從鐵木真耳中聽出，用意深入一層。）鐵木真默唸道：「謝天謝地謝菩薩！」（諧語。）唸了好幾遍，又聞有人喚他出來，聲音確肖那女子，才敢撥開羊毛，下車出見。鎖兒罕也踱入道：「好險嚇！不知誰人漏著消息，說你躲住我家，來了好幾個人，到處搜尋，險些兒把我的父子性命，也收拾在你手裡！幸虧天神保佑，瞞過一時。看你不便常住我家，早些兒去尋你母親兄弟去！」又叫他次子入內，囑道：「馬房內有一隻沒鞍的騾子，你去牽來，送他騎坐，可以代步。」復命那女兒道：「廚下有煮熟的肥羔兒，並馬奶一盂，妳去盛在一皮筒內，給他路上飲食。」兩人遵命而出，不一時，陸續取到。鎖兒罕又命長子取弓一張，箭兩支，交給鐵木真道：「這是你防身的要械，你與那皮筒內的

食物，統負在肩上。就此去罷！」鐵木真撲身便拜，鎖兒罕道：「你不必多禮，我看你少年智勇，將來定是過人，所以冒險救你。你不要富貴忘我！」鐵木真跪著道：「你是我重生的父母，有日出頭，必當報德，如或負心，皇天不佑！」說罷，復拜了數拜。（有此義人，我亦願為叩首。）鎖兒罕把他扶起，他又對著赤老溫弟兄，屈膝行禮。起身後，復向女子合答安也一屈膝，並說道：「你為我提心吊膽，愁暖防飢，我終身不敢忘你！」女子連忙避開，當由鐵木真偷眼瞧著，桃腮暈采，柳眼含嬌，不由得戀戀不捨。（是前生注就了姻緣，統為後文伏筆。）還是鎖兒罕催他速行，才負了弓箭等物，一步一步的挨出了門，跨上騾子，加鞭而去。

　　行了數步，尚勒馬回頭，望那鎖兒罕家門。見那少女也是倚門望著，（描摹殆盡。）硬著頭皮與她遙別。順了斡難河流，飛馳疾奔，途中幸沒遇著歹人，經過別帖兒山，行到豁兒出恢山，只聽有人拍手道：「哥哥來了！」停鞭四望，遙見山南有一簇行人，不是別個，就是他母親兄弟。當即下了騾子，相見時，各敘前情，母子相抱大哭。合撒兒勸阻道：「我等記念哥哥，日日來此探望，今日幸得相見，喜歡得了不得，如何哭將起來！」母子聞言，才止住了哭聲。

　　數人相偕歸來，至不兒罕山前，有一座古連勒古嶺，內有桑沽兒河，又有個青海子，（與泊同義。）貔狸甚多，形似鼠，肉味很美。鐵木真望著道：「我等就在這裡居住，一則此地不讓故居，二則也可防敵毒害。」（蒙俗逐水草而居，所以隨地可住。）訶額侖道：「也好！」便尋了一塊曠地，紮住營帳，把故居的人物騾馬，都移徙過來。也速該遺有好馬八匹，鐵木真很是愛重，朝夕餵飼，統養得雄駿異常。

　　某日午間，那馬房內的八匹好馬，統被歹人竊去，只有老馬一匹，由別里古台騎去捕獸，未曾被竊。鐵木真正在著忙，見別里古台獵獸回來，忙與他說明。別里古台道：「我追去！」合撒兒道：「你不能，我追去！」

鐵木真道：「你兩人都尚童稚，不如我去！」（手足之情可見。）就攜了弓箭，騎著那匹老馬，躡著八馬蹤跡，向北疾追。行了一日一夜，天色大明，方遇著一少年，在曠野中擠馬乳。便拱手問道：「你可見有馬八匹麼？」那少年道：「日未出時，曾有八匹馬馳過。」鐵木真道：「八匹馬是我遺產，被人竊去，所以來追。」那少年把他注視一回，便道：「看你面色，似帶飢渴，所騎的馬，也已睏乏，不如少歇，飲點馬乳，我伴著你一同追去。何如！」

鐵木真大喜，下了騎，即在少年手中，接過皮筒，飲了馬乳。少年也不回家，就將擠乳的皮筒，用草蓋好，把鐵木真騎的馬放了。自己適有兩馬，一匹黑脊白腹的，牽給鐵木真騎住，還有一匹黃馬，作了自己坐騎，一先一後，攬轡長驅。途次由鐵木真問他姓氏，他說我父名納忽伯顏，我名博爾朮，（亦四傑之一，《祕史》作孛斡兒出。）乃孛端察兒後人。鐵木真道：「孛端察兒是我十世前遠祖，我與你恰同出一源，今日又勞你助我，我很是感謝你！」博爾朮道：「男子的艱難，都是一般，況你我本出同宗，理應為你效力！」（以視同室操戈者相去何如？）兩人有說有話，倒也不嫌寂寞。

行了三日，方見有一個部落，外有圈子，羈著這八匹駿馬。鐵木真語博爾朮道：「同伴，你這裡立著，我去把那馬牽來。」博爾朮道：「我既與你作伴來了，如何叫我立著！我與你一同進去。」說著，即搶先趕入，把八匹馬一齊放出，交給鐵木真。鐵木真讓馬先行，自與博爾朮並轡南歸。

甫啟程，那邊部眾來追，博爾朮道：「賊人到了，你快將弓箭給我，待我射退了他。」鐵木真道：「你與我驅馬先行，我與他廝殺一番！」（曲寫二人好勝心，然臨敵爭先，統是英雄的氣概。）博爾朮應著，驅馬先走。是時日影西沉，天色已暝，鐵木真彎弓而待。見後面有一騎白馬的人，執著套馬竿，大呼休走！聲尚未絕，那鐵木真的箭幹，早已搭在弓

上,順風而去,射倒那人。鐵木真撥馬奔回,會著博爾朮,倍道前行。

又越三晝夜,方到博爾朮家。博爾朮父納忽伯顏正在門外瞭望,見博爾朮到來,垂著淚道:「我只生你一個人,為什麼見了好伴當,便隨他同去,不來通報一聲?」博爾朮下馬無言,鐵木真忙滾鞍拜謁道:「郎君義士,憐我失馬,所以不及稟明,跟我追去。幸得馬歸來,我願代他受罪!」納忽伯顏扶著鐵木真道:「你不要錯怪,我因兒子失蹤,著急了好幾日,今見了面,由喜生怨,乃有此言,望你見諒!」鐵木真道:「太謙了!我不敢當!」隨顧著博爾朮道:「不是你呵,這馬如何可得?我兩人可以分用,你要多少?」博爾朮道:「我見你辛苦艱難,所以願效臂助,難道是羨你的馬麼!我父親只生了我,所有家財,儘夠使用,我若再要你的馬,不就如那賊子不成!」(施恩不望報,固不愧為義士。)鐵木真不敢再言,便欲告辭,博爾朮挽著了他,同赴原處,將原蓋下的皮筒,取了回去。到家內宰一肥羔,燒熟了,用皮裹著,同皮筒內的馬奶,一併送給鐵木真,作為行糧。

看官,前敘鎖兒罕送鐵木真時,也是贈他馬奶兒,肥羔兒,今番博爾朮送行,又是如此,莫不是蒙人只有這等禮物麼?小子嘗閱《蒙韃備錄》,方知蒙地宜牧羊馬,凡一牝馬的乳,可飽三人,出行時止飲馬乳,或宰羊為糧。本書據實敘錄,因復有此復筆。看官休要嫌我陳腐哩。(百忙中敘此閒文,這是作者自鳴。)

閒文少表。且說鐵木真接受厚贈,謝了又謝,即與他父子告辭,抽身欲行。納忽伯顏語博爾朮道:「你須送他一程。」鐵木真忙稱不敢,納忽伯顏道:「你兩人統是青年,此後須互為看顧,毋得相棄!」(納忽伯顏也是識人。)鐵木真道:「這個自然!」那時博爾朮已代為牽馬,向前徐行,鐵木真也只好由他。遂別了納忽伯顏,與博爾朮徒步相隨,彼此談了一回家況,不覺已行過數里。鐵木真方攔住博爾朮,不令前進,兩人臨歧握手,

各言珍重而別。（惺惺惜惺惺。）

　　博爾朮去後，鐵木真就從八馬中選了一匹，跨上馬鞍，跑回桑沽兒河邊的家中。他母親兄弟，正在懸念，見他得馬歸來，甚是忻慰。安逸了好幾年，訶額侖語鐵木真道：「你的年紀也漸大了，曾記你父在日，為了你的婚事，歸途中毒，以致身亡，遺下我母子數人，幾經艱險，受盡苦辛，目下還算無恙。想德薛禪親家，也應惦念著你，你好去探望他呵。若他允成婚禮，倒也了結一樁事情；且家中多個婦女，也好替我作個幫手。」語未畢，那別里古台在旁說道：「兒願隨阿哥同去。」（異母兄弟，如此親熱，恰是難得。）訶額侖道：「也好，你就同去罷。」

　　次日，鐵木真弟兄，帶了行糧，辭別萱幃，騎著馬先後登途。經過青山綠水，也不暇遊覽，專望弘吉剌氏住處，順道出發。約兩三日，已到德薛禪家。德薛禪見女夫到來，很是喜悅，復與別里古台相見。彼此寒暄已畢，隨即筵宴。德薛禪向鐵木真道：「我聞泰赤烏部，嘗嫉妒你，我好生愁著，今得再會，真是天幸！」鐵木真就將前時經過的艱苦，備述一遍。德薛禪道：「吃得苦中苦，方為人上人，你此後當發跡了。」別里古台復將母意約略陳明。德薛禪道：「男女俱已長大了，今夕就好成婚哩。」（北人心腸，恰是坦率。）便命他妻室搠壇出見。鐵木真弟兄又避席行禮。搠壇語鐵木真道：「好幾年不見，長成得這般身材，令我心慰！」復指別里古台，與鐵木真道：「這是你的弟兄麼？也是一個少年英雄！」兩人稱謝。席散後即安排婚禮。到了晚間，布置已妥，德薛禪即命女兒孛兒帖換了裝，登堂與鐵木真行交拜禮。禮成，夫婦同入內帳，彼此相覷，一個是雄糾糾的好漢，氣象不凡；一個是玉亭亭的麗姿，容止不俗。兩下裡統是歡洽，攜手入幃，卿卿我我，大家都是過來人，不庸小子贅說了。

　　過了三朝，鐵木真恐母親懸念，便思歸家。德薛禪道：「你既思親欲歸，我也不好強留。但我女既為你婦，亦須同去謁見你母，稍盡婦道，我

明日送你就道好了。」鐵木真道：「有弟兄同伴，路上可以無虞，不敢勞動尊駕！」挪壇道：「我也要送女兒去，乘便與親家母相見。」鐵木真勸他不住，只得由他。

翌晨，行李辦齊，便即啟程。德薛禪與鐵木真兄弟騎馬先行，挪壇母女，乘騾車後隨。到了克魯倫河，距鐵木真家不遠，德薛禪就此折回。挪壇直送至鐵木真家，見了訶額侖，不免有一番周旋，又命女兒孛兒帖行謁姑禮。訶額侖見她戴著高帽，衣著紅衣，楚楚丰姿，不亞當年自己，心中很是喜慰。那孛兒帖不慌不忙，先遵著蒙古俗例，手持羊尾油，對灶三叩頭，就用油入灶燃著，叫做祭灶禮；然後拜見訶額侖，一跪一叩。訶額侖受了半禮。復見過合撒兒等，各送一衣為贄。（就蒙古俗例作為點綴語，小說中固不可少。）另有一件黑貂鼠襖，也是孛兒帖帶來，鐵木真見了，便去稟知訶額侖道：「這件襖子，是稀有的珍品。我父在日，曾幫助克烈（《元史》作克埒。）部恢復舊土，克烈部汪罕（《元史》作汪汗。）與我父很是莫逆，結了同盟。我目下尚在窮途，還須仗人扶持，我想把這襖獻與汪罕去。」（《本紀》汪罕之父忽兒扎卒。汪罕嗣位，多殺戮昆弟，其叔父菊兒逐之於哈剌溫隘，汪罕僅以百騎走奔也速該。也速該率兵逐菊兒，奪還部眾，歸汪罕，汪罕德之，遂與同盟。）訶額侖點頭稱善。

至挪壇歸去後，鐵木真復徙帳克魯倫河，叫兄弟妻室，奉著訶額侖居住，自己借別里古台，攜著黑貂鼠襖，竟往見汪罕。汪罕脫里，晤著他兄弟二人，頗表歡迎。鐵木真將襖子呈上，並說道：「你老人家與我父親從前很是投契，刻見你老人家與見我父親一般！今來此無物孝敬，只有妻室帶來襖子一件，乃是上見公姑的贄儀，特轉奉與你老人家！」（措詞頗善。）脫里大喜，收了襖子，並問他目前情狀。待鐵木真答述畢，便道：「你離散的百姓，我當與你收拾；逃亡的百姓，我當與你完聚；你不要耽憂，我總替你幫忙呢！」鐵木真磕頭稱謝。一住數天，告辭而別，脫里也

畀他賻儀，在途奔波了數日，方得回家休息。忽外邊走進一老媼道：「帳外有呼喊聲、蹴踏聲，不知為著甚事？」鐵木真驚起道：「莫非泰赤烏人又來了？如何是好！」正是：

一年被蛇咬，三年爛稻索；
厄運尚侵尋，剝極才遇復。

畢竟來者為誰，且著下回分解。

霸王創業，必有良輔隨之，而微賤時所得之友，尤為足恃。蓋彼此情性，相習已久，向無猜忌之嫌，遂得保全後日，如鐵木真之與博爾朮是也。但博爾朮初遇鐵木真，見其追馬情急，即願與偕行，此非有特別之遠識，及獨具之俠義，亦豈肯驟爾出此？至德薛禪之字女於先，嫁女於後，不以貧富貴賤之異轍，遂異初心，是皆所謂久要不忘者，誰謂胡兒無信義耶？讀此回，殊令人低徊不置！

第四回　追失馬幸遇良朋　喜乘龍送歸佳耦

第五回
合浦還珠三軍奏凱　穹廬返幕各族投誠

　　卻說鐵木真聞帳外有變，料是歹人到來，忙令母親兄弟等，暫行趨避。倉猝不及備裝，大家牽了馬匹，跨鞍便逃。訶額侖也抱了女兒，上馬急行。鐵木真又命妻室孛兒帖，與進報的老婦同乘一車，擬奔上不兒罕山。誰知一出帳外，那邊來的敵人，已似蜂攢蟻擁，辨不出有若干名。鐵木真甚是驚慌，只護著老母弱妹，疾走登山，那妻室孛兒帖的車子，竟相離得很遠了。（彷彿似劉先主之走長坂坡。）孛兒帖正在張皇，已被敵人追到，喝聲道：「車中有什麼人？」那老婦戰兢兢的答道：「車內除我一人外，只有羊毛。」一敵人道：「羊毛也罷。」又有一人道：「兄弟們何不下馬一看！」那人遂下了騎，把車門拉開，見裡面坐著一個年輕婦人，已抖做一團，不由得笑著道：「好一團柔軟的羊毛！」說未畢，已將孛兒帖拖出，馱在背上，揚長去了。（鐵木真的祖父，專擄人妻，不料他子孫的妻室，亦遭人擄。）

　　那時鐵木真尚未知妻室被擄，只挈了母親兄弟，藏在深林裡面，只聽山前山後，呼喊得聲接連不斷。等到天色將昏，方敢探頭出望，才一了著，見敵人正在刺斜裡趨過。還幸他已背著，不為所見，但聞得喧嚷聲道：「奪我訶額侖的仇恨，至今未忘！可恨鐵木真那廝，竄伏山中，無從搜獲，現在只拿住他的妻，也算洩我的一半忿恨！」說訖，下山去了。只可憐這鐵木真，如鳥失侶，似獸失群，還要藏頭匿腦，一聲兒不敢反唇。

　　是晚在叢林中歇了一宿。次日，方令別里古台，在山前後探察。返報

敵人已去，鐵木真尚不敢出來。（正是驚弓之鳥。）接連住了三日，探得敵人果已去遠，方才與母親兄弟整轡下山。到了山麓，搥著胸哭告山神道：「我家神靈庇護，得延性命，久後當時常祭祀，報你山神大德！就是我的子子孫孫，也應一般祭祀。」說著，已屈膝跪拜，拜了九次，跪了九次，又將馬奶子灑奠了。

看官，你道這敵人究是何人？聽他的語意，便可曉得是蔑里吉部人。鐵木真的母親訶額侖，本是蔑里吉人客赤列都妻，由也速該搶劫得來，此次特糾眾報復，擄了孛兒帖去訖。

鐵木真窮極無奈，只有去求克烈部長，救他妻室。當下與合撒兒、別里古台兩弟，倍道至克烈部，見了部長脫里，便哭拜道：「我的妻被蔑里吉人擄去了！」脫里道：「有這等事麼？我助你去滅那仇人，奪還你妻。你可奉了我命，去通知札木合兄弟，他在喀爾喀河上流，你去教他發兵二萬，做你左臂；我這裡也起二萬軍馬，做你右臂，不怕蔑里吉不滅，你妻不還！」

鐵木真叩謝而出。即語合撒兒道：「札木合也是我族的尊長，幼小時與我作伴過的；且他與汪罕鄰好，此去乞救，想必肯來助我。」合撒兒道：「我願去走一遭，哥哥不必去！」言畢，挺身欲走。（好弟兄。）鐵木真又語別里古台道：「看來這番動眾，不滅蔑里吉不休，我的好伴當博爾朮，你可替我邀來，做個幫手！」別里古台應命，臨行時，鐵木真示他路徑，當即去訖。

鐵木真走回家內候著。不兩日，別里古台已與博爾朮同來，鐵木真正在接著；見合撒兒亦到，便向鐵木真道：「札木合已允起兵，約汪罕兵及我等弟兄，在不兒罕山相會。」鐵木真道：「照這般說，須要去通報汪罕。」合撒兒道：「我已去過。汪罕大兵，也即日就道哩。」鐵木真大喜道：「這麼快！我有這般好弟兄，總算是天賜我的！倘得你嫂子重還，我夫婦當向

你磕頭。」（兄弟同心，不患不興。）合撒兒道：「哪有兄嫂拜弟叔的道理！這且休談，我等快帶了糧械，去會兩部的大軍。」

於是鐵木真、合撒兒、別里古台三人，整鞭前往，令博爾朮為伴。到了不兒罕山下停了一宿。但見風飄飄的旗影，密層層的軍隊，自北而來，忙上前歡迎，乃是札木合兄弟，率著大軍，兼程而至。兩下相見，很是歡洽，只汪罕兵馬，尚未見到。過了一日，仍是杳然。又過一日，還是杳然。鐵木真非常焦急，直至第三日午間，方有別部兵到來。札木合恐是敵軍，飭軍士整櫜立著。那邊過來的軍士，也舉著軍械，步步相逼，及相距咫尺，才都認得是約會的兵士。札木合見了汪罕，便嚷道：「我與你約定日期，風雨無阻，你為何誤限三日？」脫里道：「我稍有事情，因此逾限！」札木合道：「這個不依，我們說過的話兒，如宣誓一般，你誤期應即加罰！」脫里有些不悅起來。（糾集時已伏參商之意，隱為下文伏線。）還是鐵木真從旁調停，才歸和好，於是逐隊出發。

札木合道：「蔑里吉部共有三族，分居各地；住在布拉克地方的頭目，叫做脫黑脫阿；住在斡兒寒河的頭目，叫做歹亦兒兀孫；住在合剌只曠野的地方，叫做合阿臺答兒馬剌。我聞得脫黑脫阿，就是客赤列都的阿哥，他為弟婦報怨，所以與鐵木真為難。查布拉克卡倫（蒙古屯戍之所曰卡倫。）就在這不兒罕山背後，我等不如越山過去，潛兵夜襲，乘他不備，擄他淨盡，豈不是好計麼！」鐵木真欣然答道：「果然好計。我弟兄願充頭哨！」（實是尋妻性急。）札木合道：「很好！」鐵木真弟兄，遂與博爾朮控馬登山，大眾跟著。

不一日，盡到山後，削木為筏，渡過勤勒豁河，便至布拉克卡倫，乘夜突入，將帳內所有的大小男婦，盡行拿住。天明檢視俘虜，並沒有脫黑脫阿，連鐵木真的妻室孛兒帖，也不見下落。鐵木真把俘虜喚來，挨次訊明，問到一個老婦，乃是脫黑脫阿的正妻，她答道：「夜間有打魚捕獸的

第五回　合浦還珠三軍奏凱　穹廬返幕各族投誠

人前來報知，說你等大軍，已渡河過來，那時脫黑脫阿忙至斡兒寒河，去看歹亦兒兀孫去了。我等逃避不及，所以被擄。」（可見札木合的計尚未盡善。）鐵木真道：「我的妻子孛兒帖，你見過麼？」老婦道：「孛兒帖便是你妻麼？日前劫到此處，本為報客赤列都的宿仇。因客赤列都前已亡過，所以擬給他阿弟赤勒格兒為妻。」鐵木真驚問道：「已成婚麼？」（我亦要問。）老婦半晌道：「尚未。」（以含糊出之，耐人意味。）鐵木真復道：「現在到哪裡去了？」老婦道：「想與百姓們同走去了。」

鐵木真匆匆上馬，自尋孛兒帖。這邊兩部大軍，先到斡兒寒河，去拿歹亦兒兀孫，誰知已與脫黑脫阿作伴逃走，只遺下子女牲畜，被兩軍搶得精光。轉入合剌只地方，那合阿臺答兒馬剌才聞著消息，思挈家屬遁逃，不意被兩軍截住，憑他如何勇悍，也只好束手成擒。家族們更不必說，好似牽羊一般，一古腦兒由他牽出。兩軍歡躍回營，獨鐵木真未到。

且說鐵木真上馬加鞭，疾趨數里，沿途遇著難民逃奔，便留心探望。眼中只有那蓬頭跣足的婦女，並沒有嬌嬌滴滴的妻室，他心裡很是焦急。不知不覺的行了多少路程，但見遍地蒼涼，杳無人跡，不禁失聲道：「我跑得太快，連難民統已落後了，此地荒僻得很，鬼物都找不出一個，哪裡有我的嬌妻，不如回去再尋！」

當下勒馬便回，行到薛涼格河，又遇見難民若干，仍然沒有妻兒形跡。他坐在馬上，忍不住號哭道：「我的妻，你難道已死麼？我的妻孛兒帖，你死得好苦！」隨哭隨叫，頓引出一個人來，上前扯住轡繩，俯視之，乃是一個白髮皤皤的老嫗。（總道是孛兒帖，誰知恰還未是，這是作者故作跌筆。）便道：「你做什麼？」老嫗道：「小主人，你難道不認得我麼！」鐵木真拭目一看，方認得是與妻偕行的老嫗，忙下騎問道：「我的妻尚在麼？」老嫗道：「方才是同逃出來的，為被軍民一擠，竟離散了。」鐵木真跌足道：「如此奈何！」老嫗道：「總在這等地方。」

鐵木真也不及上馬，忙牽著韁隨老嫗同行。四處張望，見河邊坐著一個婦人，臨流啼哭。老嫗遙指道：「她可是麼？」鐵木真聞言，捨了馬，飛似的走到河旁，果然坐著的婦人，是日夜思念的孛兒帖！便牽著她手道：「我的妻，妳為我受苦了！」

　　孛兒帖見丈夫到來，心中無限歡喜，那眼中的珠淚，反較前流得越多了。（應有此狀，虧他摹寫。）鐵木真也灑了幾點英雄淚，便道：「快回去罷！」遂將孛兒帖扶起，循原路會著老嫗。幸馬兒由老嫗牽著，未曾縱逸，當將孛兒帖攙上了馬，自與老嫗步行回寨。

　　這時候，合撒兒等已帶部眾數十名，前來尋兄，途次相遇，歡迎回來。脫里、札木合接著，統為慶賀。鐵木真稱謝不盡。是日大開筵宴，暢飲盡歡。夜間便把那擄來的婦女，除有姿色的，歸與部酋受用，其餘都分給兩部頭目，好做妻的做了妻，不好做妻的做了奴婢。（蔑里吉的婦女，不知是晦氣，抑是運氣？）只鐵木真恰愛著一個五歲的小兒，名叫曲出，乃是蔑里吉部酋撒下的小兒子，面目皓秀，衣履鮮明，口齒亦頗伶俐。鐵木真攜著他道：「你給我做了養子罷！」曲出煞是聰明，便呼鐵木真為爺，孛兒帖為娘，這也不在話下。

　　次日，札木合、脫里合議，把所得的牲畜器械等，作三股均分，鐵木真應得一股。他恰嚷著道：「汪罕是父親行，札木合是尊長行，你兩人憐我窮苦，興兵報仇，所以蔑里吉部被我殘毀，我的妻也得生還；兩丈鴻恩，銘感無已，何敢再受此物！」札木合不從，定要給他，鐵木真辭多受少，方無異言。於是拔寨起行，把合阿臺以下的仇人，統行剪縛，帶了回去。行至忽勒答合兒崖前，曠地甚多，就將大軍札住。札木合語鐵木真道：「我與你從幼相交，曾在這處，同擊髀石為戲，（蒙俗多以髀石擊獸。）我給你一塊麑子髀石，你與我一個銅鑄的髀石，現雖相隔多年，你我交情，應如前日！（回應鐵木真前言。）我就在這處設下營帳，你也去

把母親兄弟接來，彼此同住數年，豈不是好！」鐵木真大喜，便令合撒兒兄弟，去接他母親弟妹，唯汪罕部長脫里，告辭回去。

過了兩日，合撒兒等，奉著訶額侖到營。嗣是與札木合約帳居住，相親相愛，住了一年有餘。時當孟夏，草木陰濃。札木合與鐵木真攬轡出遊，越山過嶺，到了最高的峰巒，兩人並馬立著。札木合揚鞭得意道：「我看這朔漠地方，野獸雖多，恰沒有絕大貔狸，若有了一頭，怕不將羊兒羔兒吃個淨盡！」（自命非凡。）鐵木真含糊答應，回營後對著母親訶額侖，把札木合所說的話，述了一遍，隨道：「我不曉得他是什麼意思？一時不好回答，特來問明母親。」訶額侖尚未及答，孛兒帖道：「這句話，便是自己想作貔狸哩。有人曾說他厭故喜新，如今我們與他相住年餘，怕他已有厭意。聽他的言語，莫非要圖害我們。我們不如見機而作，趁著這交情未絕的時候，好好兒的分手，何如？」（也有見識。）訶額侖點頭稱善。鐵木真聽了妻言，隔宿便去語札木合道：「我母親欲返視故帳，我只好奉母親命，伴著了去。」札木合道：「你想回去麼！莫非我待慢你不成！」（言下有不滿意。）鐵木真忙道：「這話從何處說來？暫時告別，後再相見！」札木合道：「要去便去！」

鐵木真應聲而出，隨即點齊行裝，與母妻弟妹等，領了數十名伴當，即日啟程，從間道回桑沽兒河。途遇泰赤烏人，泰赤烏人疑鐵木真進攻，慌忙散走，撇下一個叫闊闊出名字的小兒，由鐵木真伴當牽來。鐵木真瞧著道：「這裡頗與曲出相似，好做第二個養子，服侍我的母親。」當下稟知訶額侖，訶額侖倒也心喜。到了桑沽兒河故帳，那時伴當較多，牲畜亦眾，鐵木真遂蓄著大志，整日裡招兵養馬，想建一個大部落起來。（稍稍得手，便思建豎，自古英雄，大抵如此。）自是從前散去的部眾，亦逐漸歸來。鐵木真不責前愆，反加優待，因此遠近聞風，爭相趨附。到三四年後，鐵木真帳下各部族，差不多有三四萬人，比也速該在日，倍加興旺

了。大眾遂推戴鐵木真為部長，分職任事，居然一王者開創氣象。小子有詩讚他道：

有基可借即稱雄，豪傑凡庸迥不同；
大好男兒須自立，莫將通塞諉天公！

欲知此後情事，且至下回表明。

汪罕、札木合助鐵木真襲蔑里吉部，不可謂非厚誼，然汪罕誤期三日，已是未足踐信。若札木合遵約而來，報捷而返，及至中途設帳，與鐵木真同居年餘，厚誼如此，宜可歷久不渝矣。乃得志即驕，片言肇釁，以致鐵木真懷疑自去，卒致凶終隙末。為札木合計，毋乃拙歟！或謂鐵木真之去，由於孛兒帖之一言，婦言是用，不顧友誼，幸其後僥倖戰勝，才得自固；否則未有不因此僨事者。是說雖似，然寄人籬下，何時獨立，有忽勒答、合兒崖之走，而後有桑沽兒河畔之興，是婦言亦非全未可從者。要之求人不如求己，他鄉何似故鄉，丈夫子發憤其所為天下雄，安在無土不王，觀此而古語益信。

第五回　合浦還珠三軍奏凱　穹廬返幕各族投誠

第六回
鐵木真獨勝諸部　札木合復興聯軍

　　卻說鐵木真為部長後，招攜懷遠，舉賢任能，命汪古兒、雪亦客禿、合答安答勒都兒三人司膳；（元重內膳之選，非篤敬素著者不得為之，語見《元史・石抹明里傳》。）迭該管牧放羊隻；古出沽兒修造車輛；朵歹管理家內人口；忽必來、赤勒古台、脫忽剌溫同弟合撒兒帶刀；合勒剌歹同弟別里古台馭馬；阿兒該、塔該、速客該、察兀兒罕主應對；速別額台勇士掌兵戎；又因博爾朮為患難初交，始終相倚，特擢為帳下總管。處置已畢，遂遣答該、速客該往見汪罕，合撒兒阿兒該、察兀爾罕往見札木合。及兩處回報，汪罕卻沒甚異言，不過要鐵木真休忘前誼。獨札木合語帶蹊蹺，尚記著中道分離的嫌隙。鐵木真道：「由他罷，我總不首去敗盟。倘他來尋我起釁，我也不便讓他，但教大家先自防著，隨機應變方好哩。」（預備不虞，實是要訣。）

　　大眾應命，各自振刷精神，繕車馬，搜卒乘，預防不測。果然不出兩年，撒阿里地方，為了奪馬啟釁，傷著兩邊和誼，竟闖出一場大戰禍來。（筆大如椽。）原來撒阿里地以薩里河得名，在蔑里吉部西南境，舊為忽都剌哈汗長子拙赤所居。（忽都剌哈汗為也速該之叔，則其長子拙赤，應即為鐵木真之叔父行。）他嘗令部眾牧馬野外，忽來了別部歹人，將他馬奪去數匹，部眾不敢抵敵，前去報知拙赤。拙赤憤甚，忙出帳外，也不及跨馬，竟獨自一人，持著弓箭，追趕前去。（胡兒大都有膽。）自朝至暮，行了數十里，天已傍晚，方見有數人牽馬前來，那馬正是自己的牧群。因

念眾寡不敵,靜悄悄的跟著後面,等到日色昏黑,他卻搶上一步,彎弓搭箭,把為首的射倒。驀然間大喊一聲,山谷震應,那邊的伴當,不知有若干追人,霎時四散。拙赤將馬趕回。(拙赤頗能。)

看官,你道射倒的乃是何人!便是札木合弟禿台察兒。札木合聞報,不禁悲憤道:「鐵木真背恩負義,我已思除滅了他。今他的族眾,又射殺我阿弟,此仇不報,算什麼人!」隨即四處遣使,約了塔塔兒部、泰赤烏部,及鄰近各部落,共十三部,(塔塔兒、泰赤烏兩部為鐵木真世仇,所以特書。)合兵三萬,殺奔至桑沽兒河來。

鐵木真尚未聞知,虧得乞剌思種人孛徒,先已來歸。他父捏坤,聞著札木合出兵消息,忙遣木勒客脫、塔黑兩人,由僻徑奔報鐵木真。鐵木真正在古連勒古山遊獵,(古連勒古山,即桑沽兒河所出。)得這警報,連忙糾集部眾,把所有的親族故舊,侍從僕役,統行征發,共得了三萬人,分作十三翼。(以三萬人對三萬人,以十三翼敵十三部,這是開卷以後第一次大戰。)連老母訶額侖,也著了戎服,跨著駿馬,偕鐵木真起行。(老英雌,又出風頭。)

到了巴勒朱思的曠野,遙見敵軍已逾嶺前來,如電掣雷奔一般,瞬息可至。鐵木真忙飭各軍紮住陣腳,嚴防衝突。說時遲,那時快,這邊的部眾,方才立住,那邊的敵軍,已是趨到。兩邊倉猝交綏,憑你鐵木真什麼能耐,抵不住那銳氣勃張,蠻觸敢死的敵人。鐵木真知事不妙,且戰且退,不意敵人緊緊隨著,你退我進,直逼至斡難河畔。鐵木真各軍,馳入一山谷中,由博爾朮斷後,堵住谷口,方得休兵。當下檢點部眾,傷亡的恰也不少,幸退兵尚有秩序,不致紛散。鐵木真怏怏不樂,還是博爾朮獻議道:「敵人此來,氣焰方盛,利在速戰,我軍只好暫讓一陣,休與角逐,待他師老力衰,各懷退志,那時我軍一齊掩殺,定獲全勝!」(不愧為四傑之一。)

鐵木真依了他計，便集眾固守，相戒妄動。札木合數次來爭，都被博爾朮選著箭手，一一射退。凡胡俗行兵，不帶糧餉，專靠著沿途擄掠，或獵些飛禽走獸，充做軍食。此時札木合所率各部，無從搶奪，軍士未免飢餓，遂四處去覓野物，整日裡不在營中。博爾朮登高瞭望，只見敵軍相率遊獵，東一隊，西一群，勢如散沙，隨即入帳稟鐵木真道：「敵人已懈散了，我等正好乘此掩擊哩。」鐵木真遂命各翼備好戰具，一律殺出。

　　這時札木合正在帳中，遙聽得胡哨一聲，忙出帳探視，只見偵騎來報道：「鐵木真來了！」（先聲奪人。）札木合急號令軍士，速出抵禦，怎奈部下多四出獵獸，一時不及歸來。那鐵木真的大軍，已如秋日的大潮，洶湧澎湃，滾入營來，弄得札木合心慌意亂，手足無措，餘十二部中的頭目，也不知所為。朵兒班部、散只兀部、哈答斤部，先自奔潰，就是札木合的部眾，也被他搖動，竄去一半。看官，你想此時的札木合，還能支持得住麼？三十六著，走為上著，忙揀了一匹好馬，從帳後逃去。札木合一逃，全軍無主，還有哪個向前抵當！霎時間雲散風流，只剩了一座空帳。鐵木真部下十三翼軍，已養足全力，銳不可當，將敵帳推倒後，盡力追趕，碰著一個殺一個，打倒一個捆一個，那札木合帶來的十三部眾，抱頭鼠竄，只恨爹娘生了腳短，逃生不及，白白的送了性命！（趣語！）

　　鐵木真趕了三十里，方鳴金收軍。大眾統來報功，除首級數千顆外，還有俘虜數千名。鐵木真圓著眼道：「這等罪犯，一刀兩段，還是給他便宜，快去拿鼎鑊來，烹殺了他！」他部下的士兵奉了這命，竟去取出七十隻小耳朵，先將獸油煮沸，然後把俘虜洗剝，一一擲入，可憐這種俘虜，隨鍋旋轉，不到一刻，便似那油炸的羊兒羔兒！（羔羊是宰後就烹，人非禽獸，乃活遭烹殺，胡兒殘忍，可見一斑。）大眾還拍手稱快。俘虜烹畢，都唱著凱歌，同返故帳。於是威聲大振，附近的兀魯特、布魯特兩族，亦來投誠。

第六回　鐵木真獨勝諸部　札木合復興聯軍

一日，鐵木真率領侍從，至西北出獵，遇泰赤烏部下的朱里耶人。侍從語鐵木真道：「這是我們的仇人，請主子出令，捕他一個淨盡。」鐵木真道：「他既不來加害我們，我們去捕他做甚？」朱里耶人初頗疑懼，嗣見鐵木真無心害他，也到圍場旁參觀。鐵木真問道：「你等在此做什麼？」朱里耶人道：「泰赤烏部嘗虐待我等，我等流離困苦，所以到此。」鐵木真問有糧食否？答云不足。及問有營帳否？答云沒有。鐵木真道：「你等既無營帳，不妨與我同宿，明日獵得野物，我願分給與你。」朱里耶人歡躍應命。鐵木真果踐前言，且教侍從好生看待，不得有違。於是朱里耶人非常感激，都說泰赤烏無道，唯鐵木真衣人以己衣，乘人以己馬，真是一個大度的主子，不如棄了泰赤烏，往投鐵木真為是。這語傳入泰赤烏部，赤老溫先聞風來歸。鐵木真感念舊誼，（應第三回。）待他與博爾朮相似。還有勇士哲別，素稱善射，當巴勒朱思開戰時，曾為泰赤烏部酋布答效力，射斃鐵木真的戰馬，至是亦因赤老溫為先容，投入鐵木真帳下。（哲別亦元朝名將，故特表明。）鐵木真不念前嫌，推誠相與。（齊桓公用管仲，唐太宗用魏徵同是此意。）此後鄰近的小部落，多挈了妻孥，投奔鐵木真。鐵木真很是喜慰，便命在斡難河畔，開筵慶賀。

先是巴勒朱思開仗，鐵木真的從兄弟薛扯別吉，亦從戰有功。薛扯別吉有兩母，大母名忽兒真，次母名也別該，鐵木真俱邀他與宴，伴著那母親訶額侖。司膳官失乞兒，於訶額侖前奉酒畢，次至也別該前行酒，又次至忽兒真，但覺得撲刺一聲，失乞兒面上，已著了一掌。失乞兒莫名其妙，只見忽兒真投著袂道：「你為何不先至我處行酒，卻諂奉那小娘子？」（真是妒婦的口角。）失乞兒大哭而出，訶額侖嘿然無言，鐵木真從旁解勸，才算終席。

不料一波未平，一波又起。薛扯別吉的侍役，從帳外私盜馬韁，別里古台見了，把他拿住。忽斜刺裡閃出一人，拔劍砍來，別里古台連忙躲

讓，那右肩已被斫著，鮮血直流，便忍痛問那人道：「你是何人？」那人道：「我叫播里，為薛扯別吉掌馬。」別里古台的左右，聞了這語，都嚷道：「如此無禮，快殺了他！」別里古台攔住道：「我傷未甚，不可由我開釁；我且去通知薛扯別吉，教他辨明曲直。」言未已，薛扯別吉已出來了。別里古台正思表明，他卻不分皂白，大聲喝道：「你何故欺我僕從？」說得別里古台氣憤填胸，便去折著一截樹枝，來與薛扯別吉決鬥。薛扯別吉也不肯稍讓，拾著一條木棍，抵敵別里古台。酣鬥了好一歇，薛扯別吉敗下了，奪路而去。別里古台走入帳中，又聞忽兒真掌撻司廚，便阻住忽兒真，不容他回去。

　　正爭論間，忽有探馬入報，金主遣丞相完顏襄，去攻塔塔兒部。鐵木真道：「塔塔兒害我祖父，大仇未報，如今正好趁這機會，前去夾攻。」正說著，薛扯別吉遣人議和，並迎忽兒真。鐵木真語來使道：「薛扯別吉既自知罪，還有何說？他母便偕你同回。你去與薛扯別吉說明，我擬攻塔塔兒部，叫他率兵來會，不得誤期！」使者奉命，偕忽兒真去訖。

　　鐵木真待至六日，薛扯別吉杳無音信，便自率軍前往。至浯勒札河，與金兵前後夾攻，破了塔塔兒部營帳，擊斃部酋摩勤蘇里徒。金丞相完顏襄嚷著道：「塔塔兒無故叛我，所以率兵北征。今幸得汝相助，擊死叛酋。我當奏聞我主，授你為招討官。你此後當為我邦效力！」鐵木真應著，金丞相自回去了。鐵木真復入塔塔兒帳中，搜得一個嬰兒，乘著銀搖車，裹著金繡被，便將他牽來。見他頭角崢嶸，命為第三個養子，取名失吉忽禿忽。（《元史》作忽都忽。）隨即凱旋。不期薛扯別吉潛兵來襲，把那最後的老弱殘兵，殺了十名，奪了五十人的衣服馬匹，揚長去了。

　　鐵木真聞報，大怒道：「前日薛扯別吉在斡難河畔與宴，他的母將我廚師打了；又將別里古台的肩甲斫破了，我為他是同族，特別原諒，與他修和，叫他前來合攻塔塔兒仇人。他不來倒也罷了，反將我老小部卒，殺

的殺，擄的擄，真正豈有此理！」遂帶著軍馬，越過沙漠，到客魯倫河上游，攻入薛扯別吉帳中。薛扯別吉已挈眷屬逃去，只擄了他的部眾，收兵而回。

越數月，鐵木真餘怒未息，又率兵往討，追薛扯別吉至迭列禿口，把他擒住，親數罪狀，推出斬首，並殺其弟泰出勒；唯赦他家屬；又見他子博爾忽，（《祕史》作孛羅兀勒。）少年英邁，取為養子，後以善戰著名。（亦四傑之一。）歸途遇著札剌赤兒種人，名叫古溫豁阿，（《元史》作孔溫窟哇。）引著數子來歸。有一子名木華黎，（《祕史》作木合黎，《源流》作摩和賚，《通鑑輯覽》作穆呼哩，亦為四傑之一。）智勇過人，嗣經鐵木真寵任，與博爾朮、赤老溫等一般優待。這且慢表。

且說札木合自敗退後，憤悶異常，日思糾合鄰部，再與鐵木真決一雌雄。聞西南乃蠻部土壤遼闊，獨霸一方，遂去納幣通好，願約攻鐵木真。乃蠻部在天山附近，部長名太亦布哈，（《通鑑輯覽》作迪延汗。）曾受金封爵，稱為大王。胡俗呼大王為汗，因連類稱他為大王汗，蒙人以訛傳訛，竟叫他作太陽汗。太陽汗有弟，名古出古敦，與兄交惡，分部而治，自稱不亦魯黑汗。會札木合使至，太陽汗猶遲疑未決，不亦魯黑汗願發兵相助，出師至乞溼勒巴失海子。（海子亦稱淖爾，為蒙古語，猶華人之言湖也。）鐵木真聞報，用了先發制人的計策，邀集汪罕部落，從間道出襲不亦魯黑汗，不亦魯黑倉猝無備，全軍潰散。鐵木真等得勝告歸。

那時哈答斤部、散只兀部、朵魯班部、弘吉剌部聞鐵木真強盛，統懷恐懼，大會於阿雷泉，殺了一牛一羊一馬，祭告天地，歃血為誓，結了攻守同盟的密約。札木合乘機聯繫，遂由各部公議，推札木合為古兒汗。還有泰赤烏蔑里吉兩部酋，以及乃蠻部不亦魯黑汗，也思報怨，來會札木合，就是塔塔兒部餘族，另立部長，趁著各部大會，兼程趕到，大眾齊至禿拉河，由札木合作為盟主，與各部酋對天設誓道：「我等齊心協力，共

擊鐵木真，倘或私洩機謀，及陰懷異志，將來如頹土斷木一般！」誓畢，共舉足踏岸，揮刀斫林，作為警戒的榜樣。（是謂庸人自擾。）遂各出軍馬，銜枚夜進，來襲鐵木真營帳。

偏偏豁羅剌思種人豁里歹，與鐵木真出自同族，馳往告變。鐵木真連忙戒備，一面遣使約汪罕，令速出師，同擊札木合聯軍。汪罕脫里，率兵到客魯倫河，鐵木真已勒馬待著，兩下相見，共議軍情。脫里道：「敵軍潛來，居心叵測，須多設哨探方好哩。」鐵木真道：「我已派部下阿勒壇等，去做頭哨了。」脫里道：「我也應派人前去。」當下叫他子鮮昆為前行，帶領部眾一隊，分頭偵探，自與鐵木真緩緩前進。

過了一宿，當由阿勒壇來報導：「敵兵前鋒，已到闊奕壇野中了。」鐵木真道：「闊奕壇距此不遠，我軍應否迎戰？」脫里道：「鮮昆不知何處去了？如何尚未來報？」阿勒壇道：「鮮昆麼？聞他已前去迎仗了！」鐵木真急著道：「鮮昆輕進，恐遭毒手，我等應快去援他！」（脫里不信阿勒壇，鐵木真獨急援鮮昆，後日成敗之機，已伏於此。）於是兩軍疾馳，徑向闊奕壇原野出發。

這時候，札木合的聯軍，已整隊前來。乃蠻部酋不亦魯黑汗，仗著自己驍勇，充作前鋒統領，（你前時如何潰散，此時恰又來當沖。）望見汪罕前隊軍馬，只寥寥數百人，（便是鮮昆軍。）不由得笑著道：「這幾個敵兵，不值我一掃！」（慢著！）正擬遣眾掩擊，忽望見塵頭大起，脫里、鐵木真兩軍，滾滾前來，又不禁變喜為懼，愕然道：「我等想乘他不備，如何他已前知？」（忽喜忽懼，恰肖莽夫情狀。）

方疑慮間，札木合後軍已到，不亦魯黑忙去報聞。札木合道：「無妨！蔑里吉部酋的兒子忽都，能呼風喚雨，只叫他作起法來，迷住敵軍，我等便可掩殺了！」不亦魯黑汗道：「這是一種巫術，我也粗能行使。」札木合喜道：「快快行去！」不亦魯黑汗，遂邀同忽都，用了淨水一盆，各從懷

中取出石子數枚，大的似雞卵，小的似棋子，浸著水中，兩人遂望空禱誦。不知唸著什麼咒語，咕哩咕嚕了好一回，果然那風師雨伯，似聽他驅使，霎時間狂飆大作，天地為昏，滴滴瀝瀝的雨聲也逐漸下來了！（各史籍中，曾有此事，不比那無稽小說，憑空捏造。）小子恰為鐵木真等捏一把汗，遂口占一絕云：

禱風祭雨本虛詞，誰料胡巫果有之！
可惜問天天不佑，一番祈禱轉罹危。

畢竟勝負如何？且看下回續表。

札木合兩次興師，俱聯合十餘部，來攻鐵木真，此正鐵木真興亡之一大關鍵。第一次迎戰，用博爾朮之謀，依險自固，老敵師而後擊之，卒以致勝，是所賴者為人謀。第二次迎戰，敵人挾術以自鳴，幾若無謀可恃，然觀下回之反風逆雨，而致勝之機，仍在鐵木真，是所賴者為天意。天與之，人歸之，雖欲不興得乎？本回上半段，敘斡難河畔之勝，歸功人謀，故中間插入各事，所有錄故釋嫌，赦孥恤孤之舉，俱一一載入，以見鐵木真之善於用人；下半段敘闊弈壇之戰，得半而止，獨見首不見尾，此是作者蓄筆處，亦即是示奇處。名家小說，往往有此。否則，便無氣焰，亦烏足動目耶！

第七回
報舊恨重遇麗姝　復前仇疊逢美婦

　　卻說不亦魯黑汗等用石浸水，默持密咒，果然風雨並至。看官到此，未免懷疑。小子嘗閱方觀承詩注，謂蒙古西域祈雨，用楂達石浸水中，咒之輒驗。楂達石產駝羊腹內，或圓或扁，色有黃白。駝羊產此，往往羸瘦，生剖得者尤靈。就是陶宗儀《輟耕錄》，也有此說。（原原本本，殫見洽聞，是小說中獨開生面。）小子未曾見過此石，大約如牛黃、狗寶等類，獨蘊異寶，所以有此靈怪。

　　閒文少表。單說札木合見了風雨，心中大喜，忙勒令各軍靜待，眼巴巴的望著對面。一俟鐵木真等陣勢自亂，便掩殺過去，好教他片甲不回。那邊鐵木真正思對仗，忽覺陰霾四布，咫尺莫辨，驟風狂雨，迎面飄來，免不得有些驚慌，只飭令部眾嚴行防守。那汪罕部下，卻有些鼓譟起來，脫里禁止不住。鐵木真也恐牽動全軍，急上加急。驀然間風勢一轉，雨點隨飛，都向札木合聯軍飄蕩過去。札木合正在得意，不防有此變幻，忙與不亦魯黑汗等商議。怎奈不亦魯黑汗等，只能祈風禱雨，恰不能逆雨反風，只得呆呆的望著天空，一言不答。無如對面的敵軍，已是喊殺連天，搖旗疾至。札木合滿腹喜歡都變作愁雲慘霧，不禁仰天嘆道：「天神呵！何故保佑鐵木真那廝，獨不保佑我呢？」言未畢，見軍中已皆倒退，料已禁止不住，只好撥馬而逃。（幸虧得是逃慣，倒還沒有什麼。）那時各部酋都已股慄，還有何心戀戰，自然一鬨兒走了。於是全軍大潰，有被斫的，有受縛的，有墜崖的，有落澗的，有互相踐踏的，有自相殘殺的，統

第七回　報舊恨重遇麗姝　復前仇疊逢美婦

共不知死了若干，傷了若干。

鐵木真想乘此滅泰赤烏部，便請脫里追札木合，自率眾追泰赤烏人。泰赤烏部酋阿兀出把阿禿兒走了一程，見鐵木真追來，復收拾敗殘兵馬，返身迎戰。怎奈軍心已亂，屢戰屢敗，只得顧著性命，乘夜再走。那部眾不及隨上，多被鐵木真軍，擄掠過來。

鐵木真忽憶著鎖兒罕情誼，自去找尋。到了嶺間，驀聽得有一種嬌音，在嶺上叫著道：「鐵木真救我！」鐵木真望將過去，乃是一個穿紅的婦人。忙飭隨身的部卒，上前訊明，回報是鎖兒罕女兒，名叫合答安。鐵木真聞著合答安三字，搶步行去。到了合答安前，見她形神雖改，豐采依然。便問道：「你何故在此？」合答安道：「我的夫被軍人逐走了，我見你跨馬前來，所以叫你救我！」鐵木真大喜道：「快隨我前去！」（邂逅相逢，適我願兮。）說著，便叫部卒牽過一騎，自扶合答安上馬，並轡下山。合答安在途間，尚口口聲聲叫鐵木真飭尋丈夫。鐵木真含糊應著，一面令部卒傳著軍令，飭大眾就此下營。

設帳已畢，卻無心檢點俘虜，只令部眾留意巡邏，嚴防不測。是晚在後帳備好酒筵，挽合答安並坐暢飲。合答安不好就坐，只在鐵木真座旁侍著。鐵木真情不自禁，竟將她摟入懷中，令坐膝上，低聲與語道：「我從前避難妳家，承妳殷勤侍奉，此心耿耿不忘！早思與妳結為夫婦，只因我那時艱險萬狀，連一聘就的妻室，尚不知何日可娶，所以不敢啟口。目今我為部長，又與妳幸得再逢，看來這夙世姻緣，總當配合哩！」合答安道：「你已有妻，我已有夫，如何配合？」鐵木真道：「我為一部主子，多娶幾個夫人，算做什麼？妳的丈夫，聞已被軍人殺死了，剩妳孤身隻影，正好與我做個第二夫人！」合答安聞丈夫已死，不禁淚下。鐵木真道：「你記念著丈夫麼？人死不能重生，還要念他做甚！」（眼前的丈夫比前日的丈夫好得許多，合答安真是多哭。）說著時，並替她拭淚。合答安心中，

好似小鹿兒亂撞，不知所為。鐵木真恰歡飲了數大觥，乘著酒興，擁合答安入寢。昔與共患難，今與共安樂，總算是有情有義的好男兒。（意在言外。）

翌日，合答安的父親鎖兒罕，也入帳來見。（來做國丈了。）鐵木真迎著道：「你父子待我有恩，我日夕廑念，你如何此時才來？」鎖兒罕道：「我心早倚仗著你，所以命次兒先來歸附。我若也是早來，恐此間部酋不依，戮我全家，所以遲遲吾行。」鐵木真道：「昔日厚恩，今當圖報！我鐵木真不是負心人，教你老人家放心！」（子為人臣，女為人妾，好算是知恩報恩。）鎖兒罕稱謝，鐵木真命拔帳齊回。

到了客魯倫河上流，飭部卒探聽汪罕消息。及返報，方知札木合被追，窮蹙無歸，已投降汪罕，汪罕收兵自回去了。鐵木真道：「他何不遣人報我！」（言下有不悅意。）別里古台在旁說道：「汪罕既已回兵，我們也不必過問。唯塔塔兒是我世仇，我正好乘勝進攻，除滅了他！」鐵木真道：「且回去休息數日，往討未遲！」

過了一月，鐵木真發兵攻塔塔兒部。塔塔兒部已早防著，糾集族眾，決一死戰。鐵木真聞知敵人勢眾，倒也不敢輕敵，當下號令諸軍，約法三章。第一條，臨戰時不得專掠財物；第二條，戰勝後亦不得貪財，待部署妥定，方將敵人財物，按功給賞；第三條，軍馬進退，都須遵軍帥命令。不奉命者斬，既退後，再令翻身力戰，仍須前進；有畏縮不前者斬。軍令既肅，壁壘一新，接連與塔塔兒部戰了數次，塔塔兒人雖然奮力上前，怎奈寡不敵眾，弱不敵強，終被那鐵木真占了勝著，弄到一敗塗地。塔塔兒部酋，依然逃去，（塔塔兒前已屢敗，勢不能敵鐵木真，所以敘筆從略。）鐵木真軍追趕不及，方才收軍。檢查帳下，只阿勒壇、火察兒、答里台三人違令，私劫財物。鐵木真憤甚，命哲別、忽必來兩將，把他三人傳入，申明軍法，擬令加刑。部下都屈膝哀求，代他乞免。鐵木真道：「你三人

第七回　報舊恨重遇麗姝　復前仇疊逢美婦

與我祖父，同出一源，我也何忍罪你，但你等既立我為部長，並誓遵我令，我自不敢以私廢公。現由大眾替你乞免，你等應悔過效誠，將功贖罪！」言訖，又命哲別、忽必來道：「你去把他所得財物，取來充公，休得代他隱飾！」哲別、忽必來依令而行，阿勒壇等亦退出帳外，未免怏怏失望。（為後文往投汪罕張本。）原來阿勒壇係忽都剌哈汗次子，是鐵木真從叔；火察兒係也速該親姪，是鐵木真從弟；答里台係也速該胞弟，是鐵木真叔父。鐵木真做部長時，阿勒壇等首先推戴，顧遵命令，所以鐵木真記在胸中，有此勸勉。那三人頗自恃功高，背誓負約，這也是人心難料，防不勝防了。

　　鐵木真召集宗族，與他密議道：「塔塔兒的仇怨，我所切記，今幸戰勝了他，他所有的百姓，男子盡行誅戮，婦女各分做奴婢使用，方可報仇雪恨。」族眾相率贊成。議定後，別里古台出來，塔塔兒人也客扯連與別里古台向頗認識，便問商議何事，別里古台把真情說了，也客扯連便去傳報塔塔兒人。塔塔兒人自知遲早一死，索性拚著了命，來攻鐵木真營帳，虧得鐵木真尚有防備，急命部下出來敵住，塔塔兒人殺他不過，復一閧兒走到山邊，倚山立寨，負嵎死守。鐵木真率軍進攻，足足相持兩日，方將山寨攻破。那時，塔塔兒人除婦女外，各執一刀，亂斫亂砍，彼此殺傷，幾至相等。（所謂困獸猶鬥。）及至塔塔兒的男子，喪亡殆盡，那時鐵木真部下，也好多死傷了。

　　鐵木真查得洩漏軍機，乃是別里古台一人所致，便命別里古台去拿也客扯連。別里古台去了半晌，返報也客扯連查無下落，大約已死在亂軍中，只有他一個女兒，現已擄到。鐵木真不待說畢，便怒道：「為你洩了一語，累得軍馬死傷，此後會議大事，你不準進來！」別里古台唯哺遵命。鐵木真復道：「你擄來的女子現在何處？」別里古台道：「在帳外，我去押她進來。」

當下把那女押入帳中，衣冠顛倒，髮鬢蓬鬆，戰兢兢的跪在地上。鐵木真喝聲道：「妳父陷死我們多人，就是碎屍萬段，不足償我部下的生命。妳既是他的女兒，也應斬首！」那女子更觳觫萬狀，抖做一團，勉強說了饒命二字。誰知才一開口，那種天生的嬌喉，已似笙簧一般，送入鐵木真耳中。鐵木真不禁動了情腸，便道：「妳想我饒命麼？妳且抬起頭來！」那女子聞言，慢慢兒的舉首，由鐵木真瞧將過去。只見她愁眉半鎖，淚眼微抬，彷彿是帶雨海棠，約略似欺風楊柳。便默想道：「似這般俊俏的面龐，恐我那兩個妻室，也不能及她。」隨語道：「要我饒妳的命，除非做我的妾婢！」那女道：「果蒙赦宥，願侍帳下！」（此女無恥。）鐵木真喜道：「很好！妳且至帳後梳洗去罷。」

　　說至此，當有帳後婢媼，前來攙扶那女，冉冉進去。鐵木真才命別里古台退出，復將營中應辦的事情，囑咐諸將，然後至帳後休息。才入後帳，那女子已前來迎著，由鐵木真攜住她的纖手，賞鑑了好一回，只覺得豐容盛鬋，妝抹皆宜，（新妝如繪。）因柔聲問著道：「妳叫什麼名字？」那女子道：「我叫做也速干。」鐵木真道：「好一個也速干！」那女子把頭一低，拈著腰帶，一種嬌羞的態度，幾乎有筆難描。（是一種淫婦腔。）鐵木真攜她並坐，便道：「妳的父親，實是有罪，妳可怨我麼？」（比初見時言語如出兩人。）也速干答稱不敢。鐵木真笑道：「妳若做我的妾婢，未免有屈美人，我今夜便封妳作夫人罷！」也速干屈膝稱謝。（絕不推辭，想是待嫁久矣。）鐵木真即與她開飲，共牢合卺，情話喁喁，自傍晚起，直飲到昏黃月上，刁斗聲遲，隨令婢役等撤去酒餚，催也速干卸了豔妝，同入鴛幃，飽嘗滋味。（寫也速干共寢時，與合答安不同，是為各人顧著身分。）

　　翌晨，也速干先行起來，安排妝束。鐵木真也醒著了，也速干過去侍奉，但見鐵木真睜著兩眼，覷著自己的面龐，一聲兒不出口。（情魔纏

住了。)也速干不覺嫣然道:「看了一夜,尚未清楚麼?」(恐不止相看而已。)鐵木真道:「妳的芳容,令人百看不厭!」也速干道:「堂堂一個部長,眼孔兒偏這麼小,對我尚這般模樣,若見了我的妹子也遂,恐怕要發狂了!」鐵木真忙道:「妳的妹子在哪裡?」也速干道:「才與他夫婿成親,現不知何處去了?」(背父事仇,已是靦顏,還要添個妹子,不知她是何心肝!)鐵木真道:「妳妹子果有美色,不難找尋。」當即出帳命親卒去尋也遂,囑咐道:「妳如見絕色的婦女,便是那人。」

去了半日,那親卒已牽一美婦進來。鐵木真瞧著,芙蓉為面,秋水為眸,膚如凝脂,領如蝤蠐,狀貌頗肖也速干,至綽約輕盈,又比也速干似勝一籌。便問道:「妳可名也遂麼?」那婦答聲稱是。鐵木真道:「妙極了!妳姊已在後帳,可進去一會。」也遂便入晤也速干,也速干便邀她同嫁鐵木真。也遂道:「我的丈夫,被他軍人逐走了,我很是懷念,妳為何叫我嫁那仇人?」也速干道:「我塔塔兒人先去毒他父親,所以反受其毒。他現在富貴得很,威武得很,嫁了他,有什麼不好?勝似嫁那亡國奴哩!」也遂默然無語。(已動心了。)也速干又勸她數語,也遂道:「他既為部長,年又盛強,料他早有妻子,我如何做他妾媵?」(心已默許,不過想做正妻耳。)也速干道:「聞他已有一兩個妻室。別人的心思,我不能料,若我的位置,情願讓與阿妹!」也遂徐答道:「且待再商!」

語未畢,只聽得一人接著道:「還要商議什麼?好一位姊姊,位置且讓與妹子,做妹子的總要領情哩。」(我亦云然。)說至此,帳已揭開,龍行虎步的鐵木真已揚眉進來。也遂慌忙失措,忙避至阿姊背後,不意阿姊反將她推出,正與鐵木真撞個滿懷,鐵木真順手攬住,也速干乘隙走出。看官,你想一個怯弱的婦女,如何能抗拒強人?若非殉節喪身,定然是隨緣湊合,任人戲弄了。(又是一種筆墨。)

越日,鐵木真升帳,令也遂侍右,也速干侍左,(欲要好,大做小,

也速干想明此理。）各部眾都上前慶賀。鐵木真很是欣慰，不意也遂獨短嘆長吁，幾乎要流下淚來。鐵木真顧著，暗暗生疑，隨叫木華黎傳令，飭大眾分部站立。眾人依令行著，只有一個目光灼灼的少年，形色倉皇，孑身立著。（怪不得他。）鐵木真問他是什麼人？那人道：「我是也遂的夫婿。」（直言不諱，難道想還你妻兒？）鐵木真怒道：「你是仇人子孫，我倒不來拿你，你反自來送死，左右將他推出去，斬首完結！」不一刻，已將首級呈上。也遂從旁窺著，禁不住淚珠瑩瑩，退入後，嗚嗚咽咽的哭了片刻，由也速干從旁婉勸，方才止淚。後來境過情忘，也樂得安享榮華了。（這是婦女最壞處。）

鐵木真凱旋後，復思討蔑里吉部。忽有人報蔑里吉人已由汪罕部下自行剿捕，把他部酋脫黑脫阿逐去，殺了他長子，擄了他妻孥，並人物牲畜，滿載而歸了。鐵木真遲疑半晌，方道：「由他去罷！」（第二次生嫌。）小子有詩詠道：

交鄰有道莫貪財，利慾由來是禍胎。
誰釀屬階生釁隙，蒙疆又復起兵災。

後來鐵木真與汪罕曾否失和，且至下回分解。

前回多敘戰事，寫得如火如荼，本回多述私情，寫得又驚又愛。此如戲角登臺，有武戲又有文戲；武戲必用幾個武生，文戲必雜幾個旦角，英雄兒女，陸續演出，方能使閱者靨目。小說亦然，然或詞筆復沓，連篇一律，則味同嚼蠟，亦乏趣味，作者於鐵木真得三美時，詞意迭變，為個人各占身分，即為本書煥出精神，是即文字奪色處。

第七回　報舊恨重遇麗姝　復前仇疊逢美婦

第八回
四傑赴援以德報怨　一夫拚命用少勝多

卻說汪罕大掠蔑里吉部，得了無數子女畜牲回去享受，並沒有遺贈鐵木真，也未嘗遣使報聞。鐵木真尚是耐著，約汪罕去攻乃蠻。汪罕總算引兵到來，兩軍復整隊出塞。聞不亦魯黑汗在額魯特地方，當即殺將過去。不亦魯黑汗料不能敵，竟聞風遠颺，越過阿爾泰山去了。鐵木真麾眾窮追，擒住他部目也的脫孛魯，訊知不亦魯黑已是遠遁，只得收隊回營。誰知甫到半途，突來了乃蠻餘眾，由曲薛吾撒八剌兩頭目統帶，掩襲鐵木真。鐵木真馳入汪罕軍，與汪罕再約迎戰，汪罕自然應允。因天色已晚，兩軍各分駐營中，按兵靜守了。

次日黎明，鐵木真部下齊起，整備開仗，遙望汪罕營帳，上面有飛鳥往來，不覺驚詫異常。急命軍士探明，返報汪罕營內，燈火猶明，只帳下卻無一人！（怪極！）鐵木真道：「莫非他去了不成，我與他聯軍而來，他棄我遠適，轉足擾我軍心，我不如暫行退兵，待探聽確實，再來未遲！」（是亦所謂臨事知懼者。）嗣後探得汪罕係信札木合讒言，謂鐵木真後必為變，因此不謀而去。（回應札木合投降汪罕事。）鐵木真雖恨那汪罕，然猶因他誤信讒人，曲為含忍。（這是第三次生嫌。）

未幾，忽有人報稱汪罕的部眾，被乃蠻、曲薛吾等從後追襲，掠去輜重，連那兒子鮮昆的妻孥，也被劫去了。鐵木真道：「誰叫他棄我歸去？」言未已，又有人來報，汪罕遣使乞援。鐵木真道：「著他進來！」汪罕使入見，詳述本部被擄情形，並言蔑里吉酋兩子，先已作本部俘虜，今亦逃

去。現雖遣將追擊乃蠻,終恐不足勝敵。且聞貴部有四良將,所以特來求援,請速令四將與我同去!鐵木真笑道:「前棄我,今求我,是何用心?」來使道:「前日誤信讒言,所以速返,若貴部肯再發援兵,助我部酋,此後自感激不淺,就使有十個札木合,也無從進讒了。」(來使頗善辭令。)鐵木真道:「我與你部酋,情誼本不亞父子,都因部下讒間,因此生疑。現既情急待援,我便叫四良將與你同去。何如?」來使稱謝。於是命木華黎、博爾朮、赤老溫、博爾忽四傑,帶著軍馬,隨使同去。

行到阿爾泰山附近,遙聞喊聲震地,鼓角喧天,料知前途定在開仗。登山瞭望,見汪罕部兵,被乃蠻軍殺得大敗虧輸,七零八落的逃下陣來。木華黎等急忙下山,率兵馳去。那時汪罕已喪了二將,首領鮮昆,馬腿中箭,險些兒被敵人擒去。正危急間,木華黎等已到,便救出鮮昆,上前迎戰。乃蠻頭目曲薛吾等,雖已戰勝,也未免乏力,怎經得一支生力軍,似生龍活虎一般,見人便殺,逢馬便刺!不到幾合,曲薛吾部下,漸漸卻退,木華黎等愈戰愈勇,把敵人殺得四散奔逃。曲薛吾等管命要緊,也只得棄了輜重,落荒遁去。鮮昆的妻子,及一切被掠人物,統已奪轉,交鮮昆帶回。

鮮昆返報脫里,脫里大喜道:「從前鐵木真的父親,嘗救我的危難,今鐵木真又差四傑救我,他父子兩個,真是天地間的好人!我今年已老了,此恩此德,如何報得!」(本心未嘗梏亡,如何後復變計。)隨命使召見四傑,只博爾朮前往,脫里獎他忠義,贈他錦衣一襲,金樽十具,復語道:「我年已邁,將來這百姓,不知教誰人管領!我諸弟多無德行,只有一子鮮昆,也如沒有一般。你回去與你主說,倘不忘前好,肯與鮮昆結為兄弟,使我得有二子,我也好安心了!」博爾朮奉命返報,鐵木真道:「我固視他為父,他未必視我如子,既已感恩悔過,我與鮮昆做弟兄,有何不可!」遂遣使再報汪罕,約會於土兀剌河,重修和好。脫里如約守候,鐵

木真當即前去，便在土兀剌河岸，置酒高會，兩下歡飲，甚是和洽，遂雙方訂約，對敵時一同對敵，出獵時一同出獵，不可聽信讒言！必須對面晤談，方可相信。約既定，鐵木真遂認脫里為義父，鮮昆為義弟，告別而回。

既而鐵木真欲與汪罕結為婚姻，擬為長子朮赤，求婚脫里女抄兒伯姬。（鐵木真既認脫里為父，如何求其女為子婦？胡俗之不明倫序，於此可見。）鮮昆子禿撒合，亦欲求鐵木真長女火臣別吉為妻。鐵木真以他女肯為子婦，己女亦不妨遣嫁。獨鮮昆不樂，勃然道：「我的女兒到他家去，向北立著；他的女兒到我家來，面南高坐，這如何使得。」於是婚議未諧。（第四次生嫌。）

札木合又乘隙思逞，密通阿勒壇、火察兒、答里台三人，令他們背叛鐵木真，歸順汪罕。三人素懷怨望，（應上次。）竟聽了札木合的哄誘，潛歸汪罕去訖。札木合遂語鮮昆道：「鐵木真為婚事未諧，與乃蠻部太陽汗私相往來，恐將圖害汪罕。」鮮昆初尚不信，經阿勒壇等三人來作口證，鮮昆遂差人告脫里道：「札木合聞知鐵木真將害我等，宜乘他未發，先行除他！」脫里道：「鐵木真既與我為父子，為什麼反覆無常？若果他有此歹心，天亦不肯佑他！札木合的說話，不可相信的！」

越數日，鮮昆又自陳父前，謂他的部下阿勒壇等前來投誠，亦這般通報，父親何故不信？脫里道：「他屢次救我，我不應負他。況我來日無多，但教我的骸骨，安置一處，我死了亦是瞑目！你要怎麼幹，你自去幹著，總要謹慎方好哩！」（既云不應負他，又云你自去幹著，真是老誖得很。）

鮮昆便與阿勒壇等，商量一條毒計出來。看官，你道是什麼毒計？原來是佯為許婚，誘擒鐵木真的法兒。既定議，即差人去請鐵木真前來與宴，面訂婚約。鐵木真坦然不疑，只帶了十騎，即日起行。道過明里也赤哥家中，暫時小憩。明里也赤哥嘗隸鐵木真麾下，至是告老還鄉，與鐵木

真會著。鐵木真即述赴宴的原因，明里也赤哥道：「聞鮮昆前日妄自尊大，不欲許婚，今何故請吃許婚筵席，莫非其中有詐？不若以馬疲道遠為詞，遣使代往，免致疏虞！」（幸有此諫。）

鐵木真許諾，乃遣不合台、乞剌台兩人赴席，自率八騎徑歸，靜待不合台、乞剌台返報。孰意兩日不至，乃復率數百騎西行，至中途候著。忽來了快足一名，說有機密事求見。當由部眾喚入，那人向鐵木真道：「我是汪罕部下的牧人，名叫乞失裡，因聞鮮昆無信，陽允婚事，陰設機謀，現已留下貴使，發兵掩襲。我恨他居心叵測，特來告變。貴部快整備對敵，他的軍馬就要到了！」鐵木真驚著道：「我手下不過數百人，哪能敵得住大隊軍馬，我等回帳不及，快至附近山中，避他兵鋒！」言畢，即刻拔營。行里許，至溫都爾山，登山西望，沒有什麼動靜，稍稍放心。是晚便在山後住宿。

天將明，鐵木真姪兒阿勒赤歹，（合赤溫子。）正在山上放馬，適見敵軍大至，慌忙報知鐵木真。（鐵木真等住宿山後，所以未曾聞知。）鐵木真倉猝備戰，恐寡不敵眾，特集麾下商議。大眾面面相覷，獨畏答兒奮然道：「兵在精不在多，將在謀不在勇，為主子計，急發一前隊，從山後繞出山前，扼敵背後；再由主子率兵，截他前面，前後夾攻，不患不勝！」鐵木真點首，便命術撤帶做先鋒，叫他引兵前去。術撤帶置若罔聞，只用馬鞭擦著馬鬃，嘿不發聲。畏答兒從旁瞧著，便道：「我願前去！萬一陣歿，有三個黃口小兒，求主子特別撫卹！」鐵木真道：「這個自然！天佑著你，當亦不至失利。」（蒙古專信天鬼，所以每事稱天。）畏答兒正要前行，帳下閃出折里麥道：「我亦願去。」折里麥素隨鐵木真麾下，也是個患難至交，至此願奮勇前敵，鐵木真自然應允。並語他道：「你與畏答兒同去，彼此互為援應，我很為放懷。到底是多年老友，安危與共呢！」（遣將不如激將。）兩將分軍去訖。

帳下聞鐵木真誇他忠勇，不由得憤激起來，大家到鐵木真前，願決死戰，連術撤帶也摩拳擦掌，有志偕行。（正要你等如此。）鐵木真即命術撤帶轄著前隊，自己押著後隊，齊到山前立陣。

是時畏答兒等已繞出山前，正遇汪罕先鋒只兒斤，執著大刀，迎面衝來。畏答兒也不與答話，便握刀與戰。只兒斤是有名勇士，刀法很熟，畏答兒抖擻精神，與他相持，正在難解難分的時候，那畏答兒部下的軍士，都大刀闊斧，向只兒斤軍中，衝殺過去。只兒斤軍忙來阻擋，不料敵人統不畏死，好似瘋狗狂噬，這邊攔著，衝破那邊，那邊攔著，復衝破這邊，陣勢被他牽動，不由得退了下去。只兒斤不敢戀戰，也虛晃一刀走了。畏答兒不肯捨去，策馬力追。折里麥亦率眾隨上，那汪罕第二隊兵又到，頭目叫做禿別干。只兒斤見後援已到，復撥轉馬頭，返身奮鬥。折里麥恐畏答兒力乏，忙上前接著。禿別干亦殺將上來，當由畏答兒迎戰。汪罕兵勢越盛，畏答兒尚只孤軍，心中一怯，刀法未免一鬆，被禿別干舉槍刺來，巧中馬腹，那馬負痛奔回，畏答兒駕馭不住，被馬掀倒地上。禿別干趕上數步，便用長槍來刺畏答兒，不防前面突來一將，將禿別干槍桿挑著，豁刺一響，連禿別干一支長槍，竟飛向天空去了。（句法奇兀。）禿別干剩了空手，忙撥馬回奔。那將便救起畏答兒，復由敵人中奪下一馬，令畏答兒乘著。畏答兒略略休息，又殺入敵陣去了。看官，你道那將是什麼人，便是術撤帶部下的前鋒，名叫兀魯，力大無窮，所以嚇退禿別干，救了畏答兒。兀魯去追禿別干，汪罕第三隊援兵又到，為首的叫做董哀。當下來截住兀魯，又是一場惡戰，術撤帶驅兵進援，大家努力，把董哀軍殺退。董哀方才退去，汪罕勇士火力失烈門，復領著第四隊軍來了。（句法又變。）術撤帶大喝道：「殺不盡的死囚！快上來試吾寶刀！」火力失烈門並不回答，便惡狠狠的攜著雙錘，來擊術撤帶。術撤帶用槍一擋，覺來勢很是沉重，料他有些勇力，遂特別留神，與他廝殺，大戰數十合，不分勝負。兀

魯見術撤帶戰他不下，也撥馬來助。火力失烈門毫不畏怯，又戰了好幾合，忽見對面陣中，豎著最高的旄纛，料知鐵木真親自到來，他竟撇下術撤帶等，來搗中軍。術撤帶等正思轉截，那汪罕太子鮮昆，又率大軍前來接應。這時術撤帶等，只好抵敵鮮昆，不能回顧鐵木真。鐵木真身旁，幸有博爾朮、博爾忽兩將，見火力失烈門踹入，急上前對仗。兩將是有名人物，雙戰火力失烈門，尚不過殺個平手，惱了鐵木真三子窩闊台，也奮身出鬥，把他圍住。火力失烈門恐怕有失，眉頭一皺，計上心來，竟向博爾忽當頭一錘，博爾忽把頭避開，馬亦隨動，火力失烈門乘這機會，跳出圈外，望後便走。博爾朮等哪裡肯捨，相率追去，那火力失烈門引他馳入大軍，復翻身來戰，霎時間各軍齊上，把博爾朮等困住垓心。博爾朮等雖知中計，無如事到其間，無可奈何，只得拚命鏖戰，與他爭個你死我活！（逐層寫來，變幻不測。）於是兩軍齊會，汪罕的兵勝過鐵木真軍五六倍，鐵木真軍，人自為戰，不管什麼好歹，統將爹娘所生的氣力，一齊用出，尚殺不退汪罕軍。

鮮昆下令道：「今日不擒住鐵木真，不得退軍！」語才畢，忽有一箭射來，不偏不倚，正中鮮昆面上。鮮昆叫了一聲，向後便倒，伏鞍而走。這支箭係由術撤帶發出，幸得射著，遂趁勢追趕鮮昆。鮮昆軍恰尚不亂，且戰且走。術撤帶追了一程，恐前途遇伏，中道旋師。鐵木真望見敵兵漸退，亦遣使止住各將，不得窮追。於是各將皆斂兵歸還。畏答兒獨捧著頭顱，狼狼回來。鐵木真問他何故，畏答兒道：「我因聞旋師的命令，免冑斷後，不意腦後中了流矢，痛不可忍，因此抱頭趨歸。」鐵木真垂淚道：「我軍這場血戰，全由你首告奮勇，激動眾心，因得以寡敵眾，僥倖不敗。你乃中著流矢，教我也覺痛心！」遂與並轡回營，親與敷藥，令他入帳臥著。自己檢點將士，傷亡雖有數十人，還幸不至大損。唯博爾朮、博爾忽及窩闊台三人，尚未見到，忙令兀魯、折里麥等帶著數十騎，前去找尋。

看官，上文說他三人，被火力失烈門率軍圍著，兩下惡鬥。這時兩軍皆退，三人尚沒有回營，莫非陣歿了不成？看官不要性急，待小子補敘出來。原來博爾朮、博爾忽及窩闊台三人，被火力失烈門引兵圍住，正在萬分危急的時候，幸虧朮撤帶射中鮮併力上前，奪路而走，及至殺出重圍，人已睏了，馬也乏了，窩闊台且項上中箭，鮮血直流，由博爾忽將他頸血呕去，揀一僻靜的地方，歇了一宿，方才回來。那時兀魯、折里麥等，足足找尋了一夜，始得會著。小子有詩嘆道：

　　天開殺運出胡兒，奔命疆場苦不辭，
　　待到功成身已老，白頭徒憶少年時！

　　欲知後事如何，且由下回交代。

　　鐵木真之待汪罕，不可謂不厚，而汪罕則時懷猜忌，謀害鐵木真，天道有知，寧肯佑之！當鮮昆妻子被掠之時，若非四傑赴援，則被掠者何自歸還？乃不思報德，陽許婚而陰設阱，誘鐵木真而鐵木真不至，鮮昆當日，宜亦因計之未成，而幡然悔悟，藉以弭釁可也，不此之圖，猶欲潛師掩襲，出其不備，彼自以為得計，而其如天意之不容何哉！史稱溫都爾山之役，為鐵木真一生有名戰事，蒙古人至今稱道之。作者敘述此戰，亦覺精警絕倫，文生事耶，事生文耶！有是事不可無是文，讀罷當浮一大白！

第八回　四傑赴援以德報怨　一夫拚命用少勝多

第九回
責汪罕潛師劫寨　殺脫里悖力興兵

　　卻說博爾朮、博爾忽及窩闊台三人回營，由鐵木真慰勞畢，博爾忽道：「汪罕的兵眾，雖已暫退，然聲勢尚盛，倘若再來，終恐眾寡不敵，須要別籌良策為是！」鐵木真半晌無言，木華黎道：「我們一面移營，一面招集部眾，待兵勢已厚，再與汪罕賭個雌雄。若破了汪罕，乃蠻也獨立不住，怕不為我所滅！那時北據朔漠，南圖中原，王業亦不難成呢！」（志大言大，後來鐵木真進取之策，實本此言，可見興國全在得人。）鐵木真鼓掌稱善，當即拔營東走，竟至巴勒渚納，（即班珠爾河。）暫避軍鋒。天寒水涸，河流皆濁，鐵木真慷慨酌水，與麾下將士，設誓河旁，悽然道：「我們患難與共，安樂亦與共，若日久相負，天誅地滅！」將士聞言，爭願如約，歡呼聲達數里。

　　當下命將士招集部眾，不數日，部眾漸集，計得四千六百人。鐵木真分作兩隊，一隊命兀魯領著，一隊由自己統帶。整日裡行圍打獵，貯作軍糧。畏答兒瘡口未瘥，亦隨著獵獸，鐵木真阻他不從，積勞之下，瘡口復裂，竟致身亡。鐵木真將他遺骸葬在呼恰烏爾山，親自致祭，大哭一場。軍士見主子厚情，各感泣圖報。鐵木真見兵氣復揚，遂令兀魯等出河東，自率兵出河西，約至弘吉剌部會齊。

　　既到弘吉剌部，便命兀魯去向部酋道：「我們與貴部本屬姻親，今如相從，願修舊好；否則請以兵來，一決勝負！」那部酋叫做帖兒格阿蔑勒，料非鐵木真敵手，便前來請附。鐵木真與他相見，彼此敘了姻誼，兩

情頗洽。這姻誼出自何處？原來鐵木真的母親訶額侖及妻室孛兒帖，統是弘吉剌氏，所以有此情好。弘吉剌部在蒙古東南，他既願為役屬，東顧可無憂了。鐵木真便率領全軍，向西出發，至統格黎河邊下營，遣阿兒該、速客該兩人，馳告汪罕，大略道：

父汪罕！汝叔古兒罕即（《本紀》菊兒。）嘗責汝殘害宗親之罪，逐汝至哈剌溫之隘，汝僅遺數人相從。斯時救汝者何人？乃我父也。我父為汝逐汝叔，奪還部眾，以復於汝，由是結為昆弟，我因尊汝為父。此有德於汝者一也！父汪罕！汝來就我，我不及半日而使汝得食，不及一月而使汝得衣。人問此何以故？汝宜告之曰：在木里察之役，大掠篾里吉之輜重牧群，悉以與汝，故不及半日而飢者飽，不及一月而裸者衣。此有德於汝者二也！曩者我與汝合討乃蠻，汝不告我而自去，其後乘我攻塔塔兒部，汝又自往掠篾里吉，虜其妻孥，取其財物牲畜，而無絲毫遺我，我以父子之誼，未嘗過問。此有德於汝者三也！汝為乃蠻部將所掩襲，失子婦，喪輜重，乞援於我。我令木華黎、博爾朮、博爾忽、赤老溫四良將，奪還所掠以至於汝。此有德於汝者四也！昔者我等在兀剌河濱兩下宴會，立有明約：譬如有毒牙之蛇，在我二人中經過，我二人必不為所中傷，必以唇舌互相剖訴，未剖訴之先，不可遽離。今有人於我二人構讒，汝並未詢察，而即離我，何也？往者我討朵兒班、塔塔兒、哈答斤、散只兀、弘吉剌諸部，如海東鷙鳥之於鵝雁，見無不獲，獲則必致汝。汝屢有所得而顧忘之乎？此有德於汝者五也！父汪罕！汝之所以遇我者，何一可如我之遇汝？汝何為恐懼我乎？汝何為不自安乎？汝何為不使汝子汝婦得寧寢乎？我為汝子，曾未嫌所得之少，而更欲其多者；嫌所得之惡，而更欲其美者。譬如車有二輪，去其一則牛不能行，遺車於道，則車中之物將為盜有；繫車於牛，則牛困守於此將至餓斃；強欲其行而鞭箠之，牛亦唯破額折項，跳躍力盡而已！以我二人方之，我非車之一輪乎？言盡於此，請明察之！

又傳諭阿勒壇、火察兒等道：

「汝等嫉我如仇,將仍留我地上乎?抑埋我地下乎?汝火察兒,為我捏坤太石之子,曾勸汝為主而汝不從;汝阿勒壇,為我忽都剌哈汗之子,又勸汝為主而汝亦不從。汝等必以讓我,我由汝等推戴,故思保祖宗之土地,守先世之風俗,不使廢墜。我既為主,則我之心,必以俘掠之營帳牛馬,男女丁口,悉分於汝;郊原之獸,合圍之以與汝,山藪之獸,驅迫之以向汝也。今汝乃棄我而從汪罕,毋再有始無終,增人笑罵!三河之地,(三河指土拉河、鄂爾昆河、色楞格河,皆為汪罕所居地。)汝與汪罕慎守之,勿令他人居也!」

又傳語鮮昆道:

「我為汝父之義兒,汝為汝父之親子,我父之待爾我,固如一也,汝以為我將圖汝,而顧先發制人乎?汝父老矣!得親順親,唯汝是賴,汝若妒心未除,豈於汝父在時,即思南面為王,貽汝父憂乎?汝能知過,請遣使修好;否則亦靜以聽命,毋尚陰謀!」

汪罕脫里見到二使,倒也不說什麼,只說著我無心去害鐵木真。阿勒壇、火察兒等模稜兩可。唯鮮昆獨憤然道:「他稱我為姻親,怎麼又常罵我?他稱我父為父,怎麼又罵我父為忘恩負義?我無暇同他細辯,只有戰了一仗罷!我勝了,他讓我;他勝了,我讓他!還要遣什麼差使,講什麼說話!」(真是一個蠻牛。)

言畢,即令部目必勒格別乞脫道:「你與我豎著旆纛,備著鼓角,將軍馬器械,一一辦齊,好與那鐵木真廝殺哩!」

阿兒該等見汪罕無意修好,隨即回報鐵木真。鐵木真因汪罕勢大,未免有些疑慮起來,木華黎道:「主子休怕!我有一計,管教汪罕敗亡。」鐵木真急忙問計,木華黎令屏去左右,遂與鐵木真附耳道:「如此!如此!」(不說明妙。)喜得鐵木真手舞足蹈,當下將營寨撤退,趨回巴勒渚納,途遇豁魯剌思人搠幹思察罕等叩馬投誠;又有回回教徒阿三,亦自居延海來

降，鐵木真一律優待。

　　到了巴勒渚納，忽見其弟合撒兒狼狽而來。鐵木真問故，合撒兒道：「我因收拾營帳，遲走一步，不料汪罕竟遣兵來襲，將我妻子擄去；若非我走得快，險些兒也被擄了。」鐵木真奮然道：「汪罕如此可惡！我當即率兵前去，奪回你的妻子，何如？」旁邊閃出木華黎道：「不可！主子難道忘記前言麼？」鐵木真道：「他擄我弟婦，並我姪兒，我難道罷了不成！」木華黎道：「我們自有良策，不但被擄的人可以歸還，就是他的妻子，我也要擄他過來。」鐵木真道：「你既有此良謀，我便由你做去。」木華黎遂挽了合撒兒手，同入帳後，兩人商議了一番，便照計行事。（葫蘆裡賣什麼藥。）

　　不數日，聞報答里台來歸，鐵木真便出帳迎接。答里台磕頭謝罪，鐵木真親自扶著，且語道：「你既悔過歸來，尚有何言？我必不念舊惡！」答里台道：「前由阿兒該等前來傳諭，知主子猶念舊好，已擬來歸，只因前叛後順，自思罪大，勉欲立功折贖。今復得木華黎來書，急圖變計，密與阿勒壇等商議，除了汪罕，報功未遲，不意被他察覺，遣兵來捕，所以情急奔還，望主子寬恕！」（木華黎之計，已見一斑。）鐵木真道：「阿勒壇等已回來麼？」答里台道：「阿勒壇、火察兒等恐主子不容，已他去了。只有渾八鄰與撒哈夷特部呼真部隨我歸降，諸乞收錄！」鐵木真道：「來者不拒，你可放心！」當下見了渾八鄰等，都用好言撫慰，編入部下。一面整頓軍馬，自巴勒渚納出師，將從斡難河進攻汪罕。

　　甫到中途，忽見合里兀答兒及察兀兒罕兩人，跨馬來前，後面帶著了一個俘虜，不由得驚喜起來。便即命二人就見。二人下騎稟道：「日前受頭目合撒兒密令，叫我兩人去見汪罕。汪罕信我虛言，差了一使，隨我回來，我兩人把他擒住，來見主子。」鐵木真道：「你對汪罕如何說法？」二人道：「合撒兒頭目想了一計，假說是往降汪罕，叫我先去通報，汪罕中

了這計，所以命使隨來。」

言未已，那合撒兒已從旁閃出，便向二人道：「叫來人上來！」二人便將俘虜推至。合撒兒問道：「你叫什麼名字？」那人道：「我叫亦禿兒乾，」說到乾字，已由合撒兒拔刀出鞘，春然一聲，將那人斬為兩段。（奇極怪極。）

鐵木真驚問道：「你何故驟斬他人？」合撒兒道：「要他何用，不如梟首！」鐵木真道：「你莫非想報妻子的仇麼？」合撒兒道：「妻子的仇怨，原是急思報復，但此等舉動，統是木華黎教我這般的。」鐵木真道：「木華黎專會搗鬼，想其中必有一番妙用！」合撒兒道：「木華黎教我遣使偽降，捏稱哥哥離我，不知去向；我的妻子，已被父汪罕留著，我也只可來投我父，若能念我前勞，許我自效，我即束手來歸。誰意汪罕竟中我詭計，叫了這個送死鬼到來見我，我的刀已閒暇得很，怎麼不出出風頭？」言畢大笑。（木華黎之計，於此盡行敘出。）

鐵木真道：「好計！好計！以後當如何進行？」木華黎時已趨至，便道：「他常潛師襲我，我何不學他一著？」（總算還報。）合里兀答兒道：「汪罕不防我起兵，這數日正大開筵席，我們正好掩襲哩。」木華黎道：「事不宜遲，快快前去！」於是不待下營，倍道出發，由合里兀答兒為前導，沿客魯倫河西行。將至溫都兒山，合里兀答兒道：「汪罕設宴處，就在這山上。」木華黎道：「我們潛來，他必不備，此番正好滅他淨盡，休使他一人漏網！」鐵木真道：「他在山上，聞我兵突至，必下山逃走，須斷住他的去路方好哩。」木華黎道：「這個自然！」當下命前哨沖上山去，由鐵木真自率大隊，繞出山後，扼住敵人去路。計畫既定，隨即進行。是時汪罕脫里正與部眾筵宴山上，統吃得酩酊大醉，酒意釅釅，猛聽得胡哨一聲，千軍萬馬，殺上山來。大眾慌忙失措，人不及甲，馬不及鞍，哪裡還敢抵禦敵軍！霎時間紛紛四散，統向山後逃走。甫至山麓，不意伏兵齊集，比上山

的兵馬，多過十倍，大眾叫苦不迭，只得硬著頭皮，上前廝殺。誰知殺開一層，又是一層，殺開兩層，復添兩層，整整的打了一日夜，一人不能逃出，只傷亡了好幾百名。次日又戰，仍然如銅牆鐵壁一般，沒處鑽縫。到了第三日，汪罕的部眾，大都睏乏，不能再戰，只好束手受縛。鐵木真大喜，飭部下把汪罕軍一齊捆縛定當，由自己檢明，單單少了脫里父子。再向各處追尋，茫如捕風，不知去向。又復訊問各俘虜，只有合答黑吉道：「我主子是早已他去了！我因恐主子被擒，特與你戰了三日，教他走得遠著。我為主子受俘，死也甘心，要殺我就殺，何必多問！」鐵木真見他氣象糾糾，相貌堂堂，不禁讚嘆道：「好男子！報主盡忠，見危授命！但我並非要滅汪罕，實因汪罕負我太甚，就使拿住汪罕脫里，我也何忍殺他！你如肯諒我苦衷，我不但不忍殺你，且要將你重用！」說著，便下了座，親與解縛，合答黑吉感他情義，遂俯首歸誠了。（鐵木真善於用人。）此時合撒兒的妻子，早由合撒兒尋著，挈了回來。還有一班被虜的婦女，由鐵木真檢閱，內有兩個絕代麗姝，乃是汪罕的姪女，一名亦巴合，一名莎兒合。亦巴合年長，鐵木真納為側室；莎兒合年輕，與鐵木真四子年齡相仿，便命為四子婦。（姊做庶母，妹做子婦，絕好胡俗。）其餘所得財物，悉數分給功臣。大家歡躍，自在意中，不消細說。（是亡國榜樣。）

且說汪罕脫里領著他兒子鮮昆，從山側逃走，急急如漏網魚，累累如喪家狗，走到數十里之遙，回顧已靜無聲響，方敢少息。脫里仰天嘆道：「人家與我無嫌，我偏要疑忌他，弄得身敗名裂，國亡家破，怨著誰來！」（悔已遲了。）鮮昆聞言，反怪著父親多言，頓時面色改變，雙目圓睜。脫里道：「你闖了這般大禍，還要怪我麼？」鮮昆道：「你是個老不死的東西！你既偏愛鐵木真，你到他家去靠老，我要與你長別了！」（該死！）言訖自去。剩得脫里一人，孑影淒涼，踽踽前行。走至乃蠻部境上，沿鄂昆河上流過去，偶覺口渴，便取水就飲。誰知來了乃蠻部守將，

名叫火力速八赤，疑脫里是個奸細，把他拿住，當下不分皂白，竟賞他一刀兩段！還有鮮昆撒了脫里，自往波魯土伯特部，劫掠為生，經部人驅逐，逃至回疆，被回酋擒住，也將他斬首示眾！克烈部從此滅亡。（可為背親負義者鑑。）

單說乃蠻部將火力速八赤殺了脫里，即將他首級割下，獻與太陽汗。太陽汗道：「汪罕是我前輩，他既死了，我也要祭他一祭。」遂將脫里頭供在案上，親酹馬奶，作為奠品，復對脫里頭笑道：「老汪罕多飲一杯，休要客氣！」語未畢，那脫里頭也晃了一晃，目動口開，似乎也還他一笑。太陽汗不覺大驚，險些兒跌倒地上。帳後走出一個盛妝的婦人，嬌聲問道：「你為什麼這般驚慌？」太陽汗視之，乃是愛妻古兒八速，便道：「這、這死人頭都笑起我來，莫非有禍祟不成！」（實是不祥之兆。）古兒八速道：「好大一個主子，偏怕這個死人頭，真正沒用！」說著，已輕移裙履，走近案旁，把脫里頭攜在手中，撲的一擲，跌得血肉模糊。太陽汗道：「妳做什麼？」古兒八速道：「不但這死人頭不必怕他，就是滅亡汪罕的韃子，也要除絕他方好！」（乃蠻素遵回教，所以叫蒙人為韃子。）太陽汗被愛妻一激，也有些膽壯起來，便將脫里頭踏碎。一面向古兒八速道：「那韃子滅了汪罕，莫不是要做皇帝麼？天上只有一個日，地上如何有兩個主子！我去將韃子滅了，可好麼？」古兒八速道：「滅了韃子，他有好婦女，你須拿幾個給我，好服侍我洗浴，並替我擠牛羊乳！」（慢著，恐怕妳要給人。）太陽汗道：「這有何難！」遂召部將卓忽難入帳，語他道：「你到汪古部去，叫他做我的右手，夾攻鐵木真。」卓忽難唯唯遵命，忽有一人入帳道：「不可，不可！」正是：

畢竟傾城由哲婦，空教報國出忠臣。

欲知入帳者為誰，且至下回表明。

《元史》稱汪罕為克烈部，所居部落，即唐時回紇地，是汪罕非部

名，乃人名也。然《本紀》又云，汪罕名脫里，受金封爵為王，則汪罕又非人名；若以汪王同音，罕汗同音，疑汪罕為稱王稱汗之轉聲，則應稱克烈部汪罕，何以史文多單稱汪罕，未嘗兼及克烈乎？〈太祖紀〉又云：「克烈部札阿紺孛者，部長汪罕之弟也。」即云部長，又云汪罕，詞義重複。要之蒙漢異音，翻譯多訛，本書以汪罕為統稱，以脫里為專名，似較明顯，非謬誤也。

汪罕之亡，為子所誤；乃蠻之亡，為婦所誤。婦子之言，不可盡信也如此！然脫里未嘗不負恩，太陽汗未嘗不好戰。禍福無門，人自召之，讀此可以知戒，文字猶其餘事耳。

第十回
納忽山房主亡身　斡難河雄酋稱帝

　　卻說太陽汗欲攻鐵木真，遣使卓忽難至汪古部，欲與夾擊，帳下有一人進諫道：「鐵木真新滅汪罕，聲勢很盛，目下非可力敵，只宜厲兵秣馬，靜待時釁，萬萬不可妄動呢！」太陽汗瞧著，乃是部下的頭目，名叫可克薛兀撒卜剌黑，不禁憤憤道：「你曉得什麼？我要滅這鐵木真，易如反掌哩！」（好說大話的人，多是沒用。）遂不聽忠諫，竟遣卓忽難赴汪古部。

　　看官，這汪古部究在何處？上文未曾說過，此處如何突敘！原來汪古部在蒙古東南，地近長城，已與金邦接壤，向與蒙古異種，世為金屬，至是乃蠻欲聯為右臂，乃遣使通好。（難道是遠交近攻之計麼？）汪古部酋阿剌兀思，既見了卓忽難，默念蒙古路近，乃蠻路遠，遠水難救近火，不如就近為是。主見既定，遂把卓忽難留住，至卓忽難催索複音，惱動了阿剌兀思，竟把他縛住，送與鐵木真，隨遣使齎酒六橐，作為贈品。鐵木真大喜，優待來使，臨別時，酬以馬二千蹄，羊二千角，並使傳語道：「異日我有天下，必當報汝！汝主有暇，可遣眾會討乃蠻。」來使奉命去訖。

　　鐵木真便集眾會議，擬起兵西攻乃蠻。部下議論不一，有說是乃蠻勢大，不可輕敵。有說是春天馬疲，至秋方可出兵。鐵木真弟帖木格道：「你等不願出兵，推說馬疲，我的馬恰是肥壯，難道你等的馬恰都瘦弱麼？況乃蠻能攻我，我即能攻乃蠻，勝了他可得大名，可享厚脾，勝負本是天定，怕他什麼！」還有別里古台道：「乃蠻自恃國大，妄思奪我土地，我苟乘他不備，出兵往攻，就是奪他土地，也是容易哩！」（此時木華黎如何

不言？）鐵木真道：「兩弟所見，與我相同，我就乘此興師了。」遂整備軍馬，排齊兵隊，剋日起行。汪古部亦來會，既到乃蠻境外，至哈勒合河，駐軍多日，並沒有敵軍到來。

一年容易，又是秋風，鐵木真決議進兵，祭了旄纛，命忽必來、哲別為前鋒，攻入乃蠻。太陽汗亦發兵出戰，自約同蔑里吉、塔塔兒、斡亦剌、朵爾班、哈答斤、撒兒助等部落，及汪罕餘眾，作為後應。兩軍相遇於杭愛山，往來相逐。適鐵木真前哨有一部役，騎著白馬，因鞍子翻墮，馬驚而逸，突入乃蠻軍中，被乃蠻部下拿去，那馬很是瘦弱，由太陽汗瞧著，與眾謀道：「蒙古的馬瘦到這般，我若退兵，他必尾追，那時馬力益乏，我再與戰，定可致勝。」部將火力速八赤道：「你父亦難赤汗，生平臨陣，只向前進，從沒有馬尾向人；你今做主子，這般怯敵，倒不如令你妻來，還有些勇氣！」（對主子恰如此說，可見胡俗又無君臣。）太陽汗的兒子，名叫屈曲律，也道：「我父似婦人一般，見了這等轍子，便說退兵，煞是可笑！」（又是一個鮮昆。）太陽汗聽著，老羞成怒，遂命部眾進戰。

鐵木真命弟合撒兒管領中軍，自臨前敵，指揮行陣。太陽汗登嶺東望，但見敵陣裡面，非常嚴整，戈鋋耀日，旗旄蔽天，不由得驚嘆道：「怪不得汪罕被滅，這鐵木真確是厲害呢！」正說著，只聽得鼓角一鳴，敵軍排牆而出，來攻本部，本部前哨各軍，也出去迎戰。你刀我劍，你槍我矛，正殺得天暗地昏，忽又聞了一聲胡哨，那敵陣中擁出一大隊弓箭手，向本部亂射，羽鏃四飛，當者立靡。自己正在驚惶，驀來了一個部酋，猛叫道：「太陽汗快退！鐵木真部下的箭手，向是有名，不可輕犯的。」看官，你道這是何人？便是那先投汪罕後投乃蠻的札木合。原來札木合因汪罕敗亡，轉奔乃蠻部，此時見鐵木真勢盛，料知乃蠻必敗，所以叫太陽汗退走。太陽汗聞言，越發驚心，哪裡還忍耐得住，自然麾眾西奔。為這一走，遂令軍心散亂，被鐵木真追殺一陣，竟至七零八落，虧得日色已暮，

鐵木真已鳴金回軍，方才收集敗兵，暫就納忽山崖紮住。（此段敘述戰事，與前數次又是不同。）

是晚太陽汗正思就寢，忽報敵營中火光四起，瞭如明星，恐怕要來劫營，須趕緊防備。太陽汗急忙發令，飭部眾嚴裝以待。到了夜半，毫無影響，又思解甲息宿，那軍探復來報道：「敵營中又有火光哩。」太陽汗不能再睡，只好坐以待旦，營中也擾亂了一夜，片刻未曾闔眼。

一到天明，聞報鐵木真已率軍前來，太陽汗急帶了札木合，上山瞭望；眼光中唯映著敵軍殺氣，前隊有四員大將，威武逼人，差不多如魔家四將一般。便問札木合道：「他四將是什麼人？」札木合道：「他是鐵木真部下著名的四狗；一叫忽必來，一叫哲別，一叫折里麥，一叫速不台，統是銅額鑿齒，錐舌鐵心，專會噬人的。」太陽汗道：「果真麼？應離遠了他！」遂拾級上升，又是數層，回望來軍氣焰越盛，為首的一員大將，騎著高頭駿馬，追風般的過來。又問札木合道：「那後來的是何人？」札木合道：「他叫兀魯，有萬夫不當之勇。鐵木真臨陣衝鋒，嘗要靠著他哩。」太陽汗道：「這也須離遠了他，方好！」又走上幾層山巒。返顧敵人，最後的押隊大帥，龍形虎背，燕頷虯髯，相貌堂堂，威風凜凜，不由得驚嘆道：「好一個主帥！莫非就是鐵木真麼？」札木合道：「不是鐵木真，是哪個！」太陽汗不待說畢，即轉身再上，幾已走到山峰，方才立著。（如此膽小，安能禦敵？本段文字實從《左傳》楚共王問伯州犂語脫胎而來，然亦可見札木合之心術。）

札木合尚未隨上，語左右道：「太陽汗初擬舉兵，看蒙古軍似小羔兒一般，方謂可食他的肉，剝他的皮；一經瞧著，便嚇得什麼相似，步步倒退，這等形狀，定要被鐵木真破滅了。我等須趕緊逃生，免與他一同受死！」說罷，遂率著左右下山，復差人至鐵木真軍，報稱太陽汗實無能為，你等乘此上山，便好把他殲滅了。（反覆小人，我所最恨。）

鐵木真聞報，心中大喜，重賞來人去訖。原來鐵木真本意，正要嚇退太陽汗，所以夜間立營，專在營外放火，使他疑慮。日間卻耀武揚威，擺著模樣，令太陽汗不敢輕視。此時得了札木合的密報，正擬乘機進攻，大眾統踴躍得很，巴不得立刻上山。獨木華黎進言道：「且慢！待至夜間未遲。我軍且堵住山口，防他逸出便好哩。」鐵木真便在山下，紮營布陣。乃蠻兵也來爭著，都被鐵木真軍殺回。當下惱了乃蠻將火力速八赤，一口氣跑上山頂，向太陽汗道：「鐵木真來了，你為何不下山督戰？」問了數聲，並不見他回答，反叉著腰坐倒地上。火力速八赤道：「不能下山督戰，只好上山固守，奈何嘿不發聲？」太陽汗仍然不答。火力速八赤又高聲道：「你婦古兒八速，已盛妝待你凱旋，你快起來殺敵罷！」（借古兒八速以激之，可見太陽汗平日之怕妻。）語至此，方聞太陽汗緩語道：「我、我疲乏極了！明、明日再戰。」（等你不得奈何？）火力速八赤搖頭而返，只令部眾上山守著。轉瞬間，夕陽西下，夜色微茫，鐵木真營內，毫無動靜，乃蠻軍因昨宵失睡，未免神志昏迷，多半臥著山前，到黑甜鄉去了。不意睡魔未去，強敵紛乘，有幾個不曾起立，已做了無頭之鬼，有幾個方才動身，便做了無足之夫。只有火力速八赤，帶著幾名勇士，前來攔截，與鐵木真軍混戰多時，恰也絲毫不讓，怎奈眾志已離，土崩瓦解，單靠這幾個力士，濟什麼事，眼見得力竭身亡，同登鬼籙了。（火力速八赤實是一個莽夫，乃蠻之亡，彼實主之，唯一死報主，情尚可恕。）

　　鐵木真瞧著道：「乃蠻部下，有此勇夫，若個個如此，我們何能取勝？可惜我不能生降他呢！」言下黯然。那時部下爭逐乃蠻軍，乃蠻軍都上山逃走，欲向山頂繞越山後，不防山後統是峭崖，前無去路，後有追兵，只好拚著命逃將下去，十個人跌死八九個，就是僥倖不死，也是斷胻折脛了。太陽汗尚在山上臥著，縮做一團，被鐵木真部下搜著，好似老鷹捕小雞，一把兒將他抓去。還有殺不盡的乃蠻軍士，統跪地乞降。餘如朵兒

班、塔塔兒、哈答斤、撒兒助諸部落，亦俱投誠。只太陽汗子屈曲律，及篾里吉部酋脫黑脫阿，（即《元史》脫脫。）相偕遁去。鐵木真率兵窮追，順道至乃蠻故帳，把子女牲畜，盡行奪取，連太陽汗妻古兒八速亦一併拿住。當下升帳，先將太陽汗推入，約略問了數聲，太陽汗觳觫萬狀。鐵木真笑道：「這等沒用的傢伙，留他何用！」命即斬訖，次將古兒八速獻上。（用一獻字妙。）她不待鐵木真開口，便豎著柳眉，振起珠喉道：「可恨你這韃子！滅我部落，殺我夫主，我也為你所擒，有死而已，何必多問。」說著，把頭向案撞去。（如果撞死，也好保全名節。）不意鐵木真已舉起雙手，順勢把她頭托住，偶覺得一種芬芳沁入心脾，凝眸細盼，蟬鬢鴉鬟，光采可鑑，再舉起她的面龐兒，益發目眩神迷，眼如秋水，臉似朝霞，雖帶著幾分顰皺，愈覺得楚楚可憐。不禁失聲道：「妳恨著我們韃子，我偏要妳做個韃婆！」（調侃語不可少。）古兒八速把頭移開，垂淚答道：「我是乃蠻皇后呵！怎肯做你妾媵？」（語已軟了。）鐵木真道：「妳不肯做妾媵，也有何難！我便教妳做皇后何如？」古兒八速聞了這語，隨把鐵木真瞟了一眼，復低著首道：「我卻不願！」（這是假話。）鐵木真知她芳心已動，便命投降的婦女擁她入內，一面發落餘虜，一面安排牲體，與古兒八速成婚。是夕，在乃蠻故帳中，同古兒八速行交拜禮，儀制如蒙古例。禮畢，大開筵席，與眾共歡。（只有一個古兒八速，是獨享的權利。）酒闌席散，鐵木真步入帳後，就摟住古兒八速同入寢幃。古兒八速已不如從前的抗命，半推半就，又喜又驚，一夜的枕蓆風光，似比故夫勝過十倍。（以太陽汗比鐵木真，強弱迥殊，宜乎勝過十倍。）嗣是死心塌地，侍奉那鐵木真，鐵木真也特別愛寵，比也速干姊妹等，尤加親暱，這且慢表。

　　且說鐵木真既滅了乃蠻，復西追篾里吉部酋脫黑脫阿。到了喀喇喀拉額西河，見脫黑脫阿背水而陣，即麾眾殺去。戰了數十回合，脫黑脫阿敗走。鐵木真軍趕了一程，擒不住脫黑脫阿，只虜了他的子婦，及他部眾數

百人。鐵木真見被虜的婦人頗有姿色，問明底細，乃是脫黑脫阿子忽都的妻室，便喚第三子窩闊台入見，把婦人給他，窩闊台自然心喜，不在話下。（蒙俗專喜納再醮婦，不知何故？）正擬率兵再進，忽有蔑里吉部人，來獻一個女子，父名答亦兒兀孫，女名忽闌。鐵木真道：「你為何今日才行獻女？」答亦兒兀孫道：「途次為巴阿鄰種人諾延所阻，留我住了三宿，因此來遲。」鐵木真道：「諾延在哪裡？」答亦兒兀孫道：「諾延也隨來投誠。」鐵木真怒道：「諾延留你女兒，敢有什麼歹心？」便命左右出帳，去拿諾延，那女子忽闌道：「諾延恐途中有亂兵，所以留住三日，並沒有意外邪心。我的身體，原是完全，若蒙收為婢妾，何妨立即試驗！」（胡女無恥如此，可嘆。）言未畢，諾延已由左右推入，也稟著道：「我只一心奉事主人，所有得著美女好馬，一律奉獻，若有歹心，情願受死！」鐵木真點首，便命答亦兒兀孫及諾延出帳，自己挈著女子忽闌，親加試驗去了。過了半日，鐵木真復召諾延入見，與語道：「你果秉性忠誠，我當給你要職。」諾延稱謝而出。獨答亦兒兀孫未得賞賜，不免失望，暗中聯繫蔑里吉降眾，叛走色楞格河濱，築寨居住。嗣由鐵木真遣將往討，小小一個營寨，不值大軍一掃，霎時間踏成平地。所有叛眾，盡作鬼奴。答亦兒兀孫也杳無下落。（最不值得。）鐵木真聞叛徒已平，遂進兵追襲脫黑脫阿。到了阿爾泰山，歲將殘臘，便在山下設帳過年。（既有古兒八速，復有忽闌女子，途中頗不寂寞。）

　　越歲孟春，聞脫黑脫阿已逃至也兒的石河上，與屈曲律會合，當即整治軍馬，逐隊出發。適幹亦剌部酋忽都哈別乞，窮蹙來降，遂令他作為嚮導，直至也兒的石河濱。脫黑脫阿等倉猝抵禦，戰了半日，部下已殺傷過半，勢將潰散。那鐵木真軍恰是厲害，一陣亂箭，竟將脫黑脫阿射死。只有他四子逃免。屈曲律亦帶了蔑里吉部餘眾，及乃蠻部遺民，投奔西遼去了。西遼國的源流，後文再詳，今且慢表。

且說鐵木真既逐去屈曲律等，恐道遠師勞，不欲窮追，便下令旋師。臨行時忽聞札木合被人拿到，當由鐵木真召見來人。來人進告道：「我是札木合的伴當，因懼主子天威，不敢私匿，所以將他拿來！」鐵木真尚未回答，只聽帳外有喧嚷聲，便喝問何事？左右道：「札木合在外面說話哩。」鐵木真道：「他說什麼？」左右道：「他說老鴉會拿鴨子，奴婢能拿主人。」鐵木真點頭道：「說的不錯！」便命左右將來人綁出，叫他在札木合面前殺訖。並著合撒兒傳語道：「札木合，你我本係故交，我先曾受你的惠，不敢相忘，你何故離了我去？如今既又相合，不妨做我的伴當，我卻不是記仇忘恩的！況我與汪罕廝殺，你也曾與汪罕離開，及與乃蠻廝殺，你又將乃蠻實情通告我軍，我亦時常惦念，勸你不要多心，留在我帳下罷！」札木合嘆道：「我前時與汝主相交，情誼很密，後因被人離間，所以彼此猜疑，我今日羞與汝主相見。汝主已收服各部，大位子定了，從前好做伴時，我不與做伴；如今他為大汗，要我做伴什麼？他若不殺我呵，似膚上蟣蝨，背上芒刺一般，反教汝主不得心安！天數難逃，大福不再，不如令我自盡罷！」合撒兒入報鐵木真，鐵木真道：「我本不忍殺他，他欲自盡，依他便了！」（貓哭老鼠假慈悲。）札木合即日自殺，鐵木真命用厚禮葬了。當下奏凱東還，到了斡難河故帳，與母妻歡敘，大家暢慰。（恐孛兒帖未免吃醋。）宋寧宗開禧三年冬月，（大書年月。）鐵木真大會部族於斡難河，建著九斿白纛，順風蕩漾，上面坐著八面威風的鐵木真，兩旁侍從森列，各部酋先後進見，相率慶賀。鐵木真起坐答禮，各部酋齊聲道：「主子不要多禮，我等願同心擁戴，奉為大汗！」鐵木真躊躇未決，合撒兒朗聲道：「我哥哥威德及人，怎麼不好做個統領？我聞中原有皇帝，我哥哥也稱著皇帝，便好了！」（快人快語。）部眾聞言，歡聲雷動，統呼著皇帝萬歲！只有一人閃出道：「皇帝不可無尊號，據我意見，可加『成吉思』三字！」眾視之，乃是闊闊出，平時好談休咎，頗有應驗。遂同聲贊

成道：「很好！」鐵木真也甚喜歡，遂擇日祭告天地，即大汗位，自稱成吉思汗。「成吉思」三字的意義：成者大也，吉思，最大之稱。(《元史》作青吉斯。)嗣復在杭愛山下，建了雄都，審度形勢，地名叫做喀喇和林。小子敘述至此，只好把鐵木真三字擱起，以後均名成吉思汗，且係以俚句道：

旄纛居然建九旃，朔方氣像有誰侔？
豈真王氣鍾西北，特降魔王括九州！

欲知以後情形，容至下回再述。

乃蠻勢力，過於鐵木真，卒因主子孱弱，部將粗魯，以致滅亡。古兒八速激成兵釁，被虜以後，初意尚欲殉節，似非他婦女比，追聞作皇后，即降志相從，長舌婦之不可恃也如此！以視古力速八赤猶有慚色。可見家有哲婦，尚不莽夫若也。若札木合之反覆無常，死當其罪，史錄謂札木合權略，次於項籍、田橫，而勝於袁紹、公孫瓚，毋乃過於重視耶！唯不願再事鐵木真，較諸奴顏婢膝，猶差一間。作者抑揚盡致，褒貶得宜，而於描摹處尤覺逼真，是小說家，亦良史家也！

第十一回
西夏主獻女乞和　蒙古軍入關耀武

　　卻說成吉思汗即位後，大封功臣，除兄弟封王外，以木華黎為首功，博爾朮次之，封他為左右萬戶；其餘諸將，按功給賞，共九十五人，各封千戶。又因術撤帶臨敵敢先，得平汪罕、乃蠻兩大部，特命他世統兀魯兀四千人，又賞他一個特別的禁臠。看官！你道這禁臠是什麼東西？就是前回說起的汪罕女子亦巴合。亦巴合自被擄後，曾為成吉思汗的側室，至是不知什麼緣故，賜與術撤帶。相傳亦巴合出帳時，成吉思汗曾語她道：「我不是嫌妳無性行，無顏色，亦不曾說妳身體不潔，不過因術撤帶從徵有功，所以將妳賜他。」亦巴合嘿然趨出，成吉思汗命將奩資家產，一律帶去，只留下一隻金杯，做為紀念。自是亦巴合與術撤帶遂做長久夫妻了。或說成吉思汗得一惡夢，以亦巴合為不祥，所以撥給，小子終不敢妄斷，只就事敘事罷了。（想是亦巴合不善房術之故。）

　　封賞既畢，再宰牛殺馬，大饗群臣。飲至半酣，成吉思汗問木華黎等道：「人生世上，何事算為最樂？」木華黎道：「蕩平世界，統一乾坤，這是人生第一樂事。」成吉思汗道：「是的，但尚知其一，不知其二。」博爾朮道：「臂名鷹，控駿騎，御華服，乘著暮春天氣，出獵曠野，這也是人生樂事呢。」成吉思汗不答。博爾忽道：「鷹鸇在天空搏擊飛禽，憑騎仰觀，倒也是人生一樂。」成吉思汗仍是不答，忽必來道：「圍獵的時候，眾獸驚突，瞧著很是一樂。」成吉思汗搖頭道：「你等所說，統不及木華黎的志願，但我與木華黎有同處，亦有異處。」群臣道：「願聞主子的樂事！」

成吉思汗道：「人生至樂，莫如殺滅仇敵，似摧枯木，奪他的駿馬，得他的財物，並把他妻女掠了回來，教他伴著寢室，這是最快樂的事情！」（實是一個強盜思想，不知老天何故佑他？）言畢，掀髯大笑。

嗣復語木華黎、博爾朮道：「平定朔漠，實是汝等功勞。我與汝等，譬如車有轅，身有臂，汝等宜善體我心，始終勿替方好！」木華黎遂進規取中原的計議。成吉思汗點首道：「規劃中原，須仗著你呢！」木華黎道：「先圖西夏，次圖金，再次圖宋，逐漸進行，總有成功的日子哩！」（名論不刊。）成吉思汗道：「就從西夏開手罷！」政策既定，舉酒盡歡。看官記著，是年歲次丙寅，即為成吉思汗即位之元年，歷史上就稱為元太祖元年。蒙古人以寅年肖虎，稱為虎兒年，（點醒眉目。）這且按下。

且說西夏建國，源流甚遠，始祖拓跋思恭，乃朔方党項部後裔。唐末黃巢作亂，拓跋思恭入援，以功封夏國公，賜姓李，世稱夏州，就在蒙古南境。傳至元昊，拓地漸廣，僭號稱帝，定都興慶，有雄兵五十萬，屢寇宋邊。金興以後，西夏漸衰，且屢有內亂，當李仁孝嗣位時，奸臣擅權，國勢岌岌，幸虧金世宗發兵扶助，削平亂事，國乃不亡，只以後專為金屬。仁孝歿後，子純祐嗣，仁孝從弟李安全篡位自主，國中又復不靖。適成吉思汗混一蒙古，有志南下，於是氣息奄奄的西夏國，遂首當其衝了。（敘明西夏始末，為致亡之因。）成吉思汗本擬即日發兵，因初登大位，不免有一番經營，如築宮室，設堡寨，定官制，正陣儀，統是創始舉行，不是一月兩月，可辦就的。光陰易過，又是一年，擬整頓軍馬，南攻西夏，俄聞吐麻部作亂，乃命博爾忽率兵往討。吐麻部在額爾齊斯河附近，係屬蒙古東北境。從前成吉思汗族人豁兒赤，自小作伴，嘗語成吉思汗道：「你若得做大汗，我要在你的部屬內，揀美女三十人，作為妻妾，你休忘懷！」此次成吉思汗果然登位，便命他在降服百姓中，挑選婦女三十個，以踐前言。（前言原是要踐，但以三十人為妻，未免不端。）

豁兒赤奉命而行，訪得美貌女子，以吐麻部為最多，遂令吐麻部人忽都合別乞，到部中去選美女。誰知部民不肯服從，竟將他拿住，送與部酋。適值部酋都剌莎合兒病重去世，由其妻孛脫灰塔兒渾代為管轄，當下將忽都合別乞拘住。豁兒赤聞報，自然去報成吉思汗。成吉思汗即遣博爾忽率兵西征。博爾忽藐視吐麻部，行軍時不曾戒備，將到吐麻部，日色已晚，便在林深徑雜處，紮住營寨。夜間忽起伏兵，竟將博爾忽軍沖散，博爾忽措手不及，被吐麻部人殺死。（四傑中死了一個。）

警報傳達成吉思汗，成吉思汗怒氣勃勃，便欲自行往討。木華黎、博爾朮齊聲諫阻，別薦都魯伯為大將，引兵再發。都魯伯懲著前轍，自然特別小心，他在博爾忽殉難地方，設著空營，虛張旗幟，自己卻領了健卒，由間道繞入吐麻部。那吐麻部內的女酋，聞知博爾忽殺死，喜得什麼相似，在帳中擺著筵席，與眾飲酒。（想是再嫁的預兆。）正在興高采烈的時候，突被那都魯伯軍一擁而入，大家嚇得魂飛天外，連躲避都來不及，個個束手就縛。女酋孛脫灰塔兒渾逃入帳後潛藏，正遇那忽都合別乞，由都魯伯軍放出，匯入搜尋，四面一瞧，已被窺著，當由忽都合別乞把女酋牽出，攔腰一抱，大踏步去了。（得趣。）此外如帳外的百姓，統由都魯伯軍一併拿住，驅至斡難河。成吉思汗遂命豁兒赤就擄來的婦女中，挑了三十人，輪流伴宿。（夜夜換新人，豁兒赤不怕死麼？）只女酋孛脫灰塔兒渾賞給了忽都合別乞，忽都合自然稱心，女酋亦不得已相從，總算是怨女曠夫，各得其所了。（總算成吉思惠澤。）

於是往攻西夏，連拔數城。會聞西北吉利吉思荒原，有二部遣使通好，一部名伊德爾訥呼，一部名阿勒達爾，皆與乃蠻部接壤，因乃蠻被滅，是以通誠。成吉思汗領兵歸國，接見來使。二使獻上名鷹，並白騙馬、黑貂鼠等，成吉思汗大悅，殷勤款待，遣令去訖。是時成吉思汗已有數女，長女火臣別吉，曾議配鮮昆子禿撒哈，（見第八回。）嗣因婚議未

第十一回　西夏主獻女乞和　蒙古軍入關耀武

諧，別適亦乞剌思人孛徒。次女名闍闍干，年已長成，因忽都阿別乞先來歸附，有子名脫亦列赤，令他與次女作配，算作報酬。三女名阿勒海別姬，許字汪古部酋的姪兒鎮國。這三女中，要算阿勒海別姬最稱明慧，至遣嫁後，鎮國多得其助，毋庸細表。

兔兒年過去，龍兒蛇兒年順次相繼，成吉思汗威名，震耀西域，回疆的畏兀兒部，亦通使輸誠。（《元史》稱畏兀兒為輝和爾。）成吉思汗遣使答好，並徵他貢獻方物。畏兀兒部酋亦都護，遂收集金珠緞匹，差使臣阿惕乞剌黑等隨來謁見，且向成吉思汗道：「我們聽得皇帝的聲名，如雲淨見日，冰消見水一般，好生喜歡了。若蒙皇帝恩賜，許做藩屬，我部主情願拜為義兒，始終效力！」成吉思汗道：「你主既肯歸我，我願收他做第五個義兒罷。我還有一個好女兒，給他為妻，叫他快來謁我！」阿惕乞剌黑等奉命去後，亦都護果然親來，成吉思汗便命將庶出女子阿勒敦，許給亦都護。亦都護也不推辭，只說於回國後，差人來迎，至亦都護歸去，杳無音信。看官道是何故？乃因亦都護正室，懷著妒忌，不令迎娶，所以蹉跎過去，至窩闊台嗣位，亦都護的正妻已死，方完結嫁娶的事情。（人家的婦女硬奪來做妻妾。自己的女兒偏要給人家作妻妾，我正不解其意？）

這且擱下不提。且說成吉思汗既收服畏兀兒部，遂一心一力的去攻西夏。夏主李安全，不得不發兵抵敵，令長子做了元帥，部將高令公做了副手，率兵拒守烏梁海城。蒙古兵一到城下，高令公出城迎戰，不到數合，已被蒙古兵活捉了去，餘眾敗入城中。怎禁得敵軍猛攻，晝夜不絕，嚇得李安全的兒子，屁滾尿流，乘夜開了後門，抱頭竄去。還有一個西壁氏，系西夏太傅，走遲了一步，又被蒙古軍生擒去了。蒙古軍奪了烏梁海城，進攻克夷門，如入無人之境。夏將明威令公不管死活，居然帶了兵馬，前來攔阻，一仗鏖戰，復被拿去。（虎頭上抓癢。）嗣是無人敢當，竟由蒙古軍長驅直入，圍攻夏都。李安全惶急得很，一面遣使至金邦乞援，一面

召集全國人馬，守著城池。蒙古軍攻了數次，因城頗堅固，急切不能下，成吉思汗想了一策，命掘壞河防，將城外的河水，灌入城中。不意堤防一潰，大水奔流，城中未曾漂沒，城外先已泛濫，成吉思汗只得撤圍，別遣文臣額特入都招諭。李安全待援未至，不得已與他議款，並把親生愛女察合，獻與成吉思汗。成吉思汗得了美女，便命她侍寢，枕蓆之間，歡愛非常，乃暫準西夏和議，撤兵而還。（美人計大有用處。）

李安全遷怒金人，出師攻金邦的葭州，被金將慶山奴所敗，遂北訴蒙古，慫惠伐金。（名謂安全，好構兵釁，是謂名不副實。）成吉思汗正擬南略，得了此信，遂練兵秣馬，造箭製盾，指日興師南下。可巧金使到來，說是新君嗣位，特來頒敕，成吉思汗道：「新君是何人？」金使道：「就是衛王永濟。」成吉思汗道：「我道中原皇帝，是天上人做的，似這般庸碌人物，也想做著皇帝，真正怪極！」金使道：「你曾受大金封爵，今日頒敕到此，理應竭誠拜受，怎麼說出這般話來？」（成吉思為招討官，見前第六回。）成吉思汗怒道：「我宗親俺巴孩汗，被你金人活活處死，我正思發兵報仇，你反要我拜受詔敕，忘八混帳，快與我滾出去罷！」（俺巴孩事見前第二回。）金使怏怏去訖。原來金主永濟，是熙宗亶的姪兒，（金主亶亦見第二回。）其間經過三傳，（廢帝亮，世宗雍，章宗璟。）始由永濟嗣立。他本沒有什麼威望，從前成吉思獻金歲幣，曾至靜州，與永濟相見，因永濟孱弱得很，向存輕視，至是聞他嗣位，料他無能為力，不由得笑罵起來。

至金使去訖，遂乘著秋高馬肥的時候，率著長子朮赤、（《元史》作卓齊特。）次子察合台、（《元史》作察罕臺。）三子窩闊台，（《元史》作諤格德依。）統兵數萬，祭旗出發。前隊由哲別領著，將到烏沙堡，聞報金將通吉遷、嘉努、完顏和碩亦率兵到來。哲別兼程前進，掩入金營，金將不及設備，紛然潰散，哲別遂拔了烏沙堡，遣人至後隊報捷。成吉思汗聞

前鋒得勝，也急趨而至，會同前隊軍馬，徑攻金國西京。守將胡沙虎，硬支持了七日，率麾下突圍東走，被蒙古兵大殺一陣，傷亡無數。成吉思汗遂取了西京及撫州，復遣他三子分兵略地，把金邦所有的西北諸州，陸續攻下。

　　金主永濟，聞胡沙虎敗還，別遣招討使完顏糾堅，監軍完顏鄂諾勒等，帶著四十萬大軍，出屯野狐嶺，防禦成吉思汗。這野狐嶺係西北要隘，勢甚高峻，雁飛過此，遇風輒墮，俗稱此嶺隔天，只十八里。金兵就此駐紮，本有一夫當關，萬夫莫開的形勢，只完顏糾堅，恰仗著一點氣力，硬要與蒙古軍對壘。麾下有將名明安，進諫道：「蒙古勢盛，銳不可當，不如屯兵固守，休與他開戰！」完顏糾堅道：「我奉命退敵，如何不戰！」明安道：「既欲開仗，宜速進兵至撫州，攻他不備。」完顏糾堅道：「我有馬兵二十萬，步兵二十萬，堂堂正正，與他廝殺一場，免他再來滋擾！」（彷彿春秋時的宋襄公。）言畢，叱退明安。俄報蒙古兵已到嶺西，復叫明安進見，令他詰責蒙古，何故興兵犯界？（迂腐極了。）明安趨出，即馳至蒙古營中，入見成吉思汗，自稱願降，把金軍虛實，詳細上陳。成吉思汗便率領精銳，乘夜進擊。那時完顏糾堅，尚眼巴巴待著明安回信，不防蒙古兵已經殺到，迅雷不及掩耳，憑你帶著四十萬大兵，簡直是沒人中用；況且日落天昏，連自己的軍馬都分辨不清，接仗的人，自相屠戮，逃走的人，自相踐踏，蒙古兵趁勢亂殺，鬧到天明，已是積屍滿野，金兵一個兒都不見了。（完顏糾堅固自取其咎，明安為虎作倀，罪更難辭。）

　　成吉思汗乘勝馳追，到了宣德州，一鼓而下，復遣前鋒哲別，去奪居庸關。這關憑山建築，是一座天險。哲別到了關下，相度形勢，望見山路崎嶇，整守完固，倒也不敢輕意，先猛攻了一陣，不損分毫，他卻拔寨退去。守將還道他力怯，出兵追襲，誰知半途遇伏，殺得大敗回來。及到關

前,見關上已插著蒙古旗幟,頓時逃的逃,降的降,看官不必細問,便可曉得是哲別的詭計了。(一語表明,省卻無數筆墨。)

哲別既得了居庸關,遂迎成吉思汗入關駐紮。成吉思汗又進兵中都,沿途殺戮甚慘。既到都下,金主永濟大恐,欲南徙汴都,虧得衛兵誓死決戰,出城鏖鬥,戰了一日一夜,竟把蒙古兵殺退。成吉思汗乃回駐居庸關,是年已是羊兒年了。(元太祖六年。)居關數旬,因天已隆冬,免不得人馬疲乏,遂留兵守關,自率三子等旋國,再圖後舉。

越年為猴兒年,金降將耶律留哥,(故遼人。)糾集故遼遺眾占踞遼東州郡,自稱都元帥,遣使歸附蒙古。成吉思汗命居廣寧,坐伺金釁。到了夏季,得著軍報,金主永濟被弒,改立升王珣,成吉思汗大喜道:「這是天假機緣,不可坐失哩。」原來金主被弒的逆臣,就是西京失守的胡沙虎。自胡沙虎敗還,金主把他革職,放歸田里,尋復召為右副元帥,整日馳獵,金主遣使詰責。他便挾嫌倡亂,逼金主永濟出宮,把他酖死,另立升王珣。於是成吉思汗復分兵三道,浩浩蕩蕩,殺奔金都。

金左副元帥高琪,拒戰失利,蒙古兵進薄中都。胡沙虎方染足疾,乘車督戰。金衛卒本有些能耐,更兼胡沙虎嚴厲異常,自然特別奮勇,爭先殺敵。蒙古兵雖是厲害,卻被他殺死多人,退至十里下寨。翌日,胡沙虎又擬出戰,召高琪兵不至,遂矯詔去殺高琪,不料高琪反率兵進來,圍住胡沙虎居宅。胡沙虎逾垣欲走,衣襟被牆角牽住,墜地傷股,由高琪兵突入,亂刀斫死。(為弒主者鑑。)高琪取胡沙虎首,詣闕待罪。金主珣下詔特赦,並宣布胡沙虎罪狀,追奪官階,所有兵士,都歸高琪統帶,固守都城。成吉思汗也不去力攻,只遣兵分略東南,所至郡邑皆下,凡破金九十餘郡,兩河山東數千里,屍骸纍纍,雞犬為墟。(慘不忍聞。)

蒙古兵將擬再攻中都,成吉思汗不從。只遣使告金主道:「汝山東、河北郡縣,盡為我有,汝只有一個燕京,難道我不能踏平麼!但天既弱

汝，我復迫汝，未免助天為虐，汝能感我仁慈，速發金泉犒軍，我亦當歸去了！」金主珣猶豫未決，右丞完顏承暉道：「天佑蒙兒，不若與他議和，待他回軍，再圖補救。」金主珣乃遣承暉乞和，成吉思汗道：「金珠財帛，我軍已夠用了，只你主應有子女，何不遣來侍我。」（故態復萌。）承暉唯唯聽命，返報金主珣。沒奈何將故主永濟的女兒，飾為公主，送與成吉思汗；又將金帛童男女各五百，馬三千匹，作為犒勞費；再命完顏承暉送蒙古軍出居庸關。小子有詩詠道：

　　一成一敗本無常，弱國求和總可傷！
　　帝女作奴男作僕，空勞稗史記興亡。

欲知成吉思汗後事，請至下回再閱。

成吉思汗之野心，無非欲多得金帛，多得子女而已！而迫之規取中原者，實出是木華黎。是木華黎之大志，實出成吉思上。乃天偏令成吉思為主，木華黎為臣，無怪老子謂天道不仁，以萬物為芻狗也！西夏方衰，金邦又弱，成吉思汗乘機而起，本即可滅夏亡金，乃以獻女之故，俱允和議，是其所耽耽逐逐者，尤在美婦人，天亦何苦令強暴之徒，蹧蹋若干婦女耶！讀此回，令人疑憤交集，幾欲向天閽而一問之！

第十二回
拔中都分兵南略　立繼嗣定議西征

　　卻說成吉思汗得了金公主，出關回國。金公主姿色，不過平常，成吉思汗因她是大邦女子，待以後禮。且金公主年甫及笄，成吉思汗年周花甲，（成吉思即位之年，已五十二歲，此時已逾八年，正六十歲了。）老夫配少女，不得不特別愛寵，令她感恩知報，勉侍巾櫛，話休敘煩，單說金主珣聞蒙古兵還，擬遷都汴京，防敵再至。左丞相圖克坦鎰等力諫不從，遂命完顏承暉為都元帥，與左丞穆延盡忠，奉太子守忠，駐守中都，自率六宮啟行。事為成吉思汗所知，憤然道：「他既與我修和，何故南徙？我想他必挾嫌懷恨，不過藉著和議，作個緩兵的計策，我偏要先發制人，破他詭計呢！」（明明是有意為難。）於是大閱軍馬，擇日啟行。巧值金糺軍（糺即糾字，音糾。糺軍，所收之軍也，《金史兵志》有此名。）卓多等，戕殺主帥，擊敗金都防兵，北走蒙古，遣使請降，成吉思汗命薩木哈、舒穆嚕、明安等率兵相會，由卓多匯入長城，再圍中都。

　　金太子守忠走汴，留完顏承暉及穆延盡忠固守，蒙古兵不能拔。成吉思汗復遣木華黎為後援，率兵南下。先是木華黎隨征金都，曾收降史天倪兄弟，天倪，永清人，有從兄名天祥，弟名天安、天澤，皆智勇深沉，足為大用，木華黎倚為心腹，曾薦舉天倪為萬戶，餘亦擢為隊長。至是又奉命南征，帶著天倪等出發，天倪語木華黎道：「金棄幽燕，遷都汴梁，最是失算，遼水東西，係金邦咽喉地，我不若奪他北京，略定遼東西諸郡，塞住他的咽喉，那時中都孤立，自然唾手可得了。」

第十二回　拔中都分兵南略　立繼嗣定議西征

　　木華黎稱善，便引兵趨遼西，攻金北京。金守將銀青，領兵二十萬，出禦於和托成堡，被蒙古兵一陣殺敗，逃入城中。部將完顏昔烈、高德玉等，不服銀青節制，因將銀青殺死，改推寅答虎為帥。木華黎探知消息，遂令史天祥進攻，寅答虎遂以城降。北京既下，遼西諸郡，聞風歸附，眼見得中都岌岌，危在旦夕了。（史天倪之計驗矣，然亦未免為虎作倀耳。）

　　金留守完顏承暉，焦急非常，遣人向汴京告急。金主珣命御史中丞李英等，率師馳援，與蒙古兵遇於霸州。英素嗜酒，馭軍無紀，至兩下對壘，英尚飲酒百觥，臨陣時，騎著馬上，東倒西歪，麾下多相視而笑。看官，你想蒙古初興，軍鋒甚銳，就使兵精將勇，也恐不能勝他，況遇這個酒糊塗，哪裡支撐得住！蒙古兵衝殺過來，勢如虎虎，金將遮攔不住，被他殺入中軍，李英酒尚未醒，在馬上晃了數晃，突然墜地，蒙古兵將，眼明手快，就將他一槍刺死！（一道魂靈馳入酒鄉去了。）

　　軍中失了主帥，當即潰歸，自是中都援絕，內外不通。完顏承暉與穆延盡忠商議，決計死守。盡忠目動言肆，滿口糊塗，承暉自知不妙，即辭家廟作遺表，抗論穆延盡忠及左副元帥高琪罪狀。付尚書省令史師安石，齎送汴都，自別家人，仰藥以殉。（表揚忠節，不沒幽光。）穆延盡忠整裝南行，將出通元門，金妃嬪等統相率候著，請他挈歸。盡忠道：「我當先出，與諸妃啟途。」諸妃嬪信為真言，讓盡忠先出，盡忠帶著愛妾等，飄然出城，絕不返顧，可憐眾妃嬪進退無路，倉皇失措，待蒙古兵一擁殺入，老醜的俱死刀下，有幾個容色美麗的，統被他扯的扯，抱的抱，調笑取樂去了！中都一破，宮室被焚，府庫財寶，搜掠殆盡，金祖宗的神主，一古腦兒棄擲糞坑，（阿骨打有靈，應亦淚下。）算作金都燕京的結束。

　　那時安石齎表至汴，盡忠亦即到來。金主閱表，只追封完顏承暉為廣平郡王，赦盡忠不問，反命他作平章政事。（失刑如此，安得不亡！）嗣後盡忠謀逆，方才伏法。

話分兩頭。且說成吉思汗聞燕都得手，遂自率精兵趨潼關。潼關為汴京西塞，勢甚險峻，屢攻不下，別遣將由間道入關，為金花帽軍所敗，乃北還。尋命木華黎統轄燕雲，建設行省，並封他為國王，職兼太師，賜誓券金印，且語他道：「我略北方，汝略南方，分途進取，勉立大功！」木華黎應命，遂自中都調遣兵卒，攻取河東諸州郡，並拔太原城。金元帥烏庫哩德升力竭身亡。金降將明安，領偏師趨紫荊關，擒金元帥張柔。柔素任俠，鄉曲多慕義相從，金中都副經略苗道潤，深加器重，薦為昭義大將軍，權署元帥府事。道潤為其副賈瑀所害，柔率眾報仇，途次忽遇蒙古兵，逆戰狼牙嶺間，馬蹶被執。明安聞其名，勸之投誠，柔乃降，更招集部曲，下雄、易、安、保諸州，進兵攻賈瑀。瑀據孔山臺堅守，柔圍攻兼旬，斷其汲道，乃破臺獲瑀，剖瑀心祭道潤，盡有其眾，徙治滿城。金真定帥武仙，會兵數萬來攻。張柔全軍適出，帳下只數百人，乃令老弱婦女登城。自率壯士潛出，突攻武仙背後，毀敵攻具。仙軍猝不及防，還疑是援兵大至，相率驚愕，旋見後山旗幟飛揚，愈加退縮，遂四散奔逃。柔乘勝追擊，伏屍數千，自是威震河朔，凡深、冀以北，鎮、定以東，三十餘城，次第收取；武仙率兵來爭，匝月間經十七戰，都得勝仗。（張柔算是好漢，然總未免為金室貳臣。）武仙窮蹙，又因木華黎遣將夾攻，遂把真定城奉獻，乞降軍前。木華黎命史天倪權知河北西路兵馬事，武仙為副，事且按下再表。（為後文武仙戕史天倪張本。）

　　且說乃蠻部被滅後，太陽汗子屈曲律逃奔西遼。西遼國據蔥嶺東西地，係耶律大石所建，一名黑契丹。從前遼為金滅，餘眾隨皇族耶律大石西走回疆，聯合回紇諸部，成一大國，有志恢復，未成而死。再傳至孫直魯克，君臨如故，唯東方屬部，多判歸蒙古，國勢漸衰。適屈曲律奔至，進謁直魯克，泣請規復。直魯克正仇視蒙古，且聞屈曲律熟諳東土，因留為幫手，並允乘間出師。直魯克妃子格兒八速，有女名晃，年才十五，姿

首頗佳，屈曲律瞧著，很是豔羨，便特別獻媚，日夕趨承；直魯克年老好諛，漸加寵愛，嗣因屈曲律露求婚意，遂把女兒給他為妻。（下手便騙了王女，小人心術可怕。）

屈曲律既得了王女，權力日盛，暗思東收舊部，襲奪西遼。（一層進一層。）便入見直魯克道：「我父雖亡，舊部尚眾，目今蒙古侵略南方，無暇西顧，我正可出招潰卒，相率同來，一則可衛我婦翁，二則可報我父仇。」直魯克大喜，便令屈曲律東行。（又中他的詭計了。）

屈曲律到了東方，乃蠻舊眾，果來歸附，遂乘勢劫掠各部。道遇花剌子模王遣使通好，因邀他密議，使共謀西遼。約以東西夾攻，如獲成功，東方歸屈曲律，西方歸花剌子模。議既定，花剌子模使臣歸去，報知國主，興師前來。看官，你道花剌子模乃是何國？便是唐書所稱的貨利習彌國，國主名謨罕驀德，係突厥後裔，素奉回教，其父伊兒亞爾司蘭在日，為西遼所敗，歲奉貢幣，至謨罕驀德嗣立，雖照舊貢獻，心中很以為辱。既得屈曲律的密約，哪有不允之理。屈曲律即帶領遺眾，入攻西遼國都。直魯克遣將塔尼古，出城迎戰，把屈曲律一陣殺退。會花剌子模酋長謨罕驀德已到西遼，屈曲律與他會著，再行前進。西遼將塔尼古，又出來接仗，謨罕驀德與屈曲律前後夾擊，殺敗塔尼古，並將他生生擒住。

西遼都內的守卒，聞報大懼，頓時潰亂，屈曲律乘機殺入，直魯克不及逃遁，被眾圍住。屈曲律恰向眾人道：「直魯克是我婦翁，不得加害！」（渾身是假。）於是留住部眾，在外守著，自率數騎入內，謁見直魯克。直魯克驚惶無措，便道：「你不要害我，我便讓位罷！」屈曲律道：「你是我妻的父親，就與我父親一般，怎麼教你讓位？」（好聽。）直魯克道：「你不要我讓位，如何糾眾圍我？」屈曲律道：「部眾因你年邁，不便行政，教我幫你辦事哩。」直魯克道：「既如此，你去安撫叛眾，我便依你說話！」

屈曲律遂出撫眾人，並與謨罕驀德會議，將西部西爾河以南地，讓與

花剌子模，併除免歲幣。謨罕驀德如願而去。屈曲律遂自執國事，陽尊直魯克為主，所有政務，概不令直魯克聞知。直魯克憂恚成病，越歲死了。屈曲律遂繼了主位，聞故相女有美色，娶為妃子。這妃子不信回教，勸他從佛，屈曲律方加愛寵，言無不從，便令民間奉佛，不得仍信回教。回教徒阿拉哀丁抗詞不屈，屈曲律大怒，把他手足釘住門首，威嚇眾人。又復暴斂橫徵，派兵監謗，民間痛苦異常，恨不得有人除他。

　這消息傳到蒙古，成吉思汗遂差哲別前徵。哲別到了西遼，先飭民間各仍舊教，毋庸改易，並將所有苛斂，一律撤免，民間很是歡躍，統來迎接。屈曲律料不能敵，預率眷屬遁去。哲別長驅直入，追屈曲律至巴克達山，徑路狹隘，苦無可尋，適有牧人前來，詢知屈曲律蹤跡，便令他前導，搜出屈曲律，請他飲刀，所有眷屬，盡作俘虜。於是西遼全土，統為蒙古屬部，西境即與花剌子模接壤了。

　哲別歸國後，蒙古商人往花剌子模，被訛答剌城主掠去金銀，一一殺死。成吉思汗遣使詰問，又復被殺，因下令親征。

　是時為成吉思汗十四年六月，成吉思汗將西行，與各皇后話別，只命忽蘭夫人從行。（忽蘭見第十回。）也遂皇后道：「主子年已老了，天方盛暑，何苦涉歷山川，倒不如遣各皇子去！」（也遂豈有妒意耶？抑欲長圖快樂耶？）成吉思汗道：「我不在軍中，總難放心，況我筋力尚強，一時應不至就死，就是死了，也不枉創業一場。」也遂含淚道：「諸皇子中，嫡出的共有四人，主子千秋萬歲後，應由何人承統？」成吉思汗半晌道：「你說也是，我宗族大臣，都未曾提起，所以我也蹉跎過去。我去問明皇子再說！」

　當下出召四子，先問朮赤道：「你是我的長子，將來願否繼統？」（立嫡以長，古有常經，成吉思汗乃胸無主宰，先行詳問，是始基未慎，何以圖終。）言未畢，察合台勃然道：「父親何故問他？莫不是要他繼統麼？他

是蔑里吉種帶來的，我等如何叫他管轄！」成吉思汗道：「胡說。」察合台道：「我母不是被蔑里吉擄去麼？後來返歸，途中便生了朮赤，父親可否記得？」（補第五回所未及，唯從察合台口中敘出，彰母之醜，可見蒙兒不情。）成吉思汗尚未答話，那朮赤已奮然躍起，突將察合台衣領揪住，厲聲道：「我父親未曾分揀，你敢這般說麼？你不過強硬些兒，此外有何技能！我今與你賽射，你若勝我，我便將大指剁去；我與你再賽鬥，我若被你擊倒，我便死在地下，不起來了！」察合台不肯少讓，也把朮赤衣領揪住。

　　正喧嚷間，宗族都前來勸解。闊闊搠思道：「察合台，你為何著忙？你未生時，天下擾擾，互相攻劫，人不安生，所以你賢明的母，不幸被擄！似你這般說，豈不傷著你母的心？你父初立國時，與你母親一同辛苦，將你兒子們撫養成人，你母如日同明，如海同深，你尚未報親恩，怎麼出言不遜！」成吉思汗接著道：「察合台，你聽著麼？朮赤明是我的長子，你下次休這般說！」（恐怕做元緒公，所以如此抵賴。）察合台微笑道：「似朮赤的氣力技能，也不用爭執，我與朮赤，只願隨父親效力便了。我弟窩闊台，敦厚謹慎，可奉父教！」成吉思汗聞言，復問朮赤。朮赤道：「察合台已說過了，我照允便是！」成吉思汗道：「你兄弟須要親暱，勿再吵鬧，被人恥笑！我看天高地闊，待大功成後，各守封國，豈不更好！」二人無語，成吉思汗又問窩闊台道：「你兩兄教你繼統，你意如何？」窩闊台道：「承父親恩賜，並二兄抬舉，但做兒子的也不能遽允！自己沒有什麼智力，還好小心行去，只恐後嗣不才，不能承繼，奈何？」（窩闊台言語近情，較諸兩兄粗莽，似勝一籌，但自己未曾嗣立，先已顧到後嗣，慮亦深了。）成吉思汗道：「你既能小心行事，還有何說！」又問四子拖雷道：「你承認否？」拖雷道：「我只知飢著便食，倦著便睡，差去征戰時便行，此外無他志了！」

成吉思汗便召合撒兒，別里古台，帖木格及姪兒阿勒赤歹道：「我母已經去世，我弟合赤溫，亦已病亡，（母弟之歿，俱從成吉思汗口中敘明，無非為省文計耳。）目下只有三弟，及我弟合赤溫子阿勒赤歹，算是最親骨肉，我今與你等說明：我第三子窩闊台將來接我位子；當使朮赤、察合台、拖雷三人各有封土，自守一方。我子原不應違我，但願你等亦永記勿忘！倘若窩闊台子孫，沒有才能，我的子孫，總有一兩個好的，可以繼立，大家能秉公去私，同心協力，自然國祚延長，他日我死後，也瞑目了！」

　　合撒兒等應著。成吉思汗因立儲已定，遂命哲別為先鋒，速不台繼之，自率四子及忽蘭夫人統著大軍為後應，即日啟程。又遣使至西夏，命他會師西征。及去使還報，西夏不肯發兵。成吉思汗怒道：「他敢小覷我麼！待我征服西域，再去剿滅了他！」（為後文滅夏張本。）於是排齊軍馬祭旗啟行。祝告甫畢，忽覺狂風驟起，黑雲密布，轉瞬間大雪飄飄，飛舞而下，不到半日，竟著地三尺。成吉思汗怏怏道：「現在時當六月，天應炎熱，為什麼下起雪來？」忽從旁閃出一人道：「主子休疑，盛夏時候驟遇嚴寒，這是上天肅殺氣象，正要吾主奉天申討哩！」成吉思汗聞言大喜。正是：

　　　天道無端開殺運，雪花先已報功成。

　　畢竟何人作此慰語，俟至下回表明。

　　金主珣自燕徙汴，固為失算，我能往，寇亦能往，徙都何為者？然成吉思汗之背好興師，反借徙都為口實，是所謂欲加之罪，何患無辭，非真由徙都而致也。若屈曲律之誘人女，脅人主，種種權術，無非狡詐，及得國以後，且借勢橫行，以滋眾怒，蓋不啻為叢驅雀，而導蒙古以西略者。成吉思汗武力有餘，文教不足，觀其立儲貳時，已開兄弟鬩牆之漸，信乎以馬上得天下者，不能以馬上治也。本文依事直敘，文似拉雜，而暗中恰隱寓線索，閱者可於夾縫中求之！

第十二回　拔中都分兵南略　立繼嗣定議西征

第十三回
回酋投荒竄死孤島　雄師追寇窮極遐方

　　卻說夏天雨雪，煞是奇怪，獨有人謂係殺敵預兆。這人為誰？乃是遼皇族耶律楚材。楚材曾仕金員外郎，博覽群書，旁通天文、地理、律曆、術數。至蒙古南征，中都殘破，適楚材在中都，為成吉思汗所聞知，召為掾屬。每有諮詢，無不通曉，令他占兆，尤為奇驗。成吉思汗稱為天賜，言聽計從，至是謂雪兆瑞徵，自然信而不疑。（耶律楚材為蒙古良輔，故敘述獨詳。）

　　當下令楚材隨行，發兵西進，楚材復訂定軍律，所過無犯。至也兒的石河畔，柯模裡、畏兀兒、阿力麻里諸部落，皆遣使來會，願發兵隨徵。成吉思汗便就此屯駐。過了殘臘，至各部兵會齊，方命進兵，直指訛答剌城。城主伊那兒只克，（《元史》作哈濟爾濟蘭圖。）有眾數萬，繕守完備。成吉思汗屢攻不下，頓師數月；將要破城，又來了花剌子模援軍，頭目叫做哈拉札，入城助守，城復完固。成吉思汗以頓兵非計，擬分軍四攻，乃留察合台、窩闊台一軍，圍攻訛答剌城；別遣朮赤一軍，向西北行，攻氈的城；阿剌黑、速客圖、託海一軍，向東南行，攻白訥克特城；自率第四子拖雷，帶著大軍，向東北渡忽章河，（即西爾河。）趨布哈爾城，橫斷花剌子模援軍。

　　四路並舉，小子只有一枝禿筆，不能兼敘，只好依次寫來。察合台、窩闊台一軍，奉命留攻，又是數月，城中糧盡援絕，哈拉札意欲出降，伊那兒只克自知萬無生理，誓死堅守。兩人異議，哈拉札遂夜率親軍，突圍

出走。察合台奮力窮追，竟將哈拉札擒住。詢得城內虛實，立將他斬首示眾。當下督兵猛攻，前仆後繼，頓把城堞攀毀，魚貫而入。伊那兒只克巷戰不勝，退守內堡，尚相持了一月。怎奈部眾食盡力乏，一半餓死，一半戰死，只餘二卒，還登屋揭瓦，飛擲蒙古軍。察合台、窩闊台並馬突入，見伊那兒只克握著雙刀，單身出來，兩人忙將他截住，並飭各兵重重圍住。任你伊那兒只克如何凶悍，終被蒙古兵射倒，擒入囚籠，押送至成吉思汗大軍，命把生銀熔液，灌他口耳，報那殺商戕使的仇怨。（用銀液殺人，得未曾有，想是因他貪銀，故用此刑。世之拜金主義者，亦當以此刑待之。）

是時朮赤徇師西北，先至撒格納克城，遣畏兀兒部人哈山哈赤入城諭降，被他殺死。朮赤大憤，力攻七晝夜，破入城中，屠戮殆盡，留哈山哈赤子為城主。復西陷奧斯懇、八兒真、遏失那斯三城，行近氊的，守將先遁，朮赤兵傅城而上，城即被陷。再西拔養吉干城，各置守吏。（前敍攻訛答剌軍，此敍攻氊的軍。）

唯阿剌黑三將至白訥克特城，一攻即下，隨驅城中壯丁，進攻忽氊城。城主帖木兒瑪里克守河中小洲，矢石不能及，與城守遙為犄角，並造舟十二艘，裹氊塗泥，抵禦火箭。蒙古三將，與他戰了六七次，不能取勝，且傷亡兵卒千餘名。於是遣了急足，向成吉思汗處乞師。適成吉思汗收降布哈城、塔什干城，進兵布哈爾。途次得阿剌黑等軍報，遂撥偏師赴援。師至忽氊，阿剌黑等兵力復盛。再督壯丁運石填河，築堤達洲。瑪里克盪舟來爭，俱被蒙古兵殺敗，沒奈何返至洲中，招集各舟，將所有兵士輜重，賁夜裝載，擬運往白訥克特城中。誰知阿剌黑等先已防著，用鐵索鎖住河間，阻他前進。一聞有挺撞聲，斫擊聲，便舉起胡哨，號召各軍，霎時間兩岸軍馬，齊集如蝟，都用強弩猛箭，攢射過來。瑪里克料難入城，便舍舟登陸，且戰且行。蒙古兵一同趕上，亂戳亂劈，殺傷殆盡，只

瑪里克走脫。（敘阿剌黑等一軍。）

　　各路軍共報大捷，次第進行，來會大軍。那時成吉思汗已拔布哈爾城，追潰卒至阿母河，除投降免死外，一體梟首。成吉思汗親登回教講臺，傳集民人，諭以背約殺使，起兵復仇等情形，並令富民出資犒軍。回民力不能抗，只好應命。會聞花剌子模王謨罕驀德引兵駐撒麻耳干，（《元史》作薛迷思干。）遂返旆東征。原來撒麻耳干在阿母河東，所以成吉思汗大軍，又自西轉來。謨罕驀德聞大軍將至，先期逃去。城中尚有兵四萬，牆堞高固，守具完備，成吉思汗料不易攻，令先圍城。既而朮赤等三路軍馬，共集城下，遂四面圍攻。城中守兵出戰，被成吉思汗用了埋伏計，誘他入險，盡行殺斃。守將阿兒潑引親卒突圍出走，城中無主，只好乞降。成吉思汗佯許免死，至兵民出來，叫各兵薙髮結辮，令入軍籍，民仍舊制，到了夜間，潛命部下搜殺降兵，沒一個不死刃下。隨俘工匠三萬名，分隸各營，壯丁三萬名，充當奴隸；餘民五萬，令出金錢二十萬，始得安居。部署既定，即命哲別、速不台二將，各率萬人追謨罕驀德。二將領命去了。

　　當謨罕驀德出走時，因母妻居烏爾鞬赤城，（《元史》作玉龍傑赤。）與撒麻耳干僅隔一阿母河，恐罹兵鋒，乃遣使勸母妻速遁。成吉思汗也探悉他的母妻住址，令部下丹尼世們，至烏爾鞬赤，語其母道：「你兒子謨罕驀德開罪我邦，我所以發兵來討。你所主地，我不相犯，速遣親信人前來議和！」那母親名支爾干，置之不理，將丹尼世們逐出，自領婦女西走。支爾干，故康里部人，康里部舊在阿拉海（即忽章西爾兩河瀦集處。）東北岸，為突厥種族的支部。花剌子模將士，多屬康里部人，平時仗著母后威勢，專橫無度，不奉謨罕驀德命令。謨罕驀德自知力弱，因望風潰去。長子札蘭丁隨父出奔，願號召部民，扼守阿母河，謨罕驀德不從。札蘭丁復請自任統帥，任父他避，謨罕驀德又不許。其次子屋克丁，

第十三回　回酋投荒竄死孤島　雄師追寇窮極遐方

向駐義拉克，至是遣人迎父，報稱有兵有餉，可以固守，謨罕驀德遂決計西進。從兵皆康里人，陰謀叛亂，幸虧謨罕驀德先時戒備，宿輒易處，一夕已經他徙，所留空帳，被叢矢攢射，幾無遺隙。尋為謨罕驀德聞知，心益悚懼，託詞出獵，僅帶札蘭丁及心腹數人，潛往義拉克去了。（內部已潰，即從札蘭丁言，亦屬無補。）

哲別、速不台二將晝夜窮追，兵至阿母河，無舟可渡，便下令伐木編篋，內建輜重器械，外裹牛羊獸皮，就馬尾繫著，驅馬泅水，得不沉沒。將士攀援以隨，全軍遂渡。既渡河，分道巡行，哲別趨西北，速不台趨西南，沿路招撫，將至寬甸吉思海濱，（即裏海。）兩軍復會。謨罕驀德已至義拉克，聞蒙古軍將到，立即西走。屋克丁差人偵探，據報蒙古軍沿海南來，距義拉克不過數十里，他也心驚肉跳，坐立不安，竟行了三十六著中的上著。（統是飯桶。）

謨罕驀德遁至伊蘭，住了數日，復東遁馬三德蘭，行李盡失。馬三德蘭舊有部酋，為謨罕驀德所殺，地亦被併。其子聞仇人到來，糾眾報復，殺入謨罕驀德帳中，不圖謨罕驀德已先遁去。（可謂善逃。）追至寬甸吉思海，見謨罕驀德登舟離岸，有三騎踴躍入水，竟至溺斃。在岸上的人，用箭射去，那舟行駛如飛，任他有穿楊百步的能力，也是無從射著。謨罕驀德得了生命，亟至東南隅小島中居住，可憐胸脅中寒，憂悸成疾。瀕危時，遺命札蘭丁嗣立，把自己的佩劍解下，令他繫在腰中。囑咐已畢，兩眼一翻，嗚呼哀哉！（保全首領，還算幸事。）

札蘭丁把父屍槀葬，再自島中潛出，東回烏爾韃赤。這時候，支爾干早遁，尚有守兵六萬，大半是康里部人，欲加害札蘭丁，札蘭丁聞風又遁。道遇帖木兒瑪里克，率三百騎西行，遂與他會合，繞道東南，至哥疾寧地方去了。

哲別、速不台兩軍，至馬三德蘭，探知謨罕驀德已竄死海島，遂勒兵

不追。只在馬三德蘭一帶，搜剿餘眾。忽聞左近伊拉耳堡有謨罕驁德母妻等，避匿不出，二將遂率軍圍堡。堡在萬山中間，叢林深箐，陰翳晦暗，兩軍不便驟進，各遠遠的圍著，只令它水洩不通。這老天亦似助強欺弱，竟爾匝月不雨，堡民無處汲水，口渴欲死，各思出外逃生，無如出來一人，一人被捉，出來兩人，一雙被捉，及至紛紛出來，二將知已內亂，引軍直入堡中，把謨罕驁德的母妻女孫一併拿住，當即檻送成吉思汗軍前。成吉思汗赦了支爾干，（不令她侍寢，想是嫌她老了。）只殺了她的幼孫。所有女子四人，一個給了丹尼世們，（前日出使一場，總算不枉跋涉。）兩個給了察合台。察合台留下一女，一女給了部將。（頗為慷慨。）還有一個，給了前時被殺商人的兒子。（以父易妻，也還值得。）算是謨罕驁德家眷的結局。

　　哲別、速不台方擬回軍，忽接成吉思汗命令，寬甸吉思海北面，有欽察部，曾收納蔑里吉部的潰卒，應前往致討，毋遽班師等語。二將不好違慢，只得再接再厲，復向西北殺入。所有戰事，容待下文再詳。

　　單說成吉思汗，自平定撒麻耳干後，駐蹕多日，復至渴石避暑，直到秋季，自率拖雷略南方，別命朮赤、察合台、窩闊台，往徵烏爾鞬赤。

　　烏爾鞬赤無主帥，由兵民公推，以康里人庫馬爾為首領，防禦蒙古軍。朮赤等軍將到城下，前哨劫掠牛馬。守兵出城抗禦，被誘至數里外，中伏敗潰。嗣是城內兵民，一意堅守，不復出戰。城跨阿母河，垣堞堅厚無匹，猝不可拔。朮赤先遣使招降，因城主庫馬爾不從，乃伐木為橋，令兵三千進攻。不意守兵大出，把三千人困在垓心，殺得片甲不留。朮赤急發兵往援，怎奈橋已被毀，前後隔斷，只好雙眼睜著，靜看這三千人，做了無頭之鬼！（想是屠城之報。）

　　察合台欲乘風縱火，毀他城堞，偏朮赤思王此土，不許焚掠，由是兄弟不和，你推我諉。（仍是前日積怨。）遷延至七閱月，尚是未下，使人

稟報成吉思汗，成吉思汗詢得實情，頒敕詰責，改命窩闊台統領諸軍。窩闊台即至兩兄處，極力和解；乃併力亟攻，數日罔效。尋決河水灌城，城中不免驚忙。窩闊台遂督軍掩入，將城攻陷。城主庫馬爾，猶帶領守兵死戰七晝夜，至力盡身亡，方才罷手。兵民多被屠戮，只工匠婦女幼稚，算是倖免。朮赤留駐城中，察合台、窩闊台赴成吉思汗軍去了。

成吉思汗此時正略定阿母河兩岸，渡河指塔里寒山，所向征服。分軍給拖雷帶領，命往呼羅珊地方，蕩平各寨，作哲、速二將後援，拖雷自去。成吉思汗進攻塔里寒寨，寨極堅固，四面皆山，土兵非常悍鷙，遇著敵軍，統是拚命殺來。蒙古軍雖經百戰，到底也怕死貪生，戰了數仗，一些兒沒有便宜，反傷亡了無數。成吉思汗親自督攻，也被寨兵戰退。乃就山下紮營，召回拖雷軍合攻，待久未至。原來拖雷軍北往呼羅珊，沿阿母河西岸出發，所過城寨，剿撫兼施，倒也覺得順手。既至呼羅珊西北隅，接著成吉思汗召還消息，乃從寬甸吉思海東岸繞還。海南有木乃奚國，素崇回教，由拖雷軍大掠一番，再從東南迴趨，衝破匿察兀兒及也裡等城，方到塔里寒山，與成吉思汗軍相會。成吉思汗已待了好幾月了，遂合兵再攻堅寨，接連數日，方得毀壞城垣，殺敗守卒，步兵盡死，唯騎兵奔潰。約計攻寨起訖日子，共七閱月。大眾休息寨中，兼且避暑。（與上文渴石避暑又隔一年。）察合台、窩闊台，亦領軍到來。（朮赤等攻烏爾韃赤亦經七月，兩兩相對，前後接筍。）

涼風一至，暑氣漸消。（看似尋常敘景，實則為過脈要訣。）成吉思汗接到偵報，謨罕驀德長子札蘭丁，在哥疾寧糾集餘眾，與班里（《元史》作班勒紇。）城主蔑力克汗，（《元史》作滅里可汗。）聯合，聲勢頗盛；又札蘭丁兄弟屋克丁，亦出屯合兒拉耳地方，有眾千人。於是再議親征，南下攻札蘭丁；遙命哲別等分兵攻屋克丁。哲別奉諭，遣裨將臺馬司、臺納司二人往攻合兒拉耳。屋克丁在合兒拉耳地方尚沒有什麼兵力，聞蒙古軍又

至,便遁入蘇吞阿盆脫堡,經臺馬司等率兵追入,圍攻半年,堡破被殺。(隨筆了結。)只札蘭丁整備年餘,集眾六七萬,又得蔑力克汗相助,有恃無恐,遂出禦蒙古軍。成吉思汗統兵南征,逾巴達克山,至八米俺城,圍攻未下,乃令養子失吉忽禿忽(名見第六回。)領前哨軍,先向東南出發。忽禿忽到了喀不爾,(一作可不里,即今阿富汗都城。)正遇著札蘭丁,兩軍會戰,自晝至暮,互有殺傷。次日再戰,忽禿忽慮眾寡不敵,密令軍中縛氈像人,置在軍後,彷彿似援軍一般。臨陣時,前面的軍士,仍照常廝殺,戰至半酣,將氈像載著馬上,從後推至。札蘭丁軍果疑有後援,漸漸退卻。獨札蘭丁奮然道:「我眾甚盛,怕他什麼?」隨即分士卒為三隊,自率中軍,令蔑力克汗率右翼,鄰部阿格拉克率左翼,兩翼包抄,將忽禿忽軍圍住。忽禿忽知計已被破,忙令軍士視旗所向,衝突敵陣。誰知敵眾已四面攢集,似銅牆鐵壁一般,來困忽禿忽,那時忽禿忽顧命要緊,只好擎著大旗,率眾猛突,沖開一條血路,向北而逃。敵騎乘勢追殺,死亡無算,軍械馬匹,亦被奪去不少。自蒙古軍出征西域。這次算是第一遭損失。

　　敗報至八米俺,成吉思汗正因愛孫莫圖根(一作莫阿圖堪。)攻城中箭,身死含哀。莫圖根係察合台子,少年驍勇,騎射皆精。此次陣亡,不但察合台慟哭不休,就是成吉思汗也悲淚不止。忽又接到忽禿忽敗報,不禁咬牙切齒,誓將八米俺城攻下,以便赴援。即日督軍力攻,親負矢石,察合台報仇心切,不管什麼厲害,只麾軍士登城,城上城下,積屍如山,蒙古兵只是不退。當即移屍作梯,奮勇殺入,把城中所有老幼男女,一律殺死,連牛羊犬馬,統共剁斃,並將城垣盡行拆毀,至今斯地尚無人煙,可算得一場慘劫了!(太屬不顧人道。)

　　成吉思汗不待部署,亟麾軍南行,軍不及炊,只啖米充飢。途次遇著忽禿忽敗軍,責他狃勝輕敵,並令忽禿忽導至戰處,追溯前日列陣形狀,指示闕失,更命倍道進行。到了哥疾寧,聞札蘭丁已奔印度河,乃捨城不

攻，引軍疾追。

看官，這札蘭丁已戰勝忽禿忽軍，為什麼先期遠颺，竟往印度河奔去？原來忽禿忽敗北時，曾有駿馬一匹為敵所奪，蔑力克與阿格拉克二人皆欲得此馬，相爭不下，惱得蔑力克性起，突執馬鞭，將阿格拉克面上揮了一下，阿格拉克大憤，竟率部眾自去。札蘭丁失了左臂，未免惶懼，及聞成吉思汗親來報復，所以先自南奔，蔑力克汗亦隨往。

距河裡許，回顧後面塵頭大起，料是成吉思汗軍趕到，自知不及西渡，只好列陣以待，一決雌雄。那成吉思汗大軍，煞是厲害，甫經交綏，即握著大刀闊斧，突入陣中。忽禿忽奉了密諭，猛攻右翼蔑力克軍。蔑力克支持不住，向後倒退，退至印度河畔，不料蒙古軍已繞至前面，阻住去路，一時措手不及，被蒙古軍刺於馬下，眼見得不能活了。

札蘭丁又失右臂，勢孤力弱，進退徬徨，自晨戰至日中，手下僅數百人，幸成吉思汗意欲生擒，飭禁軍士放箭，因得突圍而出。奔到河邊，復被忽禿忽軍堵住，頓時上天無路，入地無門，他卻窮極智生，竟縱馬上一高崖，復將馬韁扯起，撲的一跳，連人帶馬，投入印度河中去了！小子謅著俚句，成七絕一首云：

全軍棄甲復拋戈，奔命窮途可奈何？
盡說懸崖宜勒馬，誰知縱轡竟投河！

未知札蘭丁性命如何？請看官續閱下回。

本回敘成吉思汗西征事，皆在今中央亞細亞境內。《元史》所載甚略。餘如《親征錄》、《元祕史》、《元史》、《譯文證補》等書，亦皆錯雜不明，令閱者茫如測海，幾有望洋之嘆。一經作者敘述，逐層分析，依次表明，自覺井然有序，不漏不紊。若並是書而以為難閱，則從前史乘，更不必過問矣！本書所載地理，南北東西各有分別，閱《元史》地圖自知。看似容易恰艱辛，閱者幸勿滑過！

第十四回
見角端西域班師　破欽察歸途喪將

卻說札蘭丁投入印度河，蒙古軍瞧著，總道他身入水中，一落數丈，不是跌死，也是淹死，誰料他卻不慌不忙，從水中卸了軍裝，鳧水逸去。諸將以窮寇被逃，不禁氣憤，爭欲赴水追捕，還是成吉思汗力阻，並語諸子道：「好一個健兒，是我生平所未曾見過的！若竟被他漏網，必有後患！」部將八剌，願渡河窮追，成吉思汗允他前行。八剌遂役令兵丁，斬木為筏，渡河南去。成吉思汗復返攻哥疾寧城，城中守將，早已遁去，兵民開城迎降。窩闊台奉成吉思汗密諭，偽查戶口，教兵民暫住城外，工匠婦女，不得同居。到了晚間，潛帶麾下出城，把哥疾寧的兵民，一一戮斃，只工匠婦女，留作軍中使用。（專用此計，毋乃殘酷。）

成吉思汗再沿印度河西岸北行，捕札蘭丁餘黨，聞阿格拉克與他族尋仇，已被殺死，遂乘機蕩平各寨，所有醜類，無一孑遺。又因西域一帶，叛服無常，索性遣將分兵，四處巡行，遇著攜貳的部落，統加屠戮，共殺一百六十萬人，方才收刀！（民也何辜，遭比荼毒。）

嗣得八剌軍報，破壁耶堡，進攻木而攤城，因天氣酷暑，一時不便開仗，只好紮住營寨，靜待秋涼，札蘭丁不知去向，俟探實再報等語。成吉思汗道：「我意在一勞永逸，所以征戰數年，並無退志。現在餘孽在逃，不得不再行進取，為山九仞，功虧一簣，如何使得！」耶律楚材婉諫道：「札蘭丁孤身遠竄，諒他亦沒有什麼能力，況我軍轉戰西陲，越四五年，威聲已經大震，得休便休，還求主子明察！」成吉思汗道：「我進彼退，

第十四回　見角端西域班師　破欽察歸途喪將

我退彼進，奈何？」耶律楚材道：「堅城置吏，要隘屯兵，就使死灰復燃，亦屬無妨！」成吉思汗半晌道：「且待哲別等軍報，再作計較。」耶律楚材不便再說。大眾休息數日，接到哲別軍消息，已西逾太和嶺，（即高加索山。）戰勝欽察援軍，進兵阿羅思（即俄羅斯。）去了。成吉思汗道：「哲別等遠征得手，一時總未能回來，我軍守著這地，做什麼事，不如渡河南行，接應八刺，平定印度方好哩！」隨即下令再進。

時方盛夏，暑氣逼人，印度地方，又在赤道下，益加炎燠，軍行數里，便覺氣喘神疲，汗流不止。既到印度河，遙見水蒸氣磅礴天空，日光被它遮住，對面迷濛，不見有什麼影子。軍士各下騎飲水，那水的熱度似沸，幾難入口，都皺著眉，蹙著額，恨不得立刻馳歸。耶律楚材復思進諫，忽見河濱來一大獸，身高數丈，形似鹿，尾似馬，鼻上有一角，渾身綠色，不覺暗暗驚異。成吉思汗也已瞧著，便語將士道：「這等大獸，見所未見，你等快用箭射牠！」將士奉令，統執著弓矢，擬向大獸射去。驀聽得一聲響亮，酷肖人音，彷彿有「汝主早還」四字。耶律楚材即出阻弓箭手，令他休射，一面到成吉思汗面前。方欲啟口，成吉思汗已問道：「這是何獸？」耶律楚材道：「名叫角端，能作人言，聖人出世，這獸亦出現，它能日馳萬八千里，靈異如鬼神，矢石不能傷牠。」語至此，成吉思汗復問道：「據你說來，這可是瑞獸麼？」耶律楚材道：「是的！這獸係旄星精靈，好生惡殺，上天降此，所以儆告主子。主子是上天的元子，天下的百姓，統是主子的兒子，願主子上應天心，保全民命！」（楚材所說，未必果真，但借異獸以規人主，可謂善諫。）成吉思汗方欲答言，又見大獸叫了數聲，疾馳而去。隨向耶律楚材道：「天意如此，我亦不便進行，不若就此班師罷。」耶律楚材道：「主子奉天而行，便是下民的幸福！」（語雖近諛，然諛言最易動聽，善諫者宜知之。）

當下命師返旆，並遣人渡印度河，促八刺旋師。八剌即日北歸，（想

已眼望久了。）會著大軍，由北趨東，過阿母河，歷布哈爾，回民多叩謁馬首。成吉思汗召主教入見。主教名曷世哀甫，謁見畢，詳述教規。成吉思汗道：「所言亦是，但我聞回民禮拜，必須赴教祖墓所，（回教祖名摩罕默德墓在麥加城。）這也未免太拘。上帝降鑑，何地不明，為什麼限著地域呢？」曷世哀甫不復再辯，唯唯聽命。成吉思汗復道：「我已征服此處，此後祈禱，可用我名。你為主教，還有各處教士，盡行豁免賦役，你可替我申諭！」（因勢利導，諒亦由耶律楚材所教。）成吉思汗便在布哈爾暫駐，一面遣使召朮赤來會，一面遣使召哲別、速不台班師。

一住數日，復起行東歸，經撒馬爾幹，渡忽章河，令謨罕驁德母妻，辭別故土。兩婦不能抗命，只好向著西方，慟哭一場，復隨大軍東行。到了葉密爾河，皇孫忽必烈、（《元史》作呼必賚。）旭烈兀（《元史》作轄魯。）來迎。成吉思汗大喜，命二孫侍著行圍。二孫皆拖雷子，忽必烈才十一歲，旭烈兀才九歲，隨成吉思汗入圍場，統能騎馬彎弓，發矢命中，忽必烈射殺一兔，旭烈兀射殺一鹿，奉獻成吉思汗。成吉思汗喜上添花，遂命將捕獲各獸，及西域所得的財寶，大犒三軍。嗣復住了數日，待長子朮赤，及哲別、速不台，均尚未至，方徐徐的回國去了。（歸結成吉思汗西征。）

且說哲別、速不台二將，北討欽察，引兵繞寬甸吉思海展轉至太和嶺，鑿山開道，俾通車騎，適遇欽察部頭目玉里吉，及阿速、撒耳柯思等部，集眾來禦，倉猝間不及整陣，幾被敵軍迫入險地。哲別、速不台商定一策，遣西域降將曷思麥里至玉里吉軍，說是「我等同族，無相害意，不過西征到此，聞嶺北有數大部落，特來通好，請勿見疑！」玉里吉等信以為真，麾兵退去。哲、速二將，引軍出險，登高遙望，猶隱隱見阿速部旗旄。速不台語哲別道：「敵軍信我偽言，統已退歸，在途必不防備，若就此掩將過去，殺他一個下馬威，可好麼？」哲別連稱妙計，便飭兵士尾

追前軍。疾行數里，已至阿速部背後，一聲呼嘯，好似電劈雷轟，猛撲前去。阿速部後隊，方欲返顧，不料身上都受著急痛，霎時暈厥，紛紛落馬。（力避俗套。）前隊尚莫名其妙，等到硬箭飛來，長槍戳入，始知有敵到來。正欲拔劍彎弓，那頭顱不知何故，已歪倒肩上，手臂不知何故，分作兩段，頓時你忙我亂，只好鞭著馬，飛著腿，四散奔逃！（語語新穎。）阿速部已經潰散，前面就是欽察部眾。玉里吉聞著後面吶喊，驚問何事？大眾都摸不著頭緒，便命子塔阿兒領著數騎，向後探望，冤冤相湊，與蒙古軍相值。方開口問著，已被一槍洞胸，墜騎死了。餘騎不值一掃，統赴枉死城中。此時玉里吉待子未回，就勒馬懸望。突然間來了蒙古軍，錯疑塔阿兒導他來會，笑顏迎著，蒙古軍不分皂白，槍起刀落，又將玉里吉殺死。（父子同歸冥途，不寂寞了。）餘眾大駭，急忙奔潰，已被蒙古軍殺了一半。蒙古軍再追數里，前面已寂無一人，料得撒耳柯思部已自颺去，（略去撒耳柯思部，煩簡得宜。）當即擇地下營。

　　哲、速二將，雖已得勝，終恐深入重地，寡不敵眾，遂遣使至朮赤處告捷，並請濟師。朮赤方攻下烏爾韃赤城，駐軍寬甸吉思海東部，（俱回應前回。）閒暇無事，即分兵大半往援。

　　哲別等既得援師，北向至浮而嘎河，（入裏海。）適值河冰凝冱，遂履冰徒涉，攻下阿斯塔拉幹大埠，縱兵焚掠。會得探報，欽察部酋霍脫思罕，領著部眾來了。原來霍脫思罕係玉里吉兄長，聞知弟姪陣亡，傾寨前來，意圖報復。哲別命曷思麥里誘敵，只準敗，不準勝，自與速不台分軍埋伏，專候欽察兵到，奮起廝殺。說時遲，那時快，曷思麥里方才出發，欽察兵已是馳到，望見曷思麥里麾下不過數千人，衣履不整，器械無光，統呵呵大笑，不把他望在眼裡。曷思麥里恰突出陣前，指揮士卒與欽察前隊酣戰一場，不分勝負。霍脫思罕，見前隊戰敵不下，便督軍齊上，擬包圍曷思麥里軍，曷思麥里恐陷入重圍，乃率兵退走。（曷思麥里之徐徐退

走,為哲、速二將埋伏起見,非違命也。)

　　欽察部眾,只道是蒙古軍敗退,大眾趕先爭功,已無軍律,曷思麥里令部下拋甲棄杖,惹得追軍眼熱,統下騎拾取,曷思麥里復回軍來爭,與欽察部眾略鬥,便又退走。(恐他不追,所以回軍。)此退彼進,到了一座大山,峰崖險峻,嶺路崎嶇,曷思麥里麾軍徑入,霎時間都進去了。霍脫思罕報仇心切,又不防有他變,奮力追入。到了山間,峰轉路迷,不辨去向。正疑慮間,山上號炮齊起,矢石雨下,忙即下令退軍,把後隊當作前隊,覓路而出。將出山口,被速不台一軍堵住,尚沒有什麼恐慌,當下麾眾奪路,與速不台軍鏖戰起來,頗也有些起勁。誰知曷思麥里軍已從他背後殺到,霍脫思罕顧了前面,不能顧後,顧了後面,不能顧前,才覺手忙腳亂,只好拚了老命,沖開一條血路,出山急走。前後夾攻的蒙古軍,只在山內屠殺敵兵,一任霍脫思罕走脫。霍脫思罕急行數里,才敢喘息,檢閱兵馬,十成中少了六七成,便垂頭喪氣,向前再行。途窮日暮,夜色淒其,猛聽得喊聲復起,前後左右,又是蒙古軍殺到,險些兒嚇落馬下!虧得手下尚有健卒數百,盡力保護,以一當百,等到殺透重圍,已經十有九死。看官欲問這支蒙古軍,只教再閱前文,便自分曉。(不言而喻。)

　　且說霍脫思罕走脫後,回入本部,恐蒙古軍進攻,無兵可敵,沒奈何遁入阿羅思境內。阿羅思就是俄羅斯,唐懿宗初,在北海立國,拓地漸廣;北宋時,創行封建制度,分七十部,子孫相繼,日事爭奪。南俄列邦,有哈力赤部,酋長名密只思臘,係霍脫思罕女夫,粗知兵事,嘗戰勝同族,意氣自豪。聞妻父遠來,迎入城中,問明底細,即投袂道:「倨大蒙古,敢如此強橫!待我出兵與戰,怕不把它踏平呢。」(喜說大話的人,最不可靠。)

　　霍脫思罕道:「蒙古將士,很有蠻力,並且詭計多端,防不勝防。幸虧我走得快,才得保全性命,與你重逢。」密只思臘笑道:「他來的只是孤

第十四回　見角端西域班師　破欽察歸途喪將

軍，我等鄰部甚多，一經號召，立集千萬，總要與婦翁報仇哩！」於是遣使四出，召集各部酋長，會議發兵。計掖甫部酋羅慕，扯耳尼哥部酋司瓦托司拉甫，與密只思臘最是莫逆，一聞消息，趕先馳到。南方各部長，也陸續趨至。大眾開議，定計出境迎擊，毋待敵至。並遣告阿羅思首邦物拉的迷爾部，請他出師協助，分運軍糧。部酋攸利第二，也即照允。

不到數日，各部兵均已會齊，共得八萬二千人，仗著一股銳氣，趨入欽察部。復由霍脫思罕收集殘兵，專待蒙古軍至，一齊掩殺。那時哲、速二將，已得知阿羅思會師來御，也未免有些膽怯。（是謂臨事而懼。）想了一計，復遣十人至阿羅思軍，由密只思臘召入，問明來意。十人道：「欽察部容納叛眾，所以我軍前來，聲罪致討。若與阿羅思諸部素無釁隙，定不相犯；況中國敬信天神，與阿羅思宗教相似，何不助我共敵仇人！」言未畢，霍脫思罕閃出道：「從前我弟玉里吉，也信了他的詭話，遭他毒手，我婿千萬不可再信！」密只思臘道：「如此可惡，殺了來使再說！」便喝令左右，縛住八人，立即斬首，只令二人回報。

哲別又命二人至阿羅思軍，說是兩國相爭，不斬來使，今無端殺我行人，上天必不眷佑，速即約定戰期，與你決一勝負。霍脫思罕又欲殺他，還是密只思臘道：「殺他一二人何用，不如借他的口，回報戰期！」隨命二使道：「饒你狗命！快叫你主將前來受死！」二使抱頭趨歸。（想是二人命不該絕，故一再得脫，不然，哲別前次已欺玉里吉，此次又欲欺密只思臘，安得令人信用耶！）

密只思臘遣還來使，即麾兵萬騎，東渡帖尼博耳河，巧值蒙古裨將哈馬貝，沿河探望，手下只帶數十騎，被密只思臘軍一鼓掩來，逃避不及，個個受縛，個個飲刀。哲別聞報，亟命全軍東退，（偽耶真耶？）那時密只思臘越發趾高氣揚，追逼蒙古軍直至喀勒吉河，遇見蒙古軍列營東岸，便在河北紮住陣腳。霍脫思罕亦引兵來會，還有計掖甫扯耳尼哥諸部眾，

到了河濱，與密只思臘南北列陣。密只思臘輕敵貪功，並未與南軍計議，獨率北軍渡河，來殺蒙古軍。蒙古軍如何肯讓，就在鐵兒山附近，槍對槍，刀對刀，大戰起來。自午至申，殺傷相當。速不台見欽察軍也在敵陣，竟帶著銳卒，突入欽察軍中，去殺霍脫思罕。欽察軍懲著前轍，未戰先慌，驚見蒙古軍沖入，立即驚潰。霎時間陣勢大亂，密只思臘禁止不住，也只得奔還，急忙渡河西走，令將船隻鑿沉，人馬溺斃，不計其數，後隊兵士，不及渡河，眼見得是身首兩分，到鬼門關上掛號去了！（妙語解頤。）

蒙古軍乘勢渡河，徑攻計掖甫扯耳尼哥等部。各部尚未知密只思臘的勝負，毫不設備，被蒙古軍掩至，把他圍住，衝突不出。哲、速二將，料他窘迫，誘令納賄行成，暗中恰四面埋伏，待他出營，卻令伏兵齊起，見人便捉，捉不住的，便亂戳亂斫，俘獲甚眾，殲馘無算。總計各部酋長，傷亡六人，侯七十，兵士十死八九。於是蒙古軍置酒歡宴，把生擒的頭目，縛置地上，覆板為坐具。哲別、速不台以下將領，統在板上高坐，飲酒至數小時，至興闌席散，板下的俘虜，已多壓死，只扯耳尼哥部酋，尚是活著，哲別令曷思麥里，押送至朮赤處，斬首示眾。（想是命中注定，必須過刀。）

阿羅思首部攸利第二汗，正遣姪兒康斯但丁引兵南援，行至扯耳尼哥部，聞各部統已戰敗，慌忙逃歸。阿羅思境內，全土震動。哲別再擬進兵，不意二豎為災，竟染重疾。（何止二豎，恐各部枉死鬼都來纏擾。）不得已屯兵休養，適成吉思汗遣使亦至，促他班師，當即奉令回轅。到了寬甸吉思海東部，將朮赤部兵盡行交還，別後登程，哲別病勢越重，竟在中途謝世了！小子有詩詠哲別道：

　　百戰歸來力已疲，敘功未及竟長辭；
　　男兒裹革雖常事，死後酬庸總不知！

哲別逝世，速不台命部下舁屍。率眾東歸，欲知後事，請閱下回。

　　《元史》太祖十九年，帝至東印度國，角端見，班師。《耶律楚材》傳，亦載及之，別史多辨其訛，且謂太祖未渡印度河，何由至東印度？是皆史家飾美之詞，不足為信。本書兩存其說，謂見角端時，適在印度河濱，角端之能作人言與否，不下考實語，獨歸美於楚材之善諫。是蓋獨具卓見，較諸坊間所行諸小說，於無可援證之中，且任情捏造者，固大相逕庭矣！下半回敘哲、速二將征欽察事，亦考據備詳，不稍誇誕，而演筆則又奇正相生。作者兼歷史家小說家之長，故化板為活，不落恆蹊。

第十五回
滅西夏庸主覆宗　遭大喪新君嗣統

　　卻說速不台班師回國，由成吉思汗接著，聞知哲別已歿，悲悼不置，便命哲別子生忽孫為千戶，承襲父祀。再遣使頒諭朮赤，命他就欽察以東，忽章河以北，新定各部，俱歸鎮治。至西北未定地方，亦須隨時勘定。朮赤雖曾奉諭，恰不願再出征戰，只在寬甸吉思海北岸薩菜地，設牙駐帳，遊獵度日，一面遣使返報，只稱得病，不便他征。成吉思汗亦暫置不問。（威及遐方，獨不能馭眾子弟，這是歷代雄主通病。）

　　唯因西征時曾徵師西夏，夏師不至；至此復飭夏主遣子入質，夏主又不從；且聞汪罕餘眾，多逃匿西夏，心中愈憤，遂議下令親征，也遂皇后聞著征夏消息，又來勸阻。（總是她來出頭。）成吉思汗不從，也遂道：「南方已設國王，為什麼還勞聖駕？」成吉思汗道：「國王木華黎已早死了，嗣子孛魯，雖命他襲封，究竟經驗尚少，不及乃父。況現在降將武仙，又復叛我，都元帥史天倪被殺，孛魯方調兵遣將，出討叛賊，還有什麼餘力，去平西夏？」也遂道：「主子西征方歸，又要南征，雖是龍馬精神，不致勞瘁，但士卒亦恐疲乏，總須略畀休息，方可再用！」（語頗近理，我亦服之。）成吉思汗屈指道：「我即大位，已二十年，西北一帶，總算平定，只南方尚未收服，必須親往一遭，就使今冬不征，明春定要往討哩。」（木華黎之歿，武仙之亂，及成吉思汗所歷年月，俱就此帶出，是即行文時銷納之法。）也遂道：「明歲主子親征，須要准我隨行哩。」成吉思汗道：「忽蘭隨我西征，嘗自謂睏乏得很；似妳這般身軀，比她還要嬌怯，何苦隨我

第十五回　滅西夏庸主覆宗　遭大喪新君嗣統

南下呢？」也遂道：「主子櫛風沐雨，妾等安坐深居，自問良心，亦覺愧赧，若蒙慨許隨行，侍奉左右，就使跋涉關，亦所甚願，怕什麼勞苦呢？」成吉思汗喜形於色，且語道：「妳的阿姊很是謙恭，妳又這般忠誠，好一對姊妹花，同侍著我，也算是我的豔福，死也甘心呢！」（說一死字，為下文隱伏讖語。）說著時，已將也遂抱入懷中，親狎了一回。是晚並召也速干作伴，做個聯床大會，雲雨巫山，雙雙涉歷，彼此都極盡歡娛，不勞細說。（插入一般豔情，隱寓樂極悲生之意。）

　　小子敘到此處，又不得不將木華黎去世，及武仙再叛等情，再行表明。（應十一回。）木華黎自得真定後，復連歲出兵，盡得遼河東西，黃河東北諸郡縣；復東下齊魯，西入秦晉，把金邦所有土地，占去大半，《元史》推為開國第一功臣。唯屢攻鳳翔未下，還至解州，遂有疾，以成吉思汗十八年三月卒。時成吉思汗尚在西域，聞報大慟，追贈魯國王，諡忠武，其子孛魯嗣爵。（詳敘木華黎生死，以其為第一功臣也。）木華黎既歿，山東州縣，復起叛蒙古，武仙亦懷著異心，誘殺都元帥史天倪。天倪弟天澤，方奉母歸燕，聞變折還，遂遣使至孛魯處，乞師討逆。孛魯命天澤嗣兄統師，並遣兵赴援，與天澤軍會，擊敗武仙。武仙與宋將彭義斌連和，再攻天澤，天澤復發兵與戰，擒斬義斌，武仙遁去，後事慢表。（納入此段，庶不闕略。）

　　且說成吉思汗過了殘臘，轉瞬孟春，元宵一過，即下令南征，從新整點軍馬，陸續起行。也遂皇后也著了戎裝，鐵甲鑾韉，黑驪雕鞍，隨在戎輅後面，緩轡行著。（彷彿出塞明妃。）成吉思汗卻騎著一匹紅鬃馬，（紅黑相間，煞是好看。）由大眾簇擁前去。既到郊外，命部眾就地設圍，親自行獵。忽一野豕突出，奔至馬前，成吉思汗不慌不忙，仗著平生射技，拈弓搭箭，一發殪豕。心中正在得意，突覺馬首昂起，馬足亂騰，一時羈勒不住，竟將成吉思汗掀翻馬下。（不祥之兆。）

部將忙來救護，扶起成吉思汗，易馬上坐，尚有些頭昏目眩，神志不安，隨命大眾罷獵，紮住軍營。看官，這馬無端騰踔，恰是何故？原來被大豕所驚，因致駭躍。唯成吉思汗南征北討，縱轡多年，已不知駕馭若干馬匹；就是所騎的紅鬃馬，定然天閒上選，偏偏為豕所驚，以致失馭，這也是天不永年的預兆！是晚成吉思汗即身體違和，生起寒熱病來。

翌晨，也遂皇后向眾將道：「昨夜主子罹疾，南征事不如暫罷，還請大家商議方好。」大眾計議一回，自然依了也遂意見，入內奏知成吉思汗。成吉思汗道：「西夏聞我回去，必疑我是怕他，我現在這裡養病，先差人到西夏，責他不納質子，擅容逃人，看他有何話說？」

當下遣使至夏，語夏主道：「你前時與我議款，情願歸降，我軍出征西域，你卻不從；近又不遣子入質，並擅納汪罕餘眾，你可知罪麼？」是時夏主李安全早死，族子遵頊嗣立，復傳位於子德旺。德旺本庸弱無能，聞蒙古使臣詰責，顫慄不能言，旁閃出一人道：「都是我的主使！要與我廝殺時，你到賀蘭山來戰；要金銀緞匹時，你到西涼來取，此外不必多說，快快走罷！」（好大膽。）

蒙古使回報，成吉思汗勃然起床，喝令大軍速進。左右都來諫阻，成吉思汗怒道：「他說這般大話，我怎麼好回去？就是死了，魂靈兒也要去問他，況我還未曾死哩！」遂扶病上馬，直指賀蘭山。賀蘭山在河套附近，距寧夏府西六十里，夏人倚以為固，樹木青白，望如駿馬，北人呼駿馬為賀蘭，所以藉此名山。大軍到了山前，見夏兵已在山麓紮住，問他領兵的頭目，便是前說大話的阿沙敢缽。（我見前文，早欲問他姓名，至此才出現，作者未免促狹。）

阿沙敢缽見有蒙古軍，便率眾下山，來衝頭陣。誰知蒙古兵全然不動，只把硬箭射住，沒些兒縫隙可尋，只得退回。好一歇，又復前來衝突，蒙古兵仍用老法子，依舊無效。直至第三次衝突，方聽得喇叭一號，

第十五回　滅西夏庸主覆宗　遭大喪新君嗣統

營門陡闢，千軍萬馬，如怒潮一般，銳不可當。那邊氣焰已衰，這邊氣勢正盛，任你阿沙敢缽如何能言，如何大膽，至此阻不勝阻，攔不勝攔，沒奈何逃上山寨。蒙古軍哪肯干休，就奮力上山，一鬨兒殺入寨中，又將阿沙敢缽部下斫死了一大半，阿沙敢缽落荒走了。（彼竭我盈，戰無不克，可見成吉思汗善於用兵。）

成吉思汗據了賀蘭山，便進拔黑水等城，嗣因天熱體衰，在琿楚山避暑。至暑往寒來，復轉攻西涼府及綽羅和拉等縣，所過皆克，遂逾沙陀至黃河九渡，取雅爾等縣，再圍靈州。夏主遣兵來援，又被蒙古軍擊退。陷入靈州城，進次鹽州川，天氣凜冽，雨雪載塗，乃命在行帳度年。轉眼間臘盡春回，已是成吉思汗二十二年了。（覆書歲次，為成吉思汗道殂張本。）

河冰方泮，成吉思汗即率師渡河，下積石州，破臨洮府，據洮河、西寧二州，進攻德順。西夏節度使馬肩龍正坐鎮德順城，頗有威名，聞蒙古兵至，居然開城出戰，酣鬥三日，蒙古兵受傷不少，馬肩龍部下，也死了好幾百名。因遣人報知夏主，即請濟師。時夏主李德旺憂悸成疾，已經去世。（還是僥倖。）國人立他猶子，單名只一睍字。睍尚幼弱，曉得什麼軍政，各將士統得過且過，專務趨避，大家穿鑿山谷，藏匿財物，行個狡兔營窟的法兒，（愚甚痴甚，無怪國亡。）便把馬肩龍軍書擱起。

馬肩龍待援不至，自嘆道：「城亡與亡，尚有何說？」復堅守了數日，禁不住敵軍猛攻，自率左右出城，捨命死鬥，至蒙古兵圍繞數匝，尚拔刀瞋目，斫死蒙古兵數名，後來箭如飛蝗，身中數矢，遂大叫一聲，嘔血而亡。（不沒忠臣。）肩龍一死，城中無主，自然被陷。

成吉思汗得了德順州，復至六盤山避暑，遣將直逼夏都。夏主睍驚惶失措，急召文武會議，哪知所有臣民，統向土窟中避難去了。嗣聞土窟中的臣民，又被蒙古兵搜著，財物奪去，身命了結，（國亡身亡，土窟非真

安樂窩，請後人聽者。）滿野都成白骨，料知都城難保，只好把祖宗傳下金佛一尊，並金銀器皿，及男女馬駝等物，皆以九九為數，齎獻軍前。成吉思汗聞報，定要夏主睍親自出降。睍已束手無策，復泣告宗廟，出城至六盤山，謁見成吉思汗。成吉思汗止令門外行禮。行禮畢，將他繫住帳下，飭將士入徇夏都。將士一入都城，掠了財物，擄了子女，見有美色的佳人，當即恣情汙辱，不由她不忍受，連夏主睍的宮眷，也只得橫陳榻上，任他戲弄一番。獨耶律楚材，取書數部，駝兩足，大黃數擔，飭兵役攜回。後來軍士途中遇疫，虧得大黃救命，所活至萬人。

　　閒文休表。且說夏主睍被繫三日，由成吉思汗令他改名，叫做失都兒。夏主睍不敢不從，又越日，傳令將夏主睍殺了，並把他父母子孫亦命一律處死。夏自元昊稱帝，共傳十主，歷二百有一年而亡。

　　成吉思汗正欲班師，忽覺寒熱交作，哮喘不休。也遂皇后日夕侍奉，所有軍醫，統來診視，怎奈壽命已終，參苓罔效。彌留時，見也遂皇后在旁，挈她的纖手道：「妳侍我有年，沒甚錯處，今又隨我遠征，滅了西夏，只望歸國以後，與妳等再聚數年，共享榮華，不意病入膏肓，無可救藥。我死後，妳回去告知各皇后，及妳阿姊，須要節哀，不必過悲！」也遂不待說畢，早已撲簌簌的垂下淚來。成吉思汗也忍著淚，強說道：「人生如朝露，有什麼傷心處？妳與我叫大臣進來！」也遂便傳集群臣，各至榻前問疾。成吉思汗道：「我病是不起的了，可惜諸皇子都未隨著！朮赤在西域死了，我教察合台前去視喪，尚未回來；窩闊台呢，我叫他去攻金國，責貢歲幣；拖雷又監守故都，不能遠離。目今唯你等隨著，算來也都是親戚故舊，後事全仗你等輔助！窩闊台謹厚性成，我前已命他嗣位，只一時未能回都，你等替我傳諭，叫拖雷暫行監國罷了！」（諸子遠離，統借成吉思汗口中敘出，無非節省閒文，但戎馬一生，送終無子，也是可嘆！）又指也遂皇后道：「她隨我征夏，又侍我疾病，勞苦極了，我也無可報她，只西夏的

子女玉帛，多分給她一份，不枉她辛苦一場！」群臣齊聲遵囑，成吉思汗靜養片刻，復顧群臣道：「還有一椿大事，為我傳諭嗣君：西夏已滅，金國勢孤，但金國精兵，西集潼關，南據連山，北限大河，此後我軍往攻，就使戰勝攻取，也恐不能速滅；計唯假道南宋，宋、金世仇，必肯許我，我下兵唐鄧，直搗大梁，金都被困，定要徵兵潼關，那時緩不濟急，已成無用，就使他兵遠來，千里赴援，人馬疲敝，也不是我的對手，滅金很容易哩！」（到死不忘拓地，真不愧為雄主。）言訖，遂瞑目不視，悠然而逝了。

總計成吉思汗出世以來，享壽六十六歲。即大汗位，凡二十二年。南征北討，所向克服，如近今內外蒙古，遼東二省，及中國西北部，並天山南北兩路，暨中央亞細亞，阿富汗斯坦，波斯東半部，與高加索山附近部落，俱為成吉思汗所有。史家稱其用兵如神，所以滅國四十，遂平西夏。其實是西北一帶，各族散處，既沒有獨立的精神，又沒有永久的團體，彼此猜忌，互為仇敵，就使勉強聯繫，總不免凶終隙末，因此成吉思汗乘時崛起，削平各部。武如四傑，文如耶律楚材，又皆任用得當，就是所立兵制，亦比眾不同，小子嘗考得大略，隨錄如下：

（一）蒙古人自幼臨狩獵，習騎射，所以騎兵尤精；此等騎兵，每人有乘馬三四頭，可彼此互代，終日馳騁。

（二）騎兵遠行，遇緊急軍事，只用馬奶及乾酪為食；或刺馬出血，吞食充飢，可支十日，所以進行甚速。

（三）編定軍隊，以十遞進，每十人為一隊，隊長叫做十戶；十戶以上有百戶，統十戶百人；百戶以上有千戶，統百戶千人；千戶以上有萬戶，萬戶直隸大汗。此等大小部長，對他部下，各有無限權力，部下無論何事，統須稟命後行，一經驅遣，不得遲誤，否則無論貴賤，必加刑罰。

（四）蒙古兵雖經出陣，仍須納稅，必令他妻兒守家，歲完稅額，因之頻年興兵，軍餉仍不缺乏。

這且慢表。且說成吉思汗逝世後，就借行在舉喪。窩闊台晝夜奔至，察合台、拖雷等亦陸續到來，三子畢集，乃由蒙古諸王諸將等，大會於吉魯爾河，承認成吉思汗遺命，奉窩闊台為大汗。看官，這窩闊台嗣統，早經成吉思汗親口布告，為什麼要開著大會，經過公認呢？這也有個緣故，因成吉思汗在日，也有一條特立的法制：凡蒙古大汗，如當新舊絕續的時候，必須由諸王族諸將，及所屬各部酋長，特開公會，議定嗣續，方得繼登汗位，這會叫做「庫里爾泰會」。自有此制，所以窩闊台雖承遺命，也要經「庫里爾泰會」通過呢。（詳哉言之，實為後文伏線。）窩闊台既即位，重用耶律楚材，楚材以舊制簡率，未足表示尊嚴，更請窩闊台汗增修朝儀。窩闊台汗自然樂允，遂由楚材參訂儀注，令皇族諸王尊長，皆列班羅拜，共效嵩呼。這就是俗語所謂前人承糧，後人割稻哩。《元史》尊成吉思汗為太祖，窩闊台為太宗，這都是統一中國以後追加的廟號。小子有詩詠成吉思汗道：

　　開邦端仗出群材，基業全從百戰來；
　　試向六盤山下望，一回憑弔一低徊！

　　欲知以後情形，且至下回再表。

　　西夏與金，唇齒之邦也，唇亡齒必寒，夏亡則金曷能保！成吉思汗之南征，志不徒在滅夏，蓋已視金為囊中物矣。觀其臨歿之時，猶囑及攻金遺策，是可知其成算在胸，預圖吞併。脫令稍假以年，則滅金固易易也。不然，窩闊台承父遺囑，約宋滅金，何以相應如響乎？本回敘成吉思汗事，為成吉思汗衰年之結局，實括成吉思汗畢生之隱衷，彼固一世之雄也，而今安在哉！著書人述元代史，於成吉思汗較詳，我知其固有所感矣。

第十五回　滅西夏庸主覆宗　遭大喪新君嗣統

第十六回
將帥迭亡乞盟城下　后妃被劫失守都中

　　卻說窩闊台嗣位為汗，頒定法令，比成吉思汗在日，體制益崇。復承父遺志，以西域封察合台，令他坐鎮。西顧既可無憂，乃一意攻金。適金國遣使弔喪，並贈賻儀，窩闊台汗語來使道：「汝主久不歸降，今我父齎志以歿，我方將出師問罪，區區賻儀，算作什麼！」（金尚立國，遣使弔喪遺賻，亦是應有之儀文，窩闊台汗乃強詞奪理，卒以滅金。強國之無公理也久矣，可慨可嘆！）隨命發還賻儀，遣歸來使。金主珣時已去世，子守緒嗣立，得使人回報，未免恟懼。復遣人齎送金帛，至蒙古慶賀新君。窩闊台汗又不受。至金使去訖，遂召集諸王大臣議事，定計伐金。先是成吉思汗連年出征，所得財物，立即分散，並無絲毫儲積；蒙古諸將，嘗謂得了人民，毫無用處，不若盡行殺戮，塗膏釁血，灌潤草木，作為牧場。獨耶律楚材以為未然，至此因伐金議定，遂奏立十路課稅所，以充軍餉，每路設副使二員，悉用士人。楚材復進陳周、孔道德，且謂以馬上得天下，斷不可以馬上治。窩闊台汗深服是言，由是尚武以外，稍稍尚文，這也不在話下。

　　且說窩闊台汗既整兵儲餉，秣馬積芻，遂於即位二年春季，偕皇弟拖雷，及拖雷子蒙哥，（《元史》作莽賚扣。）率眾入陝西，連下諸山寨六十餘所，進逼鳳翔。金主遣平章政事完顏哈達，及伊喇豐阿拉引軍赴援，行至中道，聞蒙古兵勢甚強，料非敵手，竟逗留不進。至金主屢促進兵，哈達、豐阿拉只是因循推諉。嗣聞蒙古兵分攻潼關，乃稟稱潼關被攻，較鳳

翔為尤急，不如先救潼關，次及鳳翔。金主無可奈何，只得依他。他二人便引軍赴潼關。潼關本係天險，且早有精兵屯駐，可以固守，哈達等避難就易，所以改道出援。於是鳳翔空虛，守了兩三月，終被蒙古兵攻陷，只潼關依然未下，拖雷自往督攻，亦不克。

部下有降將李國昌道：「金遷汴將二十年，全仗這潼關、黃河，倚為天險，我軍若從間道出寶雞，繞過漢中，沿漢江出發，直達唐鄧，那時攻汴不難了。」拖雷點頭稱善，便返報窩闊台汗，窩闊台汗道：「從前父親遺命，曾令我等假道南宋，下兵唐鄧，我且遣使至宋邦，向彼假道：彼若允我，進取尤便，否則再用此計未遲。」於是命綽布干為行人，往宋假道。到了沔州，謁見統制張宣，一語不合，竟被張宣殺死。窩闊台汗得著此信，乃命拖雷率騎兵三萬人，竟趨寶雞，攻入大散關，破鳳州，屠洋州，出武休東南，圍興元軍；復遣別將取大安軍路，開魚鼈山，撤屋為筏，渡嘉陵江，略地至蜀。蜀係宋地，宋制置使桂如淵逃去，被蒙古兵拔取城寨，共四百四十所。拖雷尚不欲絕宋，召使東還，會兵陷饒風關，飛渡漢江，大掠而東。

警報如雪片一般，遞入汴都，金主守緒，急召宰執臺諫入議。大眾都說北軍遠來，曠日需時，勞苦已極，我不如在河南州郡，屯兵堅守，且由汴京備糧數百斛，分道供應；北軍欲攻不能，欲戰不得，師老食盡，自然退去。（看似好計，奈各處不能堅守何。）金主守緒嘆道：「南渡二十年來，各處人民，破田宅，鬻妻子，豢養軍士，只望他殺敵禦侮，保衛邦家；今敵至不能迎戰，望風披靡，直至京城告急，尚欲以守為戰，如此怯弱，何以為國！我已焦思竭慮，必能戰然後能守。存亡有天命，總教不負吾民，我心才少安哩！」（所言亦是，可惜無補國亡。）乃詔諸將出屯襄鄧，並促哈達、豐阿拉兩帥，速即還援。哈達、豐阿拉馳歸。至鄧州，別將楊沃衍、禪華善，及前被史天澤殺敗的武仙，俱率兵來會。哈達膽子稍壯，麾

諸軍出，屯順陽。嗣探悉蒙古兵方渡漢江，部將急欲往截，為豐阿拉所阻。至蒙古兵畢渡，乃進至禹山，分據地勢，列陣以待。蒙古兵到了陣前，不發一矢，驟然退去，哈達亦下令收軍。諸將請追蒙古軍，哈達道：「北軍不戰自走，定懷詭謀，我若追去，正中彼計！」（料敵亦明，無如尚差一著。）遂勒馬南歸，返行里許，忽覺塵霧蔽天，呼嘯不絕；哈達忙覓一小山，登岡瞭望，但見蒙古軍騎、步相間，分作三隊，迅奔前來。哈達嘆道：「繞我背後，潛來襲我，正是變生不測，我看他軍伍嚴肅，行列整齊，定是不可輕敵呢！」急忙下山麾兵，擬從旁道走避，怎奈蒙古軍已是到來，只好與他對仗。兩下廝殺，蒙古軍少卻，豐阿拉驅兵遍去，誰知蒙古軍復回馬馳突，十蕩十決，幾乎被他蹂躪，虧得部將富察鼎珠，奮力截殺，蒙古兵始退。哈達便沿山紮營，語豐阿拉道：「北兵號三萬名，輜重要居一成，今相持二、三日，若乘他退兵，出軍奮擊，不患不勝！」豐阿拉道：「江路已絕，黃河不冰，彼入重地，已無歸路，我等可待他自斃，何用追擊！」（想已被前日嚇慌，故膽怯乃爾。）

翌日，蒙古兵忽不見。邏騎謂已他去，哈達、豐阿拉遂欲返鄧州。正在前行，忽斜刺裡閃出敵軍，竟將金軍沖作兩截。哈達、豐阿拉忙分兵接戰，等到敵軍殺退，後面的輜重，已是不見。哈達頓足不已，豐阿拉談笑自若，與哈達併入鄧州，收集部兵，偽稱大捷。（總是豐阿拉奸猾。）金廷百官，上表慶賀。（醜甚。）

民堡城壁，皆散還鄉社，滿望烽煙無警，雞犬不驚。哪知拖雷軍尚自留著，窩闊台汗且自河清縣白坡鎮渡河，進次鄭州，遣速不台攻汴城。城中兵民，不意北兵猝至，驚愕萬分，金主也惶急異常，忙命翰林學士趙秉文，草旨罪己，改元施赦，文中大意，說得聲情兼至，淒楚動人，聞者為之泣下。（徒有文辭，何濟於事。）

時京城諸軍，不盈四萬，城周百二十里，未能遍守，只得飛召哈達、

豐阿拉軍還援汴城。哈達、豐阿拉一行，拖雷即用鐵騎三千，追尾金軍；金軍還擊，他偏退去，金軍啟行，他又來襲，弄得金軍不遑休息，且行且戰。至黃榆店，雨雪不能進。蒙古將速不台，已派兵阻金援師，於是哈達、豐阿拉軍，前後被蒙古軍遮斷。會雪已稍霽，又得汴京危急消息，不得已引軍再行。途次遇大樹塞道，費著無數兵力，始得通途。既到三峰山，蒙古兵兩路齊集，四面麕圍。相持數日，料得金軍困憊，恰故意開了一面，縱他奔走。金軍果然中計，甫經逸出，被蒙古軍夾道奮擊，頓時大潰，聲如崩山。武仙率三十騎先走，楊沃衍等戰死，哈達知大勢已去，忙邀豐阿拉面商，擬下馬死戰，孰料豐阿拉已杳如黃鶴，不知去向！只有禪華善等，尚是隨著，乃相偕突圍，走入鈞州。

　　窩闊台汗在鄭州，聞拖雷與金相持，遣琨布哈、齊拉袞等，作為援應。至則金軍已潰，遂會兵到鈞州城下，合力攻擊。未幾城陷，哈達匿窟室中，由蒙古軍尋著，牽出殺死。且下令招降道：「汝國所恃，地理唯黃河，將帥唯哈達，今哈達被我殺了，黃河被我奪了，此時不降，更待何時！」金軍降者半，死者半，獨禪華善先匿隱處。至殺掠稍定，竟自至蒙古軍前，大聲道：「我金國大將，欲進見白事。」蒙古軍將他牽住，入見拖雷。拖雷問他姓名，禪華善道：「我名禪華善，系金國忠孝軍統領，今日戰敗，願即殉國。只我死亂軍中，人將謂我負國家，今日明白死，還算得**轟轟**烈烈，不愧忠臣！」（恰是好漢。）拖雷勸他投降，他卻眥裂髮指，痛口叫罵。惱得拖雷性起，命左右斫他足脛，戳他面目，他尚噀血大呼，至死不屈。蒙古將悲他死義，用馬奶為奠，對屍祝道：「好男兒，他日再生，當令與我作伴！」奠畢，將屍掩埋，不在話下。

　　只豐阿拉先已遠走，被蒙古兵追獲，押見拖雷。拖雷亦迫他投誠，反覆數百言，豐阿拉恰慨然道：「我是金國大臣，只宜死在金國境內！」餘無他言，亦被殺死。（豐阿拉實是誤金，只為金死義，尚堪曲恕。）自是金

國的健將銳卒，死亡殆盡，汴京已不可為了。潼關守將納哈塔赫伸，聞哈達等戰歿，很是驚慌，竟與秦藍守將完顏重喜等，率軍東遁。裨將李平，以潼關降蒙古。蒙古兵長驅直入，追金軍於盧氏縣。金軍已無戰志，且因山路積雪，跋涉甚艱，隨軍又多婦女，哀號盈路，至是為蒙古兵追及，未曾接仗，重喜先下馬乞降。蒙古將以重喜不忠，把他斬首。（該殺。）烏登赫伸引數十騎走山谷間，亦被追騎搜獲，一概祭刀。蒙古兵進圍洛陽，留守薩哈連背上生疽，不能出戰，投濠自盡。兵民推警巡使強伸，登陴死守，歷三月餘，無懈可擊，蒙古軍乃退去。

　　金主守緒因汴城圍急，沒奈何遣使請和。蒙古將速不台道：「我受命攻城，不知他事。」是時蒙古已創製石炮，運至城下，每城一角，置炮百餘，更迭彈擊，晝夜不息。幸汴城垣堞堅固，相傳五季時周世宗修築，用虎牢土疊牆，堅密如鐵，雖受炮石，不過外面略損，未嘗洞穿。金主又募死士千人穴城，由濠徑渡，燒他炮座。蒙古兵雖曾防著，究未免百密一疏，因此攻城歷十六晝夜，內外死傷，約數十萬名，城仍兀然巋峙，不能攻陷。會窩闊台汗欲自鄭州還國，因遣使諭金主降，並飭速不台緩攻。速不台乃語城守道：「你主既欲講和，可出來犒軍！」金主乃遣戶部侍郎楊居仁出城，帶著牛羊酒炙，並金帛珍異，犒給蒙古軍，且願遣子入質蒙古。於是速不台許即退兵，散屯河、洛間，金主封荊王守純子鄂和為曹王，遣他為質。鄂和不好違慢，涕泣辭去。

　　金參政喀齊喀以守城為己功，欲率百官入賀。（歷代亡國，多被若輩所誤。）金內族思烈道：「城下乞盟，春秋所恥，何足言賀！」喀齊喀反怒道：「社稷不亡，君臣免難，難道不是喜事麼？」嗣因金主守緒亦不欲受賀，因而罷議。汴京總算解嚴。

　　一波才平，一波又起。蒙古行人唐慶等來答和議，暫就客館，竟被金飛虎兵頭目申福，馳入館內，將唐慶殺死，並及隨官三十餘人。和議復

絕，蒙古兵又長驅而至，（招之使來，曲在金國，政刑如此，安得不亡。）金主守緒，復飛檄各處勤王。時武仙遁駐留山，收集潰兵十萬人，奉檄援汴。還有鄧州行省完顏思烈，鞏昌統帥完顏仲德，也引兵入援。甫至京水，不虞蒙古兵已先候著，吶一聲喊，似狼虎攢羊一般，亂突亂殺，嚇得金軍膽顫心驚，沒一個不退走了。

且說窩闊台汗返國後，以金主背和殺使，復親自出師至居庸關，為拖雷後援。忽得暴疾，昏憒不省人事，乃召師巫卜祝。巫言金國山川神祇，為了軍馬擄掠，屍骨堆積，以此作祟，應至各山川禱祀，或可禳災。既而命巫往禱，病仍不瘉，且反加重。巫返謂祈禱無益，必須由親王代死，方可告痊。正說著，窩闊台汗忽開眼索飲，神氣似覺清醒，左右以巫言告，窩闊台汗道：「哪個親王，可為我代？」言未已，忽報拖雷馳來問疾。由窩闊台召入，與述巫言。拖雷道：「我父親肇基擇嗣，將我兄弟內，選你做了大汗，我在哥哥跟前，忘著時要你提說，睡著時要你喚醒。如今若失了哥哥，何人提我？何人喚我？且所有百姓，何人管理？不如我代了哥哥罷！我出征數年，屠掠蹂躪，造成無數罪孽，神明示罰，理應殛我，與哥哥無涉！」遂召師巫入告道：「我代死罷，你禱告來！」師巫奉命出去。過了片晌，又取水入內，對水誦咒畢，即教拖雷飲訖。拖雷飲著這水，好似飲酒一般，覺得頭暈目昏，便向窩闊台汗道：「我若果死，遺下孤兒寡婦，全仗哥哥教導！」窩闊台汗應著，拖雷便出宿別寢，是晚竟逝世了。（本段文字，從《祕史》採來，並非著書人捏造，但事之真偽，不可考實，而蒙俗信巫，或有此離奇之史。）拖雷生有六子，長即蒙哥，次名末哥，（一作默爾根。）三名忽都，（一作瑚圖克圖。）四即忽必烈，五即旭烈兀，六名阿里不哥。（一作阿里克布克。）後來蒙哥、忽必烈，皆嗣大汗位，忽必烈且統一中原，待後慢表。

且說拖雷死後，蒙古兵經略中原，要推速不台為主帥。速不台尚未至

汴，金主守緒，先已東走。原來汴京城內，食糧已盡，括粟民間，不及三萬斛，已經滿城蕭索，餓莩載途。兼且城中大疫，匝月間死數十萬人。金主知大勢已去，乃集軍士於大慶殿，諭以京城食盡，今擬親出禦敵；遂命右丞相薩布，平章博索等，率軍扈從，留參政訥蘇肯，樞密副使薩尼雅布居守，自與太后皇后妃主等告別，大慟而去。既出城，茫無定向。諸將請往河朔，乃自蒲城東渡河，適大風驟起，後軍不能濟，蒙古將輝爾古納追至，殺斃無算，投河自盡者六千餘人。金元帥賀德希戰死。

金主渡河而北，遣博索攻衛州，不意蒙古將史天澤復自真定殺到。博索連忙遁還，走告金主，請速幸歸德。金主遂與副元帥阿里哈等六七人，乘夜登舟，潛涉而南，奔歸德府。諸軍聞金主棄師，沿路四潰。歸德總帥什嘉紐勒繹，迎見金主，稟告各軍怨憤情形，乃歸罪博索，梟首伏法。（跋胡疐尾，亡像已見，即殺博索，亦屬無益。）嗣遣人至汴京，奉迎太后及后妃，誰知汴京裡面，又鬧出一樁天大的禍案。

先是金主守緒出走時，命西面元帥崔立，駐守城外。崔立性甚淫狡，潛謀作亂，聞歸德有使來迎兩宮，他即帶兵入城，問訥蘇肯及薩尼雅布道：「京城危困已極，你等束手坐視，做什麼留守？」二人尚未及答，他即麾兵將二人殺死。隨即闖入宮中，向太后王氏道：「主子遠出，城中不可無主，何不立衛王子從恪？他的妹子，曾在北方為後，（應十二回。）立了他，容易與北軍議和。」太后顫慄不能答，崔立遂矯太后旨，遣迎從恪，尊為梁王監國。自稱太師都元帥尚書令鄭王，兄弟黨羽皆拜官。並託辭金主出外，索隨駕官吏家屬，徵集婦女至宅中，有姿色者迫令陪寢，每日必十數人，晝夜裸淫，尚嫌未足。且禁民間嫁娶，聞有美女，即劫入內室，縱情戲狎，稍有不從，立即加刃。百姓恨如切骨，只有他的爪牙，說他功德巍巍，莫與比倫。（名教掃地。）正欲建碑勒銘，忽報速不台大軍到了。諸將問及戰守事宜，他卻從容談笑道：「我自有計！」是晚，即出詣

速不台軍前，與速不台議定降款。還城後，蒐括金銀犒軍，脅迫拷掠，慘無人道，甚至喪心昧良，賣國求榮，竟把那金太后王氏，皇后圖克坦氏，以及梁王從恪，荊王守純，暨各宮妃嬪，統送至速不台軍，作為犒軍的款項。看官，你想毒不毒，凶不凶呢？史稱荊、梁二王，為速不台所殺，其餘后妃人等，押送和林，在途艱苦萬狀，比金擄徽、欽時為尤甚。小子敘此，不禁潸然，有詩為證：

豈真天道好循環？北去和林淚血斑。
回憶徽欽當日事，先人慘刻後人還。

汴京失陷，後事如何，俟小子下回交代。

金至哀宗，已不可為矣。哈達名為良將，而臨陣多疑，不能決斷，欲以之敵蒙古軍，勇怯懸殊，宜乎其有敗無勝也！金主守緒，城下乞盟，遣子入質，應亟籌生聚教訓之道，外慎邦交，內固國事，則金雖殘弱，尚可圖存。乃議和之口血未乾，而戎使之釁端又啟；申福擅殺，不聞加罪，卒之寇氛又逼，汴京益危，日暮途窮，去將焉適！加以逆臣叛國，背主求榮，后妃可作犒款，都城可作贄儀，雖曰天道好還，前之迫人也如此，後之迫於人也亦如此；然亦何嘗非人事致之耶？本回全敘亡金事蹟，而金之所以致亡，已躍然紙上。徒謂其錄述之詳，猶皮相之見也。

第十七回
南北夾攻完顏赤族　東西遣將蒙古張威

　　卻說金叛臣崔立，既劫后妃等送蒙古軍，遂迎速不台入汴城。速不台遣使告捷，且以攻汴日久，士卒多傷，請屠城以雪憤。窩闊台汗欲從其請，虧得耶律楚材多方勸阻，乃令除完顏氏一族外，餘皆赦免。是時汴城民居，尚有百四十萬戶，幸得保全。速不台檢查完畢，出城北去。崔立送出城外，及還家，想與妻妾歡聚，誰知寂無一人，忙視金銀玉帛，亦已不翼而飛！方知為蒙古兵所劫，頓時大哭不已。（妻妾金銀，是身外之物，失去尚不足憂，恐怕你的頭顱也要失去，奈何！）轉思汴京尚在我手，既失可以復償，遂也罷了。慢著！

　　且說金主守緒，既到歸德，總帥什嘉紐勒繹與富察固納不合。固納謂不如北渡，好圖恢復。紐勒繹從旁力阻，被固納麾兵殺死，又將金主幽禁起來。金主憤甚，密與內侍局令宋珪，奉御紐祜祿溫綽、烏克遜愛錫等，謀討固納。適東北路招討使烏庫哩，運米四百斛至歸德，勸金主南徙蔡州。金主與固納商議，固納力陳不可，且號令軍民道：「有敢言南遷者斬！」於是金主與宋珪定計，令溫綽、愛錫埋伏左右，佯邀固納入內議事。固納不知是計，大踏步進來，甫入門，溫綽、愛錫兩邊殺出，立將固納刺死。固納系忠孝軍統領，聞固納被誅，擐甲謀變。嗣由金主撫慰，總算暫時安靜。金主遂由歸德赴蔡州。途次遇雨，泥濘沒胝，扈從諸臣，足幾盡腫。至亳州，父老拜謁道左，金主傳諭道：「國家涵養汝輩，百有餘年，我實不德，令汝塗炭，汝等不念我，應念我祖功宗德，毋或忘懷！」

第十七回　南北夾攻完顏赤族　東西遣將蒙古張威

父老皆涕泣呼萬歲。（君臣上下，統是巾幗婦人，濟什麼事？）

留駐一日，又復啟行，天氣尚是未霽，但覺得風雨沾衣，蒿艾滿目。（兩語已寫盡淒涼狀況。）金主不禁太息道：「生靈盡了！」為之一慟。及入蔡，儀衛蕭條，人馬睏乏。休息數旬，乃令完顏仲德為尚書右丞，統領省院事務。烏庫哩鎬為御史大夫，富珠哩洛索為簽書樞密院事。仲德有文武材，事無巨細，必須躬親，嘗選士括馬，繕甲治兵，欲奉金主西幸，依險立國。奈近侍以避危就安，多半娶妻成家，不願再徙；商販亦逐漸趨集；金主又得過且過，也命揀選室女，備作嬪嬙，且修建山亭，借供遊覽。（本是臥薪嘗膽之時，乃作宮室妻妾之計，誰謂守緒非亡國主耶！）仲德屢次切諫，雖奉諭褒答，究竟良臣苦口，敵不過孱王肉慾，所以形式上雖停土木，禁選女，暗中且仍然照行。仲德無可如何，只得勉力招募，盡人事以聽天命。烏庫哩鎬也懷著忠誠，極思保全殘局。無如忠臣行事，往往招忌，媚子諧臣，不免在金主面前播弄是非，以致金主將信將疑，日益疏遠。鎬憂憤成疾，輒不視事。（千古同慨。）

蒙古將塔察爾布展陷入洛陽，執中京留守強伸。伸不屈被殺。會窩闊台汗遣王楫至京湖，議與南宋協力攻金，許以河南地為報。宋京湖制置使史嵩之以聞。是時宋理宗昀嗣立，以金為世仇，正可乘此報復，遂飭史嵩之允議，發兵會攻。王楫返報窩闊台汗，即命塔察爾布展，順道至襄陽，約擊蔡州。金主守緒，反遣完顏阿爾岱至宋乞糧。臨行時語阿爾岱道：「我不負宋，宋實負我！我自即位以來，常戒邊將無犯南界，今乘我疲敝與我失好。須知蒙古滅國四十，遂及西夏。夏亡及我，我亡必及宋，唇亡齒寒，理所必然；若與我連和，貸糧濟急，我固不亡，宋亦得安。你可將我言傳達，令宋主酌奪！」（言雖近理，然不憶你的先人也曾約宋滅遼麼？）

看官，你想這時的宋朝，方遣將興師，志吞中原，難道憑金使數語，就肯改了念頭麼？阿爾岱奉命而去，自然空手而回。金主無奈，只好誓守

孤城，聽天由命。蒙古將布展，先到蔡州，前哨薄城下，被金兵出城奮擊，紛紛退去。後隊再行攻城，又被金兵殺退。布展不敢進逼，只分築長壘，為圍城計。嗣由宋將孟珙等，率兵二萬，運米三十萬石，來赴蒙古約。布展大喜，與孟珙議定南北分攻，兩軍各不相犯。於是蒙古兵攻打北面，南宋軍攻打南面。城內雖尚有完顏仲德、富珠哩、洛索等人，仗著一股血誠，誓師分禦，怎奈北面稍寬，南面又緊，南面稍寬，北面又緊，防了矢石，難防水火，防了水火，難防鉤梯；況且外乏救兵，內乏糧草，單要靠這兵民氣力，斷沒有永久不敝的情理。兩軍分攻不下，復合兵猛攻西城，前仆後繼，竟被陷入，幸裡面還有內城，由完顏仲德糾集精銳，日夜戰禦。金主見圍城益棘，鎮日裡以淚洗面，且語侍臣道：「我為人主十年，自思無大過惡，死亦何恨！只恨祖宗傳祚百年，至我而絕，與古時荒淫暴亂的君主，等為亡國，未免痛心！但古時亡國的主子，往往被人囚繫，或殺或奴，我必不至此，死亦可稍對祖宗，免多出醜。」（語語嗚咽，然自謂無甚罪惡，實難共信。）侍臣俱相向痛哭。金主復以御用器皿賞戰士，既而又殺廄馬犒軍，無如勢已孤危，無可圖存。

　　勉強支持了兩月，已是殘年。越宿為金主守緒著末的一年，就是蒙古窩闊台汗嗣位之第六年。（百忙中又點醒歲序，是年為宋理宗端平元年。）蔡城上面，黑氣沉壓，旭日無光。守城的兵民統已面目枯瘠，飢餓不堪，俯視敵軍，會飲歡呼，越覺得凄惶萬狀。金主晨起，巡城一周，諮嗟了好一回，到了晚間，召東西元帥承麟入見，擬即禪位與他。承麟泣拜不敢受，金主道：「我把主座讓汝，實是不得已的計策！我看此城旦夕難保，自思肌體肥重，不便鞍馬馳突，只好以身殉城。汝平日趫捷，且有將略，萬一得免，保全宗祚，我死也安心了！」（亡國慘語，我不忍聞。）承麟尚欲固辭，金主復召集百官，自述己意，大眾頗也贊成，於是承麟不得不允，起受玉璽。

第十七回　南北夾攻完顏赤族　東西遣將蒙古張威

　　翌日，承麟即位，百官亦列班稱賀。禮未畢，忽報南城火起，宋軍已入城了，完顏仲德忙出去巷戰，奈蒙古軍亦相繼殺到，四面夾攻，聲震天地。仲德料不可敵，復返顧金主守緒，但見已懸著梁上，舌出身僵。他即拜了數拜，出語將士道：「我主已崩，我將何去？不如赴水而死，隨我君於地下！諸君其善為計！」言訖，躍入水中，隨流而逝。將士齊聲道：「相公能死，難道我輩不能麼？」由是參政富珠哩、洛索以下，共五百餘人，統望水中投入，與河伯結伴去了。承麟退保子城，聞金主自盡，偕群臣入哭，因語眾道：「先君在位十年，勤儉寬仁，圖復舊業，有志未就，終以身殉，難道不是可哀麼？宜諡曰哀！」史家因稱為金哀宗。哭奠甫畢，子城又陷。遂舉火焚金主屍。霎時間刀兵四至，殺人如麻，可憐受禪一日的金元帥承麟，亦死於亂軍中，連屍骸都無著落！金自阿骨打建國，傳六世，易九君，凡百二十年而亡。

　　蒙古將布展，與宋將孟珙，撲滅餘火，檢出金主守緒餘骨，析為兩份，一份給蒙古；一份給宋，此外如寶玉法物，一律均分；遂議定以陳、蔡西北地為界，蒙古治北，宋治南，兩軍分道而回。

　　約過半年，忽南宋會兵攻汴，窩闊台汗怒道：「汴城分為我屬，宋兵何故犯我，自敗前盟？」遂欲下令伐宋。王族扎拉呼請行，遂發兵數萬，使他統率南下。

　　時宋將趙範、趙葵，擬收復三京，因請調兵趨汴。宋臣多言非計，不見從，竟命趙葵統淮西兵五萬人，會同廬州全子才，會攻汴城。（蒙古方盛，非孱宋敵，是謂之不量力，貪利忘義，敗盟挑釁，是謂之不度德。）汴京都尉李伯淵，素為崔立所侮，密圖報怨。聞宋兵將至，通使約降，佯邀崔立商議守備，崔立至，伯淵即陰出匕首，刺入立胸，立猛叫而死。從騎為伏兵所殲。伯淵把立屍繫著馬尾，出徇軍前道：「立殺害劫奪，烝淫暴虐，大逆不道，古今無有，是否當殺？」大眾齊聲道：「把他寸磔，還未

蔽辜！」乃梟斬立首。先祭哀宗，嗣把屍首陳列市上，一任軍民臠割，須臾而盡。（敘崔立伏辜事，所以正賊子之罪。）

　　宋兵既入汴，師次半月，趙葵促子才進取洛陽。子才以糧餉未集，尚擬緩行，葵督促益急，乃檄淮西制置司徐敏子，統兵萬人趨洛陽。登程時僅給五日糧，別命楊誼統廬州兵萬五千，作為後應。徐敏子至洛，城中毫無兵備，一擁而入。既入城，只有窮民三百餘戶，毫無長物。宋兵一無所得，自顧糧食又盡，不得已採蒿和麵，作為軍食。楊誼軍至洛陽東，方散坐為炊，突聞鼓角喧天，喊聲動地，蒙古大帥扎拉呼，竟領軍殺到！楊誼倉猝無備，哪裡還敢抵敵，只好上馬逃走，軍遂潰散。扎拉呼進薄城下，徐敏子卻出城迎戰，廝殺一番，倒也沒有勝負。無如糧食已罄，士卒呼飢，沒奈何班師東歸。趙葵、全子才在汴，所復州郡，統是空城，無食可因，屢催史嵩之運糧濟軍，日久不至。蒙古兵又來攻汴，決河灌水，宋軍多被淹溺，遂皆引師南還。於是一番計議，都成畫餅。蒙古使王檝至宋，嚴責負約，河淮一帶，從此無寧日了！（咎由自取，於敵何尤。）

　　窩闊台汗七年，命皇子庫騰及塔海等侵四川，特穆德克及張柔等侵漢陽，琨布哈及察罕等侵江淮，分道南下。師方出發，忽接東方探報，高麗國王殺死使臣，遂又派撒里塔為大將，統兵東征。原來高麗國在蒙古東，本為宋屬，遼興，屢寇高麗，高麗不能禦，轉服於遼。及遼亡，復屬於金。至蒙古攻金的時候，故遼遺族，乘隙據遼東，入侵高麗，高麗北方盡陷。會蒙古部將哈真東來，掃平遼人，把高麗故土，仍然給還，高麗因臣服蒙古。窩闊台汗遣使徵貢，時值高麗王㬚嗣位，夜郎自大，竟思拒絕蒙古。使臣與他爭辯，他卻惱羞變怒，殺死來使，因此搆怨開釁。迨至蒙古兵到，居然招集軍馬，與他開仗。看官，你想一個海東小國，向來為人役使，至此忽思發憤，欲與銳氣方張的蒙古軍爭一勝負，豈不是螳臂當車，自不量力麼？後來屢戰屢挫，終弄得兵敗地削，斗大的高麗城，也被撒里

第十七回　南北夾攻完顏赤族　東西遣將蒙古張威

塔攻入。國王暾帶領家眷，遁匿江華島，急忙遣使謝罪，願增歲幣。撒里塔報捷和林，且請後命。窩闊台汗以西南用兵，無暇東顧，乃允高麗的請求，命他遣子入質，不得再叛。高麗王暾，只得應命，才算保全殘喘，倖免滅亡。

話分兩頭，且說蒙古兵東征的時候，西域亦擾亂不靖，倡亂的人，就是前次梟水西遁的札蘭丁。札蘭丁自逃脫後，潰卒亦多渡河，沿途掠衣食以行。嗣聞八剌渡河追來，復避往克什米爾西北，及八剌軍還，成吉思汗亦退兵，乃回軍而西，復向北渡河，收拾餘眾，占據義拉克、呼羅珊、馬三德蘭三部。復北入阿特耳佩占部，逐其酋鄂里貝克，將他妃子蔑爾克擄了回來，作為己妻。又北侵阿速、欽察等部，未克而回。適鄰部凱辣脫人侵入阿特耳佩占屬地，並挾蔑爾克而去。札蘭丁大憤，遂糾眾圍凱辣脫城。城主阿釋阿甫因其兄謨阿雜姆在達馬斯克地病歿，往接兄位，留妃子湯姆塔及部眾居守，相持數年，竟被攻陷，部眾多半潰遁。只湯姆塔不及脫逃，被札蘭丁截住，牽入侍寢。（去了蔑爾克，來了湯姆塔，也算損害賠償。）阿釋阿甫聞故部陷沒，竟邀集埃及國王喀密耳，羅馬國王開庫拔脫，聯兵東來攻擊札蘭丁。札蘭丁寡不敵眾，竟致敗走，載湯姆塔回原部。阿釋阿甫不欲窮追，反遣使報札蘭丁，令其東禦蒙古，毋再相擾，此後各罷兵息民。（想是得了蔑爾克，不欲湯姆塔回去，因有此舉。）

札蘭丁許諾，甫欲議和，忽報蒙古窩闊台汗，遣將綽馬兒罕，統三萬人到來。（此處敘蒙古遣將，從札蘭丁處納入，免與上文重複。）時適天寒，札蘭丁方在飲酒，（想是湯姆塔作陪。）聞了軍報，毫不在意，只道是天氣凜冽，敵軍不能驟進，因此酣飯如故，飲畢鼾睡。到了次日，蒙古前鋒已到，未及調兵，只好捨城遠遁。湯姆塔不及隨去，以其城降。札蘭丁奔至途中，擬西入羅馬，乞師禦敵，不意蒙古兵又復追至，被殺一陣，只剩了一個光身，逃入庫爾忒山中，為土人劫住，送至頭目家，結果是一

刀兩段！相傳札蘭丁身材，不逾中人，寡言笑，饒膽略，臨陣決機，雖當眾寡不敵，也能意氣自如。只自恃勇力過人，好示整暇，往往飲酒作樂，以致誤事，而且馭下太嚴，將士多怨，因此轉戰數年，終致敗沒。（斷制謹嚴。）

綽馬兒罕既平札蘭丁，飛章告捷，由窩闊台汗優詞嘉獎，並令他留鎮西域，後來綽馬兒罕蕩平各部，並遣湯姆塔及各部降酋入朝。窩闊台汗以他知禮，厚撫令歸，且諭綽馬兒罕盡返侵地，每歲除應貢歲幣外，不得額外苛斂。於是裏海、黑海間，統已平定了，唯欽察以北，尚未歸服。

窩闊台汗欲乘機進討，遂復起兵十五萬，令拔都為統帥，速不台為先鋒，繼以皇子貴由，皇姪蒙哥等，陸續出發。拔都系尤赤次子，與兄鄂爾達相友愛，從父駐西北軍中。尤赤既歿，鄂爾達以才不如弟，情願讓位，乃定拔都為嗣。（補前文所未及。）拔都既受命，俟大軍齊到，即遣速不台前行，自率軍繼進。速不台至不里阿里城，其城昔已降服，至此復叛，經速不台一到，眾不能禦，復繳械乞降，轉攻欽察。遇別部酋八赤蠻，屢次抗拒，與速不台戰了數仗，殺傷相當。蒙哥等率軍大進，乃敗走。追軍分道搜捕，他卻狡猾得很，一日數遷，往避敵蹤。蒙哥令眾軍兜圍，仍然不能捕獲。嗣搜得病嫗一名，訊問八赤蠻下落，方知他已逃入海中去了。

當下麾軍亟追，南至寬甸吉思海，擒得八赤蠻妻子，又不見八赤蠻，料他必避匿近島。正苦海面鏡平，茫無涯岸，忽覺大風颭起，水勢奔流，海中陡淺數尺，連海底的蘊藻，都望得明明白白。蒙哥令軍士試涉，僅沒半身，不禁大喜道：「這是上天助我，替我開道呢！」便即麾兵徒涉，去捉八赤蠻。正是：

河伯效靈應順軌，悍渠奔命且成擒。

畢竟八赤蠻曾受擒否？試看下回便知。

南宋約元滅金，與北宋約金滅遼相類，史家早有定評，無庸絮述，且

本書以《元史》為主腦，故於宋事從略；宋人攻汴一段，不過為崔立伏誅，藉以聲罪耳。看下文蒙古攻宋，都約略敘過，可知本書之或詳或簡，自有深意，非徒事補敘也。至若征高麗，滅札蘭丁，非一二年間事；第為便利閱者起見，不得不事從類敘。證諸正史，或年限稍有參差，亦不應指為疵累也。

第十八回
阿魯思全境被兵　歐羅巴東方受敵

　　卻說八赤蠻避匿海島，總道可以安身，誰知蒙古軍又復追到，他只赤手空拳，何能抗拒，生生的被他擒去。到了蒙哥前，立而不跪，蒙哥喝他跪下，八赤蠻笑道：「我也是一國的主子，兵敗被擒，一死罷了；且身非駱駝，何必跪人。」

　　蒙哥見他倔強，遂令繫入囚車，飭部卒監守。八赤蠻語守卒道：「我竄入海島，與魚何異，不意仍然被擒，料是天意絕我，我死無恨，只風力一息，海水便回，你等若不早歸，也要被水淹沒哩！」（八赤蠻之意，欲借是言以冀赦宥，非驚服蒙古之得天助也。）守卒傳報蒙哥，蒙哥道：「殺了八赤蠻，當即旋師！」遂命將八赤蠻斬訖，率軍離了寬甸吉思海，復北向攻入阿羅思部，直至也烈贊城。（《元史》作額里齊。）城主幼里，急著人至首邦乞援，自率子婦出戰。蒙哥躬親督陣，與幼里戰了半日，不能取勝，便即收兵。

　　次日復戰，蒙哥令速不台接仗。兩下酣鬥，速不台見幼里背後，立著一位年少婦人，身長面白，跨著征鞌，眉目間隱帶殺氣，私下誇美不已。便麾兵猛鬥，自辰至午，竟將幼里兵殺敗，退入城中。速不台心思美婦，恨不得立時踏破，貪夜進攻。三日未下，復佯誘幼里出降，令出民賦十分之一，作為歲貢，幼里不從。速不台憤極，糾軍合圍，親自督兵猛攻。城內待援不至，未免驚惶，略一疏懈，竟被速不台攻入，把幼里的兒子拿住，幼里逃入土闐，登樓固守。速不台審問幼里子，才知前日所見的美

第十八回　阿魯思全境被兵　歐羅巴東方受敵

婦，乃是他的妻室，便向幼里子道：「你去叫你妻出來，我便饒你。」幼里子無法，只好至土闉下叫他妻室。速不台在後待著，好一歇，見樓上有美婦出現，雙眉聳豎，凜若寒冰，俯視幼里子道：「你叫我做什麼？你殉城，我殉夫罷了！」速不台道：「妳若出來謁我，我總恕妳夫婦，且叫妳得著好處！」（有什麼好處？我要問速不台。）那婦卻冷笑道：「韃狗！你當我作什麼看？別人由你凌辱，我卻不能，我死也要殺你韃子！」速不台大怒，把刀一揮，竟把幼里子殺死。猛聽得撲塌一聲，那美婦亦從樓上躍落，跌得血肉模糊，芳容狼藉，一道貞魂，已隨那丈夫同逝了。（烈哉西婦，亟宜表揚。）

　　幼里見子婦俱死，也即自刎。速不台因欲壑難償，憤無從洩，竟下令屠城，將城內所有兵民，一律殺盡。（為一婦人故，致全城被屠，此尤物之所以招禍也。）復攻鄰近的克羅姆訥城，城主羅曼陣歿。阿羅思首邦攸利第二汗遣子務賽服洛特來援，正遇著蒙古軍。一陣截殺，務賽服洛特大敗逃歸。蒙古兵長驅前進，至莫斯科城，城建甫百年，守具未備，攸利第二汗的長孫，正在城中，被蒙古兵突入，將他拏住。移軍趨阿羅思首都，攸利第二汗令子務賽服洛特及木思提思拉甫守城，自引兵北駐錫第河，招集各部，準備抵禦。蒙古兵到城下，令攸利第二汗長孫招降。城中不肯聽命，蒙古軍將他斫死，便合力圍城。數日城陷，兩王子巷戰而死，妃嬪官紳，統入禮拜堂拒守，禮拜堂頗堅固，經蒙古軍縱火焚燒，煙焰熏天，牆垣盡赤。看官！你想堂內的居人，還能苟延殘喘麼？未經燒著，已先燻死。（差不多做了燒烤。）

　　蒙古軍復分著數道，攻掠附近各部落，又合兵趨錫第河，正值攸利第二汗糾集各部兵馬，來敵蒙古軍。那蒙古軍煞是厲害，不管什麼死活，總是碰著就砍，見到就殺，一味的橫衝直撞。等到敵軍潰亂，他卻變了戰式，套成一個圓圈兒，把敵軍團團圍住。攸利第二汗從沒有見過這般凶

勇，忙帶了兩個姪兒，突出重圍。行不到數十步，卻被蒙古軍射倒，眼見得喪了性命。（攸利第二汗，《元史》作也烈班。）

蒙古兵再向北出發，只見林木蔭翳，道路泥濘，騎兵步兵，統不便行走。於是中道折回，轉入西南，至禿里思哥城。城主瓦夕里倒是個血性男兒，他聞蒙古軍將到，早已廣浚城濠，增築城堞，安排著強弓毒矢，秣馬以待。至蒙古兵已逼濠外，他便帶兵衝出城來，不待蒙古兵接近，就令弓弩手一齊放箭，箭頭有毒，射入肌膚，憑你是條鐵漢，也落得一命身亡。速不台兵先到，被城卒一鼓射退；蒙哥兵繼至，又遇著這條老法兒，仍被射退。各軍只好築起長圍，堵住他的出入，令他自亂。約已過了兩三旬，那城中依然鎮靜，毫不見有恐慌情狀，蒙哥欲退軍他去，速不台不從，復督軍逾濠力攻。誰料城上擲下大石，每塊約重數十斤，雜以火箭，把逾濠的蒙古軍，都打得傷頭爛額。速不台料難攻入，急忙鳴金，已傷亡了一、二千人。

話休敘煩。唯自圍城起手，一日過一日，此攻彼守，已五六十日，蒙古軍約死了七八千名。速不台很是鬱憤，一面向大營乞援，一面與蒙哥定計，引軍驟退。瓦夕里見敵軍退去，出城追趕。那蒙古兵如風掃殘雲，瞬息百里，任他如何力追，總是趕他不上，沒奈何返入城中。過了兩日，蒙古兵又到城下。瓦夕里忙登城守禦，望將過去，兵馬比前時尤多。他知敵人得了援兵，又來攻城，且恐城中有歹人混入，飭兵民小心防著。（也是乖刁。）接連守了三日，蒙古兵雖然來攻，恰幸守備無疏，不曾失手。到了夜間，因兩宵未睡，覺著疲乏，略思休息一時。方欲就寢，忽城內火起，連忙出來巡閱，不意城門大啟，蒙古兵已蜂擁進來。當下攔阻不及，只好拚命死鬥。殺到天明，部眾已是零落，舉目四望，血流成渠。正思躍馬逃走，猛聽得弓弦一響，躲閃不及，已被中肩，便翻身落馬。來了一蒙古兵頭目，將他擒住，他卻突出刺刀，戳入敵手，竟爾掙脫。至蒙古兵一

第十八回　阿魯思全境被兵　歐羅巴東方受敵

齊追上，自知不免，便投入血渠，死於非命！（死有餘勇，不愧血性男兒。）

小子於上文中，曾敘過速不台乞援，及與蒙哥定計，此處再行補入。原來拔都未曾親到，因速不台乞援，令合丹不裡率兵往助，途中與速不台軍會合，速不台恰先令軍士易裝，混入城中。只因城內晝夜嚴查，不便下手，過了三日，城守漸懈，遂縱火開城，放入蒙古軍。（《元史》所以有三日下城之語。）

屠城已畢，復南下欽察。時霍都思罕已還，一聞蒙古軍至，遁入馬加部。（馬加即今之匈牙利。）餘眾多降，遂平撒耳柯思、阿速等部，並拔滅怯思城，直至高加索山西北地。大眾休養一月，進略南俄。計掖甫係南俄大城，先時曾建都於此，歷三百年，乃以物拉的迷爾為首邦。攸利第二汗既戰歿，計掖甫城主雅洛斯拉甫往援不及，乘蒙古軍南下，入首都為酋長，扯耳尼哥城主米海勒，轉據計掖甫城。蒙古軍先攻扯耳尼哥，守卒用沸湯潑下，攻城人多被泡傷。退諭計掖甫城，令其速降，不意去使被殺。惹得拔都惱恨，驅動全軍，晝夜圍攻。米海勒料不能守，逃往波蘭，留部將狄米脫里居守。狄米脫里出戰受傷，乃乞降。拔都因他忠勇可嘉，免他死罪。狄米脫里遂獻議拔都，勸他西征。速不台道：「他恐我蹂躪這處，所以勸我西行。」（狄米脫里意旨，就速不台口中敘出，可見他為國盡忠。）

拔都道：「霍都思罕逃入馬加，米海勒逃入波蘭，我何妨乘勝長驅，聲罪致討哩。」當下議定，於是派速不台軍入波蘭，自率軍入馬加。速不台有子兀良哈台，驍勇不亞乃父，自請為前鋒。當由速不台允從，攻入波蘭。

波蘭時分四部，一部名撒洛赤克，酋長叫做康拉忒；一部名伯勒斯洛，酋長叫做亨力希；一部名克拉克，酋長叫做波勒司拉弗哀；一部名拉低貝爾，酋長叫做米夕司拉弗哀。蒙古軍先薄克拉克城，波勒司拉不能

禦，遂遁去，城被焚毀。進攻拉低貝爾城，米夕司拉亦望風北遁。亨力希聞兩部敗潰，急邀集各部，來拒敵軍，共得三萬人，分作五軍。第一軍係日耳曼人，第二、第三軍統係波蘭人，第四軍亦日耳曼人，亨力希自統所部，作為第五軍。

　　日耳曼人恃勇輕進，至勒基逆赤城，遇著兀良哈台。兀良哈台未與交鋒，先登高遙望，見前面來兵甚多，絡繹不絕，他便下山收軍，向後倒退。一面遣人飛報速不台。速不台引軍趨前，兀良哈台麾軍退後，父子會著，兩下定計，速不台自去。那邊日耳曼軍還道兀良哈台怯敵，爭先追來。兀良哈台恰勒馬待著，一俟追軍近前，便奮呼搏戰。此時日耳曼軍，銳氣正盛，也各上前奮鬥，彼此攪做一團，約有兩小時，蒙古兵棄甲拋戈，一鬨而逃，兀良哈台也落荒走了。（明明是詐。）日耳曼軍如何肯捨，自然盡力追上，蒙古軍走得很快，日耳曼軍亦追得起勁。約行數十里，速不台從旁殺到，放過兀良哈台軍，竟與日耳曼軍廝殺。日耳曼軍雖然驚愕，卻還有些餘勇，兀自招架得住。不意戰了片刻，兀良哈台已繞出背後，所率鐵騎，橫厲無比，與前次大不相同，殺得日耳曼人，沒處躲閃。忽覺炮聲迭響，四面都是大石飛來，日耳曼人走投無路，霎時間盡歿陣中。速不台父子，整軍復進，巧值波蘭軍又到。兀良哈台乘他初至，忙麾騎突入，大眾一齊隨著，將波蘭軍沖作數段。波蘭軍向北敗走，天色已晚，前面正撞著第四軍日耳曼人，兩邊不及招呼，竟自相廝殺起來，迨至彼此說明，蒙古軍已經殺到。那時日耳曼軍，聞得前隊戰歿，統已魂飛天外，還有何心對仗，自然紛紛逃去。亨力希帶著後軍，因天時昏黑，不敢驟進，只探聽前軍下落。及得敗潰消息，方擬退回，已被蒙古軍趕到。勉強前來抵敵，哪禁得蒙古軍的勢力，蕩決無前，不到半時，已被殺得人仰馬翻，零零落落。亨力希知是不妙，亟思逃走，身上中著一矛，頓時昏暈墜地，殘眾欲來救護，怎奈蒙古軍東驅西逐，無從下手。突然間火炬齊

明，仰見蒙古軍的大纛旗上，懸著一顆血淋淋的首級。看官不必細猜，便可曉得是亨力希頭顱。萬眾駭逃，五軍齊歿，（敘述五軍戰事，逐段變化，便似五花八門，不致呆板。）只米海勒查無去向。

蒙古軍復分掠四鄉，連下各寨，遂向東南繞行，去接應拔都軍。（是為承上起下之筆。）拔都將入馬加部，先遣使諭降，並教他執送霍脫思罕，免得進兵。馬加部長貝拉（《元史》作恢憐。）正容納霍脫思罕，得了四萬戶人民，勒令改從天主教，方自以得眾為幸，哪裡肯歸附蒙古，當下拒絕來使，遣將士守住山隘，伐木塞途。拔都聞馬加抗命，遂令軍士斬木開路，順道而入。守兵聞風潰去，貝拉亟下令徵兵，兵尚未集，蒙古軍頭哨，已到城下。天主教士烏孤領，請命貝拉，願率教徒及兵士出戰。貝拉不允，烏孤領自恃勇敢，竟出城開仗，被蒙古軍迫入淖中，教徒盡殪，只烏孤領遁歸。

城內兵民大嘩，統歸咎貝拉納降搆釁。貝拉不得已，將霍脫思罕處置獄中，嗣又把他處死，遣告拔都。拔都軍只是不退。貝拉堅守數日，兵已漸集，便來戰蒙古軍。蒙古軍屢勝而驕，不免疏忽，驟遇貝拉出來，一時未及招架，竟被貝拉衝破陣角，殺斃多人。拔都亟引兵東退，貝拉又大驅人馬，追殺過來。看官須知行軍的道理，總要隨時小心，有備無患；若一經挫退，如水東流，斷沒有揮戈再奮的情事。（至理名言，顛撲不破。）拔都軍正在危急，忽東北角上擊著鼓聲，揚著旌纛，又是一彪軍馳到，嚇得拔都叫苦不迭。及瞧著旗上大字，才知是速不台父子的兵馬。（從此處接入速不台父子，也有聲色。）心中大喜，便驅軍殺回，貝拉見拔都得援，也收兵歸去。拔都也不追趕，與速不台父子會敘，彼此談及兵事，拔都道：「貝拉兵勢方強，未可輕敵。」速不台道：「待我去窺度形勢，再定行止。」

翌日，速不台挈數騎出營。約半日，方回見拔都道：「此去有湵寧河，上流水淺可渡，中復有橋，若渡過此河，便是馬加城。我軍不若誘敵出

來,佯與上流爭殺,我恰從下流結筏潛渡,繞出敵後,絕他歸路;他既腹背受敵,哪得不敗!」拔都點頭道:「此計甚善,明日即行!」速不台道:「事不宜遲,我去夤夜結筏便是,大約明日下午,上流也好進兵了。」拔都應允,速不台引兵自去。

翌晨,拔都即升帳點兵,未午飽食,便出軍至潻寧河。貝拉得了偵報,果然發兵來爭,此時蒙古兵見他中計,越發耀武揚威,亂流爭渡。到了橋邊,貝拉兵雜集如蟻,槍刀並舉,弓箭齊施,蒙古兵連番奪橋,統被殺退。惱動猛將八哈禿,左手持盾,右手執刀,大聲喝道:「有膽力的隨我來!」聲甫絕,得敢死士百人,跟著八哈禿上橋,只向敵兵多處殺入。餘眾亦從後隨上。待殺過了橋,八哈禿身上,矢如蝟集,狂叫而死,敢死士亦亡了三十名。(一將功成萬骨枯。)貝拉退回城中,速不台方才渡河。拔都惱悵異常,便欲還軍。速不台道:「王欲歸自歸,我不拔馬加城,誓不收兵!」遂引兵進攻馬加城,拔都不欲同往,便在河濱紮營。唯諸將爭請進攻,乃撥兵相助。貝拉自爭橋後,頗畏蒙古軍凶猛,及速不台兵到,益加悃懼。嗣見蒙古兵越來越多,竟從夜間潛遁,城遂陷。速不台及諸將,返報拔都。拔都尚有餘憤,語諸將道:「潻寧河戰時,速不台誤約遲到,致喪我良將八哈禿!」速不台道:「我曾說下午發兵,乃午前已經進攻,當時我結筏未成,何能渡河相救?」諸將亦各為解免,且謂現已奪得馬加城,不必追憶前事,拔都方才無言。

越數日,復分軍追貝拉,聞貝拉逃入奧斯,躡跡而進,所過殺掠,歐羅巴洲全土震動,捏迷思(即今之德意志。)諸部民均欲荷擔遠遁。忽蒙古軍中,傳到急訃,乃是窩闊台汗逝世,第六后乃馬真氏稱制了。拔都急遣貴由先歸奔喪,一面部署軍馬,班師東還。小子有詩詠蒙古西征道:

歐亞風原等馬牛,兵鋒忽及盡成愁;
若非當日鼎湖訃,戰禍已教遍一洲!

第十八回　阿魯思全境被兵　歐羅巴東方受敵

　　欲知窩闊台汗臨歿情形，且從下回說明。

　　拔都西征欽察，即今俄羅斯東部，至分軍入波蘭，入馬加，則已在東歐地矣。波蘭近為俄、奧、德三國所分，（近自歐洲大戰，德敗俄亂，歐洲各國始許波蘭獨立。）馬加即匈牙利也，匈牙利之北，即奧大利亞國，亦稱奧斯，向與匈牙利國，或合或分，今則合為一國，故又名奧斯馬加。蒙古軍亦曾至奧斯地，奧斯馬加之西，即德意志聯邦，日耳曼與捏迷思，皆德國聯邦之一部分也。明宋濂等修《元史》因歐、亞間之地理未明，故於拔都西征事，多略而不詳。近儒所譯西史，亦人地雜出，名稱互歧，本回參考中西史乘，兩兩對勘，擇要匯敘；而於烈婦之殉夫，猛將之死義，且裒輯遺聞，力為表彰，是足以補中西史乘之闕，不得以小說目之！

第十九回
姑婦臨朝生暗釁　弟兄佐命立奇功

　　卻說窩闊台汗晚年，溺情酒色，每飲必徹夜不休。耶律楚材屢諫不從，至持酒槽鐵口以獻，且進言道：「這鐵為酒所蝕，尚且如此，況人身五臟，遠不如鐵，寧有不損傷的道理？」（忠言逆耳利於行。）窩闊台汗雖亦覺悟，然事過情遷，總不免故態復萌。即位至十三年二月，因遊獵歸來，多飲數觥，遂致疾篤。召太醫診治，報稱脈絕，六皇后不知所為，急召楚材入議。楚材推「太乙數」，謂主子命數未終，只因任使非人，賣官鬻爵，囚繫無辜，因干天譴，宜頒詔大赦，以迓天庥。六皇后亟欲頒敕，楚材道：「非主命不可！」少頃，窩闊台汗復甦，后以為言，乃允下赦旨。既而疾愈，楚材奏言此後不宜田獵，窩闊台汗倒也靜守數旬。

　　轉瞬隆冬，草菱木枯，又欲乘時出獵，只恐舊疾復作，未免躊躇。左右道：「不騎射何以為樂？況冬狩本係舊制，何妨循例一行！」窩闊台汗遂出獵五日，還至諤特古呼蘭山，在行帳中縱情豪飲，極夜乃罷。次日遲明，尚未起床，由左右進視，已不能言。亟舁還宮中，已是嗚呼哀哉！

　　窩闊台汗初政時，頗能勵精圖治，勉承先業，及夏、金滅亡，漸成荒怠。七年時曾大興土木，築和林城，並建萬安宮；九年時築瑅林城，並建格根察罕殿；十年時築托斯和城，並建迎駕殿。於是廣採美女，貯入金屋，後宮妃嬪，不下數百，稱皇后者六人。第六后乃馬真氏，貌既絕倫，才尤邁眾，蛾眉不肯讓人，狐媚偏能惑主；（用徐敬業檄中語，頗合身分。）因此窩闊台汗很是寵信，宮中一切，都由乃馬真氏主持，別人不得

過問。她生下一子，名叫貴由，就是隨軍西征，尚未歸國。乃馬真后便與耶律楚材商議立后事宜，楚材道：「這事非外姓臣子，所敢與聞！」乃馬真后道：「先帝在日，曾令皇孫失烈門（《元史》作錫哩瑪勒。）為嗣，但失烈門年幼，嗣子貴由，在軍未歸，一時卻難定議。」楚材道：「先帝既有遺命，應即遵行。」言未已，忽閃出一人道：「嗣子未歸，皇孫尚幼，何不請母后稱制！」楚材視之，乃是窩闊台汗生前嬖臣，名叫奧都剌合蠻。（一作諤多拉哈瑪爾。）楚材道：「這事還須審慎！」乃馬真后笑道：「暫時稱制，諒亦無妨！」楚材尚欲再諫，只見奧都剌合蠻怒目而視，便也默然。

看官！欲知奧都剌合蠻的來歷，待小子補敘明白。原來奧都剌合蠻是回回國商人，從前窩闊台汗西征擄獲回來，因他心性敏慧，善於推算，特命為監稅官。嗣復攫掌諸路稅課，置諸左右，他便曲承意旨，日夕逢迎，嘗侍窩闊台汗作長夜飲，窩闊台汗固非他不歡，就是六皇后乃馬真氏，也愛他便佞，異常信任。（曾否與為長夜歡？）至是創議母后稱制，耶律楚材不敢與辯，只好辦理國喪，再作計較。窩闊台汗在位十三年，享壽五十六，廟號太宗。

喪葬事畢，乃馬真后遂臨朝聽政，擢奧都剌合蠻為相國，無論大小政務，悉聽裁決。還有一個西域回婦，名叫法特瑪，亦由窩闊台汗西征所得，選入後宮，作為役使，乃馬真后也很寵愛。奧都剌合蠻與她勾通，遇有反對的官僚，輒令法特瑪從旁進讒，內外矇蔽，斥賢崇奸，以此朝右舊臣，黜去大半。（也好喚作回回國。）

耶律楚材很是鬱悶，有時入朝諫爭，聽者一二，不聽者八九。一日，聞乃馬真后以御寶空紙付奧都剌合蠻，令他遇事自書，遂勃然進諫道：「天下是先帝的天下，朝廷詔敕，自有憲章，奈何得以御寶空紙，竟畀相臣！臣不敢奉詔！」乃馬真后雖命收還，心中很是不樂。過了數日，又降下懿旨，凡奧都剌合蠻所建白，令史若不為書，罪應斷手。時楚材為中書令，

又進諫道：「國家典故，先帝悉委老臣，於令史何與？且事若合理，自當奉行，如不可從，死且不避，何況截手呢！」乃馬真后不禁氣憤，喝令退出。楚材大聲道：「老臣事太祖、太宗三十餘年，無負國家，后豈能無罪殺臣麼？」言畢，免冠自去。奧都剌合蠻在旁，即語乃馬真后道：「躁妄如此，理應加罪。」乃馬真后道：「他是先朝功臣，我所以特別優容，今日卻再行恕他，日後再說。」

自是楚材常稱疾不朝，乃馬真后也樂得清靜。忽接東方密報，帖木格大王帶兵來了。時成吉思汗兄弟皆歿，唯帖木格尚存，先曾封鎮東方，至是聞權奸蠹國，因率兵西來。乃馬真后不禁大駭，忙召奧都剌合蠻商議。奧都剌合蠻道：「可戰便戰，不可戰便守；不可守，便西遷，怕他什麼！」（開口便想西奔，真是一個好相國！）

乃馬真后聞言，暗令左右甲士，預備西遷，心中恰未免徬徨。猛然記起耶律楚材，遂飭內臣宣召。楚材既至，便與述及西遷事。楚材道：「朝廷乃天下根本，根本一搖，天下將亂。臣觀天道，當無他虞。若恐帖木格大王入京，何不令他子前往詰問，教他留兵中道，入朝面陳？」乃馬真后道：「他子曾在都內麼？」楚材答一是字。乃馬真后道：「你替我傳敕，遣他子速往何如？」楚材即前去照行。

帖木格在途中，聞皇子貴由帶領西北凱旋軍將到和林，又經自己的兒子，奉敕詰問，樂得順水推船，便道：「我來視喪，沒有他意！」飭子歸報，自率兵東歸。貴由既至，乃馬真后欲立他為汗。獨奧都剌合蠻及法特瑪兩人，以新君嗣立，定失權勢，便在乃馬真后前，說要俟拔都回國，方可定議，免有後言。乃馬真后聽信了他，趣召拔都還朝，偏偏拔都心懷不平，只是託故推病，屢愆行期。奧都剌合蠻權勢益盛，招搖納賄，無所不至，耶律楚材竟以憂卒。（他既知太乙數，為何不謝職歸隱？）乃馬真后以舊勳謝世，例加賻贈。奧都剌合蠻以為未然，並說楚材歷事兩朝，全國

第十九回　姑婦臨朝生暗釁　弟兄佐命立奇功

貢賦，半入伊家，還要什麼撫卹？乃馬真后將信將疑，命近臣麻里札往視，只有琴玩十餘，及古今書畫金石遺文數千卷，乃據實還報，才給賻贈如例。後到至順元年，方追封廣寧王，贈太師，予諡文正。（意在尚賢，所以備錄。）這且按下不提。

且說乃馬真后臨朝，倏忽間將及四年，西征軍早已盡歸，獨拔都不至。會后罹重疾，幾致不起，乃亟召集諸王大臣，開庫里爾泰會，立貴由為大汗。即位之日，邊遠屬國，多來朝賀，所得賞賜，備極優渥。貴由汗在位一月，已查悉海內煬蔽，夤緣為奸，只因母后尚在，不便驟發。過了數月，乃馬真后竟病逝了，奧都刺合蠻，方才倒運，被貴由汗執置諸獄，加以大辟；嗣又查得回婦法特瑪，行巫蠱術，害皇弟庫騰，遂把她裹入氈內，投諸河中。隨從婦女多處死，唯拖雷妃唆魯禾帖尼，向在宮中靜居，不作私弊，貴由汗遂敬禮有加。所有內外事宜，亦時與商議，拖雷妃遂漸漸干政。

貴由汗在位二年，除整飭宮禁外，無甚大政，且因手足有拘攣病，嘗不視事。秋間西巡，至葉密爾河，沿路犒賞無算。居西數月，自謂西域水土與身體相宜，頗有戀戀不捨的意思。拖雷妃唆魯禾帖尼還道貴由汗與拔都有隙，久停西域，必有他圖，遂遣心腹密告拔都，令他善自為備。誰知貴由汗並無意見，不過在外養痾。一過殘年，病竟大漸，遽爾去世。

皇后斡兀立海迷失曾隨駕西幸，至此祕不發喪，先遣人赴告拖雷妃及拔都處，自請攝國以待立君。拔都得拖雷妃密報，正啟程東行，來見貴由汗，剖明心跡。途次接著耗聞，並皇后攝國的意旨，權詞應允。於是皇后乃發喪回宮，號貴由汗為定宗，自抱猶子失烈門，臨朝視事。

是年國內大旱，河水盡涸，野草自焚，牛馬多死亡，民不聊生。諸王及各部，群言失烈門無福，不宜為汗，因此人人觖望，咸懷異心。拔都在阿勒塔克山待著，擬召集諸王，開庫里爾泰大會。迨及會期，只朮赤、拖

雷後裔赴議，他如察合台已死，其子也速、蒙哥未到；窩闊台汗諸子，也都裹足不前，僅由皇后海迷失，遣使巴拉與會。各人都依次坐定，巴拉起坐道：「從前太宗在日，命以皇孫失烈門為嗣，諒諸王百官，亦曾聞著，今由皇后抱失列門聽政，實是遵著太宗遺囑，諸王百官，應無異議。」正說著，忽聽有一人高聲道：「太宗既欲立失烈門，應該早立，何故太宗崩後，別立定宗，難道也有太宗遺命麼？」巴拉視之，乃是拖雷子忽必烈，便道：「太宗崩逝，失烈門甚幼，國家不可無長君，所以改立定宗；今定宗復崩，失列門稍長，自應遵著太宗遺命！」言至此，拖雷第二子末哥，失笑道：「太宗遺命，何人敢違？只六皇后乃馬真氏及汝等大臣，前時立定宗，已違遺囑，今日反教我等遵著，豈不是自相矛盾麼？」（一唱一和，無非為自己兄弟計。）大眾鼓掌如雷，弄得巴拉面紅頰赤，無詞可答。（這使本是難為，何故獨來獻醜。）

是時速不台亦已歿世，其子兀良哈台在會，亦起座道：「據巴拉說，國不可无長君，我意亦是云然；現在年長望重，諸王中莫如拔都，何不推他繼立呢！」（又是一派。）拔都道：「我無才德，不願嗣位！」大眾齊聲道：「王既不自立，唯王審擇一人，早決大計！」拔都道：「中國幅員甚廣，若非聰明睿智，似太祖一般人物，不能繼立，我意不如蒙哥！」（推重蒙哥，殆隱受拖雷妃之運動耶！）大眾道：「就此定議！」蒙哥起座固辭，末哥道：「大眾都要拔都選擇。哥哥前無異言；今選了哥哥，奈何不從！」拔都道：「末哥言是！」

議既定，巴拉返報，皇后海迷失及諸子等，很是不悅。復遣使告拔都，以會議應在東方，不應在西土；且宗王未集，義不能從。拔都復稱祖宗大業，未可輕授，今已推立蒙哥為主，請屈意相從；如必須開會東方，亦可照允等語。遂令蒙哥東行，由拔都弟伯爾克率著大軍擁衛。拔都仍自駐西方，作為外援。於是東方又擬開會，由拖雷妃唆魯禾帖尼為主，再召

第十九回　姑婦臨朝生暗釁　弟兄佐命立奇功

諸王大臣與議。奈太宗、定宗後裔，仍然未至，拔都著人往勸，亦不見答。當下拔都大憤，申令各地，決立蒙哥為主，宗親中如或梗議，有國法在，不得相貸。諸王大臣，懼拔都威勢，再開大會於斡難河，除太宗、定宗子孫，及察合台後王不至外，統推戴蒙哥，擇日即位。即位之日，親王列右，妃主列左，末哥、忽必烈等列前，武臣以忙哥撒兒為首，文臣以孛魯合為首。（孛魯合一作博勒和。）禮成，追尊拖雷為皇帝，廟號睿宗，命大眾均筵宴七日。

正宴饗時，忽有御者克薛傑告變，說是失驃出覓，途中遇有來車，一乘折轅，露出兵械，恐來車不懷好意，特來預告云云。忙哥撒兒聞言道：「待我出去查問，便可分曉。」蒙哥汗允著，便令忙哥撒兒去訖。過了半日，忙哥撒兒帶著二十人進來，由蒙哥汗問悉，為首的名叫按赤台，係奉失烈門命，特來謁賀。內有幾名武士，據說是也速蒙哥遣至，也是謁獻貢物的。蒙哥汗笑著道：「既蒙兄弟們雅誼，所來人士，統應令他與宴。」忙哥撒兒答道：「來人不止此數，我叫他留著一大半，在途候著。」蒙哥汗復笑道：「你何不叫他同來！」（暗中已是窺破，看官莫被瞞過。）忙哥撒兒無言。

及至宴罷，蒙哥汗即與忙哥撒兒密談數語。忙哥撒兒應著，當夜即將二十名拏下，並遣兵將途中衛士，盡行捉到。次日由蒙哥汗親鞫，按赤台等俱連聲呼冤，再令忙哥撒兒審訊，加以嚴刑。失烈門的差官，不堪受虐，遂放聲痛罵，自到以死。

蒙哥因最近踐阼，不欲多行殺戮，大眾多以為未然。正猶豫間，有西域人牙剌挖赤立在門外，向在蒙哥麾下，服役甚勤，蒙哥汗便問道：「你是個老成人，閱歷已多，可為我解決疑團！」牙剌挖赤道：「我是西域人，只曉得西域故事：從前希臘王阿來三得已滅波斯，欲入印度，將領中多異議，令出不行。阿來三得遣使詰其傅阿里斯托忒爾，阿里斯托忒爾並不回

答，只與差人遊園中，遇著荊棘當道，悉令從人芟刈無遺，另種新株。差人已悟，即返報阿來三得，乃將異議的將領，盡行誅逐，立發兵平定印度。主子可照此參觀哩！」蒙哥汗點頭稱善；遂命將按赤台等一律梟首，複查出那知情不報的官吏，殺死數人。於是改更庶政，分命職官，禁諸王徵求貨財，馳使擾民；免耆老丁稅，及釋道等教徒服役，所有蒙古漢地民戶，就令忽必烈領治，乃乘輦赴和林，和林官民，多來迎接。

及入城，復查究定宗黨派，或殺或逐。定宗后海迷失及失烈門生母（係太宗姪庫春之妃。）在宮中懷著憤恨，時有怨言。蒙哥汗就命忙哥撒兒帶兵入宮，將她兩人拖出，盡法鞫治。（忙哥撒兒何苦專作虎倀。）可憐這兩人蓬頭跣足，熬受苦刑，結果是屈打成招，只說是有心厭禳，置定宗后於死罪。將失烈門生母，裹氈投河，失烈門兄弟等，悉加貶置，移至摩多齊處禁錮，不準居住和林。連太宗故后乞里吉忽帖尼，也徙出宮中，令居和林西北；凡太宗后妃家資，盡行抄沒，分賜諸王，並遣貝喇往察合台藩地，嚴究違命諸臣。自是太宗子孫與拖雷子孫，永成仇敵，一個蒙古大帝國，就不免隱生分裂了。（為後文埋根。）

且說忽必烈以佐命大功，得受重任，總理漠南軍事。開府金蓮川，召用蘇門隱士姚樞，河內學子許衡，及輝和爾部人廉希憲，講求王道，體恤民艱。京兆的勸農使委任姚樞；宣撫使委任廉希憲，提學使委任許衡。三人皆一時名宿，感懷知己，各展才能，京兆大治。（一統之基亦兆於此。）忽必烈乃一意略地，命兀良哈台統轄諸軍，分三道攻大理。大理即唐時的南詔，國王段智興偏據一方，與中原不通聞問。至是遇蒙古兵三路夾攻，嚇得腳忙手亂，不知所為，勉強召集數千兵民，出城抵敵，被蒙古兵一掃而空。智興愈加惶急，再四躊躇，毫無良策，只落得肉袒牽羊，出城乞降。

蒙古兵分略鄯善、烏爨等部，進入吐蕃。吐蕃即今西藏地，唐時曾與

中國和親,宋以後亦間或入貢,唯俗尚佛法,尊信喇嘛。喇嘛二字,指高僧言,乃無上的意義。其祖師名巴特瑪撒巴巴,當唐玄宗時,自北印度入吐蕃,倡行喇嘛教,風靡全土,嗣是喇嘛勢力,凌駕國王。蒙古兵入吐蕃,所向無敵,且隨地頒諭,降者免死,所有舊教,概行仍舊。喇嘛扮底達,迎謁蒙古軍,兀良哈台以禮相待,扮底達遂匯入都城,諭酋長唆火脫降。(唆火脫一作蘇固圖。)唆火脫不得已歸命。

　　是時忽必烈自為後應,亦驅軍入吐蕃,與扮底達相見,優禮有加。扮底達有從子拔思巴,(一作帕思巴。)年甫十五,善誦經咒,忽必烈愛他穎慧,命侍左右。會蒙哥汗有敕召還,乃令兀良哈台進軍西南,自挈拔思巴北旋,後來忽必烈即位,拜拔思巴為帝師。小子有詩詠道:

　　　　建牙開府耀雄威,轉戰西南血染衣;
　　　　不解梟雄何佞佛?偏教釋子北隨歸。

　　欲知忽必烈歸後情事,且至下回分解。

　　「牝雞司晨,唯家之索」,古人之所以垂戒者,非他,由婦人心性,專圖近利,未識大局,不至亂家敗國不止也。觀太宗、定宗兩后,相繼臨朝,卒至奸邪用事,宗親構釁,乃馬真后尚獲倖免,而定宗后則不得令終,戚本自貽,咎由己取,不得專為他人責也。唯蒙哥汗自戕宗族,亦屬太過,作法於涼,弊將若之何!厥後同族鬩牆,始終為患,兵爭凡數十年,而國家之元氣敝矣!忽必烈開府漠南,用姚樞、許衡、廉希憲諸賢,似屬究心治道;而信任釋教,挈釋子拔思巴北歸,後且尊為帝師,釀成末世演撰之禍,貽謀不臧,卒致荒亡。觀此回,可知禍為福伏,福為禍倚之漸,而世之為子孫謀者,應知所審慎矣!

第二十回
勤南略齎志告終　據大位改元頒敕

　　卻說忽必烈奉敕北歸，至京兆地方，聞有阿拉克岱爾及劉太平二人，奉蒙哥汗命，鉤考諸路財賦，京兆所屬官吏，相率得罪。忽必烈道：「此處官屬，歸我管轄，大半是我所派遣，難道都貪婪不成？這次我出師西南，距主太遠，朝右定有讒佞，說我短處，我卻要入朝辯白，力除奸蔽哩！」適勸農使姚樞進見，聞忽必烈言，遂進諫道：「大王雖為皇弟，究竟是個人臣，不應與主子爭辯。現不若挈王邸妃主，盡歸朝廷，示無他意，庶幾讒間無從，疑將自釋！」（調停骨肉，無逾此言。）忽必烈道：「你言亦是。」及歸入和林，謁見蒙哥汗，遂將姚樞所說的大意，約略稟陳。蒙哥汗道：「我恐皇弟遠征，日久身勞，是以召歸休養；此外別無他意。」忽必烈又欲續陳，只見蒙哥汗目中含淚，也不覺悲從中來，為之涕下。兩人對泣了一回，彼此不作別語。

　　到了次日，兄弟復會，蒙哥汗欲另建城闕宮室，作一都會，忽必烈遂保薦一人，叫做劉秉忠。秉忠邢臺人，英爽不羈，因家貧為府令史，嗣即棄業為僧。會忽必烈召僧海雲，邀秉忠與俱，應對敏捷，尤長易理及邵康節經世書，大得忽必烈稱賞，因此忽必烈就事舉薦。隨命秉忠相度地宜，擇定桓州東面，灤州北面的龍岡，作為吉地，督工經營，定名開平府。蒙哥汗嘗移居於此，免不得採選妃嬪，增修朝市。國家方隆，喜氣重重，兀良哈台的捷書，又奏聞闕下；還有皇弟旭烈兀，前時奉命西征，也馳書報捷。所有戰勝情形，待小子敘明大略。兀良哈台自吐蕃進攻白蠻、烏蠻及

鬼蠻諸部,(皆在今雲南省境。)所過風靡,羅羅斯及阿伯兩國,統大懼乞降。又乘勝攻下阿魯諸酋,西南夷悉平。復南下侵入交趾。交趾即安南地,唐時曾設安南都護府,故名安南,世為中國藩屬。蒙古兵南下,其主陳日煚防戰不利,走入海島,都城被屠。陳日煚遣使議和,蒙古兵亦患天熱,乃約定歲幣若干,準他和議,留九日而還。其時西域適有回亂,皇弟旭烈兀自和林發兵,沿天山北麓,經阿力麻里,直至阿母河畔,招致西域諸侯王,合軍西進,侵入木乃奚國。木乃奚在寬甸吉思海南,前時拖雷引軍過境,只在城外大掠一番,(應第十三回。)未曾侵入城內。此次旭烈兀以回徒所集,實在該城,因分軍三路,同時進攻。左軍命布喀帖木兒、庫喀伊而喀統帶,右軍命臺古塔兒怯的不花統帶,旭烈兀自將中軍,殺奔木乃奚城。木乃奚主兀克乃丁,遣弟薩恆沙至軍前,情願求和。旭烈兀謂須盡隳城堡,親來歸降,方可恕罪等語。薩恆沙歸去數日,未見動靜,乃驅軍搗入,連下數堡。兀克乃丁復遣使求寬限一載,當自來謁。旭烈兀不從,且語來使道:「你主願降,速即遵約,待以不死!」來使去後,仍復杳然,惱得旭烈兀性起,飭三路大軍,晝夜圍攻。兀克乃丁無法延宕,乃出降,即將城外五十餘堡,盡行毀去。旭烈兀因兀克乃丁誘約多端,不無反側,意欲將他誅戮,奈已有約在前,未便食言,遂勸令入朝,就途中刺死。且下令屠城,無論少長,一概殺死。於是木乃奚都內,變作一個血肉模糊的枉死城。有幾個死裡逃生的人,潛出城外,聯繫回教徒,逃往八哈塔等國。八哈塔在今阿剌伯東岸,係回教祖謨罕驀德降生地,著有《可蘭經》,為人民所信仰,夙稱天方教。嗣後教旨盛傳,主教的人叫做哈里發,譯以華文乃代天治事的意義。至蒙古平西域,哈里發屬地,所存無幾。其時正當木司塔辛嗣位,庸懦無能,只喜聽樂觀劇,國事皆由臣下主持。旭烈兀乘勢進軍,先貽木司塔辛書,責以延納逃人,能戰即來,不能戰即降。木司塔辛覆書不遜,旭烈兀遂西渡波斯灣,遇八哈塔軍,前鋒少

挫，後軍繼進，背水列陣，竟日無勝負。兩軍分駐河濱，蒙古軍夜決河堤，灌水敵營，復引兵進襲。八哈塔軍未曾防著，驚聞敵至，急起捍禦，不料腳下統是大水，霎時間半身淹沒，溺斃大半，就是逃脫的人，也被蒙古軍殺盡。旭烈兀又合軍攻城，城甚堅固，旭烈兀命軍士築壘，四面合圍，撤民居屋甍，遍設炮臺，上面密布巨炮，向城彈放，劈劈拍拍的聲音，晝夜不絕，木司塔辛懼甚，遣使乞降。（何前倨而後恭。）旭烈兀不從，只令猛攻，木司塔辛又遣長子次子出見，皆被拒絕，不得已自縛出降。旭烈兀入城屠戮，凡七日，始下令停刃。被殺者約八十萬人，唯天主教徒，及他國人居屋不入。哈里發宮內，金寶充斥，悉數被掠。還有婦女七百人，內監千人，殺的殺，留的留，回民已盡成鬼莘，蒙古軍反喜躍異常。（無惻隱之心，非人也！）旭烈兀以城中伏屍積穢，移駐鄉間，命軍士將木司塔辛推至，責他傲慢不恭，詞甚嚴厲，木司塔辛自知不免，請沐浴後乃畢命。（已經就死，還要沐浴何益？）還有長子及內監五人，亦願從死，旭烈兀命將數人同裹氈內，置諸大路，驅戰馬往來蹴踏，輾轉就斃。（如此慘無人道，自古罕有！）

　　次日復將木司塔辛次子及他親族故舊，盡行殺死。只幼子謨拔來克沙，總算蒙恩赦宥，後娶蒙古女，生二子，儲存一脈，不沒宗祀。（想是教祖有靈，所以子遺。）遂一面飛章告捷，一面分軍為二，遣大將郭侃東略印度，自率軍西略天方（即阿剌比亞。）去了。

　　蒙哥汗聞西南連捷，心中甚慰，遂欲大舉滅宋。先是乃馬真后稱制時，曾遣使月裡麻思，（一作伊拉瑪斯。）赴宋議和，至淮上，為守將所囚。於是蒙古兵又嘗侵宋，淮蜀一帶，兵革不息。只因蒙古屢有內訌，未發大軍，所以宋將尚能守禦。迨蒙哥汗嗣位，聞月裡麻思已死，早思南侵，至是遂舉軍而南，留少弟阿里不哥守和林。是時川陝一帶，雖有宋將蒲擇之、劉整、楊立、張實、楊大淵等，據險防守，奈遇著蒙古軍馬，

無不披靡。蒙哥汗南渡嘉陵江，入劍門，守將楊立戰死，張實被擒，蒲擇之、劉整等守成都，亦被蒙古前鋒紐璘（一作褥㻦。）攻陷，擇之等敗潰。及蒙哥汗入閬州，守將楊大淵以城降。進圍合州，先遣宋降將晉國寶，招諭守將王堅，堅不從。國寶還次峽口，被王堅遣將追還，執至閱武場，說他負國求榮，罪在不赦，當即傳令斬首。便涕泣誓師，開城出戰，將士無不感奮，爭出死力相搏，戰至天晚，蒙哥汗不能取勝，退軍十里下寨。閱數日，復進薄城下，又被堅軍擊退。自是一攻一守，相持數月不下。蒙古前鋒將汪德臣，挑選精銳，決計力攻，當下繕備攻具，誓以必死，遂於秋夜督兵登城，王堅亦飭軍力御。鏖戰一夜，直至天明，城上下屍如山積。汪德臣憤呼道：「王堅快降！」語未畢，猛見一大石從頂擊下，連忙將首一偏，這飛石已壓著右肩，連手中所握的令旗，都被擊落。蒙古軍見主將受傷，自然緩攻，適值大雨傾盆，攻城梯折，只好相率退去。是夕，汪德臣斃命。（適應前誓。）

蒙哥汗因頓兵城外，將及半年，復遇良將傷斃，鬱怒中更帶悲傷，遂致成疾。合州城外有釣魚山，蒙哥汗登山養病，竟致不起。左右用二驢載屍，蒙以繒楮，北行而去，合州解圍。

蒙哥汗在位九年，沉毅寡言，不樂宴飲，宮禁亦嚴，雖后妃不得過制。遇有詔敕，必親自起草，數易乃定，因此群臣不得擅政。素精騎射，好畋獵，只酷信卜筮，不無缺點，廟號憲宗。

親王末哥等遂以凶聞訃中外。時忽必烈方將兵渡淮，直至黃坡，接著憲宗死耗，諸將請北還。忽必烈道：「我前時受先皇敕命，東西並舉，今已越淮南下，豈可無功即還？（從忽必烈口中敘出憲宗敕命，亦是補前文之闕。）況兀良哈台已平交趾，（應前文。）正好約他夾擊；就使不能滅宋，也好叫他喪膽呢？」正說著，旁有人進言道：「長江向稱天險，宋恃此立國，勢必死守，我軍非破他一陣，不足揚威，末將願當此任！」忽必烈視

之，乃是大將董文炳。便道：「很好！你就引左哨軍前去。」文炳領命，與弟文用等去訖。

忽必烈乃遣人齎書，往送兀良哈台，一面統帶全軍，出應董文炳。文炳令弟文用等，駕著艨艟大艦，鼓棹渡江，自率馬軍在岸搏戰。宋軍沿江扼守，倒也不少，江中亦有大舟繫住，奈都是酒囊飯袋，遇著蒙古軍來，未戰先怯，就使勉強接仗，也沒有一些勇氣。文炳兄弟，水陸大進，殺得宋軍東倒西歪，望風股慄。至忽必烈驅軍出發，文炳軍已過江了。

次日全師畢濟，破臨江，入瑞州，合軍圍鄂。南宋大震，用了一個奸邪貪佞的賈似道，集軍漢陽，為鄂州援，似道毫無膽略，逗留中道，諸將亦不遵約束。會聞鄂州守將張勝敗死，城中死傷至萬三千人，似道大懼，密遣心腹將王袞，詣蒙古營，請稱臣納幣。忽必烈不許，部下郝經諫道：「今國遭大喪，神器無主，宗族諸王，孰不窺伺。倘或先發制人，抗阻大王，勢且腹背受敵。不如與宋議和，即日北歸，別遣一軍迎先帝靈輿，收取帝璽，召集諸王會喪，議定嗣位，那時大王應天順人，自可坐登大寶了。」（忽必烈之得嗣為君，恃此一諫。）

忽必烈大悟，遂與宋京定議，令納江北地，及歲奉銀絹各二十萬，乃退兵北旋。兀良哈台方東應忽必烈軍，引師攻潭州，嗣得議和消息，移師而東，及至鄂，聞忽必烈已還，遂亦北去。賈似道反令夏貴等，殺他殿卒百餘人，詐稱諸軍大捷，獻俘宋廷。昏頭磕腦的宋理宗，竟信他有再造功，召使還朝，封衛國公，大加寵眷，真正奇事！（不是奇事，實是呆鳥。）

話分兩頭，且說忽必烈北還燕京，聞途中方括民兵，託詞憲宗遺命。忽必烈道：「我兵已足，何用括民。此必和林陰圖變亂，所以有此創舉。」隨出示縱還民兵，人心大悅。進至開平，諸王末哥、哈丹、塔齊爾等俱來會，願戴忽必烈為大汗。忽必烈辭不敢受，嗣接西域旭烈兀來書，內稱西

第二十回　勤南略齎志告終　據大位改元頒敕

征軍已振旅班師，（應上文。）並殷勤勸進。忽必烈遂允所請，不待庫里爾泰會推許，竟登大位。是時姚樞、廉希憲等，方膺重任，上馬殺賊，下馬能文，乃承旨草詔，頒告天下道：（蒙古文與漢文不同，在忽必烈即位前，唯太祖與汪罕書載史乘中，然亦不甚雅馴，至此始尚文律，故特錄之。）

朕唯祖宗肇造區宇，奄有四方，武功迭興，文治多缺，五十餘年於此矣。蓋時有先後，事有緩急，天下大業，非一聖一朝所能兼備也。先皇帝即位之初，風飛雷厲，將大有為。憂國愛民之心，雖切於己，尊賢使能之道，未得其人。方董夔門之師，遽遺鼎湖之泣。豈期遺恨，竟勿克終。肆予沖人，渡江之後，蓋將深入焉。乃聞國中重以簽軍之擾，黎民驚駭，若不能一朝居者。予為此懼，馳騎馳歸。目前之急雖紓，境外之兵未戢，乃會群議，以集良規。不意宗盟輒先推戴，左右萬里，名王鉅公，不召而來者有之，不謀而同者皆是。咸謂國家之大統，不可久曠，神人之重寄，不可暫虛。求之今日太祖嫡孫之中，先皇母弟之列，以賢以長，止予一人。雖在征伐之中，每存仁愛之念，博施濟眾，實可為天下主。天道助順，人謨與能，祖訓傳國大典，於是乎在，孰敢不從！朕峻辭固讓，至於再三，祈懇益堅，誓以死請。（語太過分。）於是俯順輿情，勉登大寶。自唯寡昧，屬時多艱，若涉淵冰，罔知攸濟。爰當臨御之始，宜新弘遠之規。祖述變通，正在今日，務施實德，不尚虛文。雖承平未易遽臻，而飢渴所當先務。嗚呼！歷數攸歸，欽應上天之命；勛親斯托，敢忘列祖之規？體極建元，與民更始，朕所不逮，更賴我遠近宗族，中外文武，同心協力，獻可替否之助也！誕告多方。體予至意！

此旨下後，又仿中夏建元的體例，定為中統元年。其敕文云：

祖宗以神武定四方，淳德御群下。朝廷草創，未遑潤色之文，政事變通，漸有綱維之目。朕獲纘舊服，載擴丕圖，稽列聖之洪規，講前代之定

制。建元表歲，示人君萬世之傳；紀時書王，見天下一家之義。法《春秋》之正始，體大易之乾元，炳煥皇猷，權輿治道，可自庚申年五月十九日建元為中統元年。唯即位體元之始，必立經陳紀為先，故內立都省以總宏綱，外設總司以平庶政。仍以興利除害之事，補偏救弊之方，隨詔以頒。於戲！秉籙握樞，必因時而建號，施仁發政，期與物以更新。敷宣懇惻之辭，表著憂勞之意。凡在臣庶，體予至懷！

　　建元既定，乃敕修官制。先是成吉思汗起自朔方，部落野處，設官甚簡，最重要的叫做斷事官，兼掌政刑；統兵官叫做萬戶，餘無別稱。後仿金制置行省，及元帥、宣撫等官。至忽必烈即位，命劉秉忠、許衡酌定內外官制：總政務的叫做中書省，握兵權的叫做樞密院，司黜陟的叫做御史臺；其次有寺、監、院、司、衛、府。外官有行省、行臺、宣撫、廉訪，牧民長官，有路有府，有州有縣；官有常職，食有常祿，大約以蒙古人為長，漢人南人為副，一代規模，創始完備。（此段文字似無關緊要，不知下文敘述各官，便可就此分曉。）正在百度紛紜的時候，忽報少弟阿里不哥，也居然稱帝和林了。原來阿里不哥聞憲宗已殂，遂分遣心腹，易置將佐，並聯繫憲宗諸子，及定宗察合台子弟，開庫里爾泰會，自稱大汗。命部下劉太平、霍魯懷等，乘傳至燕京。不意廉希憲已先至京兆，遣人誘執太平、魯懷，斃諸獄中。六盤守將渾塔噶，正舉兵應和林，希憲不待請旨，即遣總帥汪良臣，率秦、鞏諸軍往討。忽必烈亦遣諸王哈丹，率軍來會，擊斃渾塔噶。希憲乃自劾擅命遣將諸罪。忽必烈下敕嘉獎，反賜他金虎符，行省秦蜀，自統軍攻阿里不哥，與戰於錫默圖地方。阿里不哥敗遁，忽必烈乃引軍還，嗣從劉秉忠請遷都燕京，在位五年，復改中統為至元。後又建國號曰元，也是秉忠所擬定的。曾記得有一敕云：

　　誕膺景命，奄四海以宅尊；必有美名，紹百王而紀統。肇從隆古，匪獨我家。且唐之為言蕩也，堯以之而著稱；虞之為言樂也，舜因之而作

第二十回　勤南略齎志告終　據大位改元頒敕

號。馴至禹興而湯造，互名夏大以殷中，世降以還，事殊非古。雖乘時而有國，不以利而制稱。為秦為漢者，著從初起之地名；曰隋曰唐者，因即所封之爵邑。且皆徇百姓見聞之偶習，要一時經制之權宜，概以至公，不無少貶。我太祖聖武皇帝，握乾符而起朔土，以神武而膺帝圖，四震天聲，大恢土宇，輿圖之廣，歷古所無。頃者耆宿詣庭，奏草申請，謂既成於大業，宜早定於鴻名。在古制以當然，於朕心乎何有！可建國號曰大元，蓋取《易經》乾元之義，茲大冶流形於庶品，孰名資始之功。予一人底寧於萬邦，尤切體仁之要，事從因革，道協天人。於戲！稱義而名，固非為之溢美；孚休唯永，尚不負於投艱。嘉與敷天，共隆大號！

小子此後敘述，稱蒙古為元朝，又因至元十六年，忽必烈汗滅宋，奄有中國，歿後廟號世祖，所以後文亦竟稱元世祖。閱者不要誤會，說我稱號兩歧。爰係以七絕一首道：

華夏由來屬漢家，何圖宋後遍胡笳？
史官據事鋪揚慣，我亦隨書不避瑕。

欲知元朝混一情形，請看官續閱下回。

本回敘蒙哥忽必烈之絕續，而首插兩軍遠征一段，所以承前回之末，接入本回正傳，非好為蕪雜也。有兀良哈台之平西南，有旭烈兀之平西域，於是蒙哥汗決意侵宋。著書人詳於西征，略於南下，蓋因《宋史》當自成演義，不必瑣述，蠻戎各方，他處罕見，即《元史》亦多從略，悉心裒錄，正所以示特長耳。忽必烈班師稱汗，改元立號，雖隱啟紛爭之禍，而化野為文，入長中原，實於此基之。迻錄原敕，未始非儲存國粹之意。主非漢人，而文則從漢，故宋亡而文不亡，用夏變夷，此之謂歟？

第二十一回
守襄陽力屈五年　覆厓山功成一統

　　卻說元世祖即位，曾遣翰林侍讀學士郝經，為國信使，翰林待制何源，禮部郎中劉人傑為副，赴宋修好。宋少師衛國公賈似道，以前時稱臣納幣，乃是權宜的計策，未曾稟聞理宗，此次北使到來，定要機關敗露，瞞了一日好一日，不如將來使幽禁，省得漏洩奸謀，（掩耳盜鈴，終歸失敗。）遂將郝經等數人，幽住真州忠勇軍營。郝經屢上書宋帝，極陳和戰利害，且請入見及歸國，統被賈似道一手抹煞，並不見報。元世祖待使未歸，復遣人質問宋帥李庭芝。庭芝據實奏聞，也似石沉東海，毫無影響。於是元世祖擬舉兵攻宋，頒諭各路將帥道：

　　朕即位之後，深以戢兵為念，故前年遣使於宋，以通和好。宋人不務遠圖，伺我小隙，反啟邊釁，東剽西掠，曾無寧日。朕今春還宮，諸大臣皆以舉兵南伐為請，朕重以兩國生靈之故，猶待信使還歸，庶有悛心，以成和議。留而不至者，今又半載矣，往來之禮遽絕，侵擾之暴不已，彼嘗以衣冠禮樂之國自居，理當如是乎？曲直之分，灼然可見！今遣王道貞往諭卿等，當整爾士卒，礪爾戈矛，矯爾弓矢。約會諸將，秋高馬肥，水陸分道而進，以為問罪之師。尚賴宗廟社稷之靈，其克有勛！卿等當宣布腹心，明諭將士，各當自勉，毋待朕命！（曲直有歸，故全錄詔敕。）

　　是時阿里不哥雖已敗遁，尚有餘黨未靖，且因元江淮都督李亶，居心反覆，嘗把恫疑虛嚇的言詞，入奏世祖，因此攻宋的詔敕，頒發於中統二年，各路兵馬，尚未大舉。三年春季，李亶竟以京東降宋。世祖大怒，立

第二十一回　守襄陽力屈五年　覆厓山功成一統

遣史天澤總諸道兵，攻李璮於濟南，長圍數月，破城擒璮，支解以徇。五年，世祖復改元，稱為至元。阿里不哥率眾來降，世祖以兄弟至親，特別赦宥，免他罪名。由是內訌悉平，一意對外。

適宋潼川副使劉整，為賈似道所嫉忌，籍瀘州十五郡，歸降元朝。（又是賈賊毆使。）整係南宋驍將，且盡知國事虛實，至此為元所用，授夔路行省，兼安撫使。整遂與元帥阿術，同心籌畫，議築白河口城，斷宋餉道，進規襄陽。宋四川宣撫使呂文德，阿附似道，好為大言，聞劉整築城消息，毫不介意。且謂襄陽城池堅深，兵儲可支十年，元兵即來，亦不足憚。襄陽守將呂文煥，遣人報知文德，請先事預防，反見斥責。待劉整築城已就，遂與阿術合兵攻襄陽。文煥登陴固守，數月未下，元世祖復遣史天澤等，督師援應。天澤到襄陽，見城高濠闊，料非旦夕可破，遂築起長圍，聯繫諸堡，把一座襄陽城，圍得鐵桶相似，水洩不通。

那時宋理宗已經歸天，太子禥循例嗣統，號為度宗。度宗昏庸，過於乃父，一經登基，便封賈似道為太師，倍加寵眷。似道入朝，度宗必答拜，有所諮詢，必稱師相；因此這位賈太師，越加尊嚴，一班蠅營狗苟的賊臣，且拍馬吹牛，稱似道為周公。似道益發刁狡，屢求辭職，甚至度宗拜留，為之泣下。且恐他不別而去，令衛卒夜臥第外，監住行蹤。後覆命他三日一朝，治事都堂，且就西湖中的葛嶺，替他築起大廈，以資休養，總道他是擎天柱石，保國元勳。（若不如此，趙氏何致即亡。）他遂頤指氣使，無論軍國重事，總須先行關白，方可舉行，朝右大臣，偶或齟齬，立加竄逐；或因度宗稍有可否，即稱疾求去，以故言路壅塞，苞苴公行。這度宗也全然昏迷，整日裡宴坐深宮，與妃嬪等飲酒調情，樂得將國家政務，付於師相。師相恰日居葛嶺，起樓閣亭榭，作半閒堂，築多寶閣，取了一個宮人葉氏，作為己妾。他尚嫌不足，常令手下密訪美姝，如果姿色可人，任她是娼妓，是尼覡，一古腦兒招入宅中，日夕肆淫。（這叫做盲

子吃蟹，只只道鮮。）還有一樁最喜歡的事情，乃是與群妾鬥蟋蟀兒。（大約是寓意教戰。）自是累日不出，有詔令六日一朝，繼復令十日一朝，他還是不能遵旨，陽奉陰違。那時襄陽日危，呂文煥連歲支持，很是惶急，一面向呂文德乞援，一面請賈似道濟師。呂文德疽發背死，女夫范文虎代任，與乃翁同一糊塗，哪裡肯發兵往援。賈似道沒有別策，總教瞞著一個主角，便算妙計。

一日入朝，度宗問道：「襄陽被圍，已是三年，如何是好？」似道怫然道：「北兵已退，這語從何處得來？」度宗道：「日前有女嬪言及，因此懷疑。」似道問女嬪姓氏，度宗不答。似道又要求去，經度宗固留不從。度宗沒法，只好將女嬪遣出，活活賜死。可憐這紅粉佳人，只為了一句話兒，平白地喪了性命！（冤乎不冤。）廷臣見這般情形，哪個敢再言邊事。

既而似道良心發現，飭李庭芝往援襄陽，又被這范文虎從旁阻撓，多方牽掣。後來文虎奉旨促師，沒奈何督兵十萬，進至鹿門，被元將阿術截殺一陣，嚇得心膽俱裂，連忙逃走。李庭芝聞文虎敗還，特遣勇將張順、張貴，率銳卒往襄陽。兩將乘漢水方漲，鼓舟而進，至高頭港口，滿江紮著敵艦，幾乎無縫可鑽。張貴冒險殺入，張順後繼，竟衝開一條走路，直抵襄陽城下。城卒出來接應，把張貴迎入，獨不見張順，過了數日，江上始浮出順屍，身中四槍六箭，怒氣勃勃如生，方知張順已死了。張貴見城中大困，募死士二人，遣赴范文虎處乞援。返報如約，貴遂辭別文煥，突圍東行。既出險地，已是天晚，望見前面來了無數軍艦，總道是援軍過來，急忙歡迎。誰知來舟統是元軍，一時不能趨避，被他困在垓心，殺傷殆盡。張貴身受數十創，力盡被執，不屈而死。嗣是襄陽絕援。

未幾，樊城又失。樊城與襄陽為犄角，守將范天順、牛富，本與呂文煥誓約死守。至是兩將戰死，襄陽益孤，元兵復用西域人所獻新炮，攻破襄陽外郭，內城益急。文煥每一巡城，南望慟哭而後下。元將阿里海涯復

第二十一回　守襄陽力屈五年　覆厓山功成一統

招諭城中道：「爾等拒守孤城，至今五年，為主盡忠，也是應分的事情；但勢孤援絕，徒害生靈，爾心何忍？若能納款歸降，悉赦勿治，且加遷擢，憑你等酌擇！」又折矢與文煥為誓，文煥乃出降。偕阿里海涯朝燕，元主以文煥為襄、漢大都督，與劉整一體重用。（文煥之罪，似減於整。）

襄樊既失，江南失險，警報連達宋廷。給事中陳宜中上疏，歸咎范文虎，乞即行正法。賈太師暗中庇助，止降一官。就是度宗優禮似道，也始終勿衰。似道母死，詔用天子鹵簿飾葬，並令似道墨絰還朝。師相的氣焰未衰，主子的福壽已盡。度宗病逝，子㬎立，年僅四齡，由太后謝氏臨朝聽政，仍把那元惡大憝，倚作長城。（想尚有一塊乾淨土耳。）惹得元主連番下詔，數賈似道背盟拘使的罪名，飭史天澤、伯顏總諸道兵，與阿術、忙兀、遜都思塔出等，及降將劉整、呂文煥，大舉南侵。途次天澤遇病，有旨召還，飭各軍統歸伯顏節制。伯顏遂分各軍為兩道，自與阿術由襄陽入漢濟江，以呂文煥將舟師為前鋒；別命忙兀東出揚州，以劉整將騎兵為先行，旌旗招颭，戈戟縱橫。看官！你想這區區南宋，還能保得住麼？伯顏軍順漢水南下，屠沙洋鎮，擒守將王虎臣；破新郢城，殺都統邊居誼；進拔陽邏堡，走淮西置制使夏貴；取鄂州，降城守張晏然、程鵬飛。

宋廷大懼，只得請出這三朝元老，督領諸路軍馬，抵禦元軍。可奈諸路將士，統已離心，陳弈以黃州叛，呂師夔以江州叛，都奉款降元，連賈太師極力庇護的范文虎，也居然反顏迎敵，叩首阿術軍前。（這等小人最不足恃，然安富尊榮，偏在若輩，令人恨煞！）元朝雖亡了史天澤，死了劉整，銳氣仍然未衰。賈似道聞劉整死，還自稱天助，調集精兵十三萬人，陸續起行。前哨委了孫虎臣，中權委了夏貴，自己帶著後軍，出駐江上。元伯顏率同阿術，渡江南來，與虎臣軍遇著，兩下接戰，炮聲如雷，虎臣懼甚，忙過其妾所乘舟。（出戰時帶著美妾，究屬何用。豈亦學韓蘄王之挈梁夫人耶！）大眾疑他遁走，頓時散亂。夏貴以虎臣新進，權出己

上，本已事前觀望，此時亦不戰而奔。剩了似道一軍，還有什麼能耐，索性也走了他娘，管什麼國計民生！

　　元兵趁勢殘殺，江水盡赤。於是鎮江、寧國、江陰守臣，皆棄城遁去，（上行下效，捷如影響。）太平、和州、無為軍，俱相繼降元。似道還想奉幣請和，遣使至元軍，被伯顏拒絕。奔至揚州，束手無策，只上書請遷都。太皇太后謝氏不許。廷臣窺見微旨，遂連劾似道，陳宜中初得似道援，驟登政府，至是也奏請誅逐。乃罷似道平章都督，並遣元使郝經等北歸。（已無及了。）一面下詔勤王，諸將多不至。只鄂州都統張世傑，率師入衛；江西提刑文天祥起兵赴難；湖南提刑李芾，也募壯士三千人，令將吏統帶，東出勤王。無如大勢已去，無可挽回。建康守將趙溍，棄城先遁，元伯顏安然入城。宋江淮招討使汪立信，聞建康被陷，料知宋不可為，扼吭而死。（宋吭已被元扼，汪公也只好絕吭了。）元兵遂長驅入常州，下無錫，宋廷亟命張世傑總統人馬，分道拒敵，稍稍得手。

　　元世祖復遣尚書廉希憲，工部侍郎嚴忠範，奉國書南來，還有意與宋議和。希憲至建康，與伯顏會晤，請兵自衛。伯顏道：「行人在言不在兵，兵多反招疑忌。」嗣經希憲固請，發兵五百名送行。到了獨松關，宋守將張濡部曲，不分皂白，竟襲殺忠範，執希憲送臨安。及伯顏遣書詰責，宋廷遣使答報，只說是邊將所為，未曾稟報。伯顏再遣議事官張羽，同宋使返臨安，不意到了平江，又被殺死。（還要亂殺使人，真是壞事！）

　　元兵愈加氣憤，直逼揚州。李庭芝遣將苗再成、姜才等，率兵阻截，皆敗績。接連是荊南被陷，嘉定諸城叛去。軍報日緊一日，於是張世傑大出舟師，與劉師勇、孫虎臣等屯駐焦山，連舟為壘，示以必死。元阿術登高遙望，想了一個火攻的計策，遂精選弓弩手，載舸直進，連發火箭，迭射宋軍。霎時間煙焰蔽江，篷檣俱焚，宋軍進退兩窮，相率赴水，師勇、虎臣等都截舟自遁。單剩了張世傑，已不能軍，只得奔回圌山，再請

第二十一回　守襄陽力屈五年　覆厓山功成一統

濟師。（堅壁中流，並非萬全之策，即非火攻，亦難持久，張世傑殆忠有餘、而識不足者。）

是時王爚、陳宜中，並為丞相，意見不協，各自求去。至世傑敗潰，王爚以二相在朝，反多顧忌，不如遣一人出督吳門。太后不從，爚遂乞罷，因免相，未幾遂卒。（還是死得乾淨。）文天祥到臨安，上疏請分建四鎮，各專責成，亦不報。（此時雖有明主，亦未能轉敗為勝，況婦人秉國乎！）只把賈似道貶置循州，被監押官鄭虎臣拉死，總算為天下雪憤！（罪不容於死。）嗣是泰州失守，孫虎臣自殺，常州被屠，知州姚訔等戰死，劉師勇逸去，獨松關也被殘破，張濡不知去向。既而知州李芾，復殉難潭州，都統密佑，又遇害撫州。湖南、江西，盡為元有。宋廷又遣工部侍郎柳嶽，赴元軍請和。伯顏憤然道：「汝國執殺我行人，所以興師問罪。從前錢氏納土，李氏出降，統是汝國祖制。汝國何不遵行？況汝國得天下於小兒，今亦由小兒失國，天道不爽，何必多言？」柳嶽不得已還朝。復遣宗正少卿陸秀夫，再至元軍，求稱姪納幣。伯顏不從。降稱姪孫，亦不見許。陸秀夫還，陳宜中奏白太后，請再使元軍，求封為小國。太后依議，仍令柳嶽賫表前行。到高郵，被民人嵇聳所殺。（太后婦人，尚不足責，陳宜中堂堂宋相，厚顏如此，實是可殺。）

元兵進降嘉興，陷安吉，直搗臨安。文天祥、張世傑請移三宮入海，自率眾背城一戰。陳宜中不以為然，商諸太后，遣監察御史楊應奎，奉了傳國璽印，出降元軍。伯顏受璽，並召宜中出議降事，宜中惶懼，夜遁溫州。張世傑憤甚，與劉師勇、蘇劉義等率所部入海。只文天祥尚是留著，太后令為右丞相，如元軍議降。天祥辭去相職，竟赴元軍面責伯顏。伯顏將他拘住，遂遣將入臨安府，封府庫，收圖籍符印，並脅宋太皇太后手詔諭降。

過了數日，遂擄帝㬎及皇太后全氏，福王與芮等北去。只太皇太后謝

氏，因疾暫留，後來亦被元兵舁出，送至燕都。唯度宗尚有二子，長名是，封益王，年十一歲；次名昺，封廣王，年六歲。當臨安緊急時，與母楊淑妃潛行出城，奔至溫州。陳宜中迎著，同航海赴福州，奉為嗣皇帝，尊楊淑妃為太后，同聽政。張世傑、蘇劉義、陸秀夫等繼至，復組織朝堂，仍命陳宜中為左丞相，都督諸路軍馬。（還要用他，可笑可恨。）張世傑等任官有差。那時文天祥亦自鎮江逃歸，浮海至閩，楊太后令為右丞相。嗣與宜中議事未協，出督南劍州。

　　元兵一面入廣州，摧鋒軍將黃俊戰死，一面破揚州，宋右丞相李庭芝，指揮使姜才被執，勸降不從，俱被害。閩中因此被兵，任你文天祥開府招軍，張世傑傳檄勤王，都弄得落花流水，不見成功，帝昰與太后楊氏，舍陸登舟，今日走這裡，明日走那裡，受盡驚風駭浪，支持到兩年有餘，可憐那十餘歲的小皇帝，已受了急驚病，到了碙州，一命嗚呼！再立其幼弟昺，年僅八齡。陳宜中遁死海南，用陸秀夫為左丞相，與張世傑共秉朝政。秀夫正笏垂紳，猶把那大學章句，訓導嗣君。（未免迂腐。）

　　嗣聞元兵又至，復逃至厓山。元將張弘範，潛師至潮陽，先襲執了文天祥，復進兵厓山。張世傑又用這聯舟為壘的法兒，守住峽口，復用水泥塗艦，防備火攻。張弘範倒也沒法，只遣人招降，世傑不許。弘範分兵堵截，斷宋軍樵汲孔道。宋軍大困。元兵復四面攻擊，不由宋軍不走，就是赤膽忠心的張世傑，也只好斷維突圍，帶著十六舟，奪港自去。陸秀夫先驅妻子入海，自負幼帝同溺。太后楊氏撫膺大慟道：「我忍死至此，無非為了趙氏一塊肉，今還有什麼望頭？」也赴海死。世傑至海陵山下，適遇颶風大作，遂焚香禱天道：「我為趙氏，也算竭力，一君亡，又立一君。今又亡了，我尚未死，還望敵軍退後，別立趙氏以存宗祀。若天意應亡趙氏，風伯有靈，速覆我舟！」言已，舟果覆，世傑亦溺死。

　　宋自太祖至帝昺，共三百二十年，若從南渡算起，共一百五十二年。

第二十一回　守襄陽力屈五年　覆厓山功成一統

小子走筆至此，也覺滿腹淒愴，欲做一首弔宋詩，想了半晌，竟無一字，只記得文信國（文天祥封信國公。）目擊厓山詩，很是沉痛。諸君試一閱看，其詩曰：

長平一坑四十萬，秦人歡忻趙人怨，大風吹砂水不流，為楚者樂為漢愁。兵家勝負常不一，干戈紛紛何時畢？必有天吏將明威，不嗜殺人能一之；我生之初尚無疚，我生之後遭陽九，厥角稽首二百州，正氣掃地山河羞！身為大臣義當死，城下師盟愧牛耳。閩關歸國洗日光，白麻重拜不敢當！出師三年勞且苦，咫尺長安不可睹！非無虓虎士如林，一日不戒為人擒。樓船千艘下天角，兩雄相遭相噴薄。古來何代無戰爭，未有鋒蝟交滄溟。游兵日來復日往，相持一月為鷸蚌。南人志欲扶崑崙，北人氣欲河帶吞。一朝天昏風雨惡，炮火雷飛箭星落。誰雄誰雌頃刻分，流屍浮血洋水渾。昨朝南船滿崖岸，今朝只有北船在。昨夜兩邊樺鼓鳴，今夜船船鼾睡聲。北家去軍八千里，椎牛釃酒人人喜。唯有孤臣淚兩垂，明明不敢向人啼，六飛杳靄知何處，大水茫茫隔煙霧。我期借劍斬佞臣，黃金橫帶為何人？

欲知文信國後事，試看下回便知。

本回敘南宋亡國，獨於攻守襄陽事，敘述較詳，蓋襄陽為南宋咽喉，襄陽一失，南宋之亡，可翹足待也。此外俱從簡略，隨筆敘上，此由《宋史》當有專屬，不必於《元史》中詳述。唯於賈似道、陳宜中之誤國，文天祥、張世傑、陸秀夫之盡忠，仍行表白。彰善癉惡，史家之責，著書人夙存此志，不嫌煩復也。且觀其全回用筆，一氣趕下，「嘈嘈切切錯雜彈，大珠小珠落玉盤」，此文似之。

第二十二回
漁色徇財計臣致亂　表忠流血信國成仁

　　卻說元將張弘範，既破厓山，置酒大會，邀文天祥入座，語他道：「汝國已亡，丞相忠孝已盡，若能把事宋的誠心，改作事元，難道不好作太平宰相麼！」天祥流涕道：「國亡不能救，做人臣的死有餘辜，況敢貪生事敵麼！天祥不敢聞命！」弘範也稱他忠義，遣使送天祥赴燕，弘範亦率軍北還。只有一個西僧楊璉真珈，曾掌教江南，借了元兵勢力，到處姦淫婦女，並發掘宋朝陵寢，及大臣墳墓，凡一百餘所，陵墓裡面的金玉，盡行掠取，不必說了，他還想將諸陵屍骨，與牛馬枯骼，聚作一堆，作為鎮南浮屠。虧得會稽人唐珏，目不忍睹，典鬻借貸，湊得百金，陰召諸惡少飲酒，席間泣語道：「你我皆宋人，坐看陵骨暴露何以為情？我擬竊取陵骨，易以他骨，望諸君助我臂力！」諸惡少許諾，乃於夜間易取陵骨，邀與唐珏。珏已造石函六具，刻紀年一字為號，隨號收殯，瘞葬蘭亭山後；又移宋故宮冬青樹，植立塚上，作為標識，後人才曉得宋帝遺骸，不與畜類為伍，這也可謂宋祖有靈了。（皇帝屍骸，幾儕牛馬，後世梟雄，何苦再作皇帝夢耶！）

　　張弘範北還後，未幾病卒，此外開國功臣，或亦因百戰身疲，相繼謝世。還有一位賢德皇后，也於滅宋後兩年，抱病而終。后弘吉剌氏係德薛禪的孫女，父名按陳，從前太祖后李兒帖，與按陳為姊弟行。太宗時，曾賜號按陳為國舅，封王爵，令統弘吉剌部，且約生女為后，生男尚公主，世世不絕，所以有元一代的皇后，多出自弘吉剌氏。世祖后天性明敏，曉

第二十二回　漁色徇財計臣致亂　表忠流血信國成仁

　　暢事機，宋帝㬎被虜，入朝燕都，宮廷皆歡賀，唯后不樂，世祖道：「我今平江南，從此不用兵甲，眾人皆喜，爾何為獨無歡容！」后跪奏道：「從古無千年不敗的國家，我子孫若能倖免，方為可賀！」世祖默然，又嘗把南宋珍寶，聚置殿廷，令后遍視，后一覽即去。世祖徐問所欲，后覆答道：「宋祖歷年積蓄，留與子孫，子孫不能守，為我朝有，難道我忍私取嗎？」是時宋太后全氏至京，不服水土，后嘗代她乞奏，遣回江南。世祖不允，且語道：「妳等婦人，沒有遠慮，今日若遣她南歸，倘或浮言一動，反令我沒法保全，倒不如留她在此，時加存恤，令她安養便罷。」后聞言，特別厚待全太后。此外如婉言進諫，隨時匡正，恰非小子所能盡述。

　　自后歿後，繼后係故后從姪女，仍是弘吉剌氏，雖史家也稱她賢德，究竟不及故后；且因世祖年邁，輒預聞朝政，未免貽誚司晨。世祖待遇繼后，亦不及從前的愛敬，所以採選民女，時有所聞，又嘗遊幸上都，託詞避暑，其實是縱情聲色，藉此圖歡。上都就是開平府，世祖稱燕京為中都，所以號開平為上都。上都裡面，舊有妃嬪等人，未曾南徙。蒙古以往的陋俗，做阿弟的可收兄妻，做兒子的可烝父妾，就是淫奔苟合，易妻掠婦的事情，也是數見不鮮，很少顧忌。這元世祖粗豪豁達，哪裡願作柳下惠，魯男子，看了前朝的妃嬪，多半年輕守孀，寂寂寡歡，樂得與之解悶，做一個風流天子。這妃嬪們見主子多情，難免順水使舟，迎雲作雨，還管什麼名分不名分，節烈不節烈，所以羊車望幸，百轉柔腸，麀聚為歡，五倫廢置。古人說得好，上行下必效！元世祖既這般同樂，那皇親國戚，中間，自有不肖之徒，怎麼不相率效尤，上烝下淫，習成風氣！民間有姦淫等情，有司也不欲過問，且聞於歲首元宵，縱民為非，淫汙宸極，穢瀆閨門，自古以來，也是罕見呢！（始謀不臧，奚怪子孫。）

　　還有一樁連帶的關係，好色的人主，大率好財。世祖在位三年，就用了回人阿合馬專理財賦。阿合馬竭智盡能，想出了兩條計策：一條是冶鐵；

一條是榷鹽。從前河南鈞徐等州，俱有鐵礦，官吏隨鐵多寡，作為稅額。阿合馬欲大興鼓鑄，遂括民三千，日夕採冶，每歲輸鐵，定要他一百三萬七十斤，不準短少。於是冶鐵的民工，無論曾否如額，只好照數補足，這叫做整頓鐵冶的效果。河東素多鹽池，小民越境私販，價值較廉，競相買食，以此官鹽滯銷，歲課短絀，每年止七千五百兩。阿合馬請歲增五千兩，不問諸色兵民，皆要出稅，這叫做增加鹽課的效果。（名為理財，實是硬派，且恐貪吏中飽尚是不少，歷代財政，多蹈此弊，可嘆！）

世祖稱他為能，遂擢為平章政事。阿合馬得勢益橫，竟欲罷御史臺及諸道提刑司，還是廉希憲面折廷爭，方才罷議，嗣復添立江南榷官，什麼榷茶運司，什麼轉運鹽使司，什麼宣課提舉司，多至五百餘人，大半是阿合馬的爪牙。他的子姪，不做參政，就做尚書，惱了廷臣崔斌，把他參奏一本，說他設官害民，一門悉處要津，有虧公道。世祖雖略加採納，裁併冗吏，奈始終寵任阿合馬，不以為罪。尋遷斌為江淮行省左丞，阿合馬遂乘機報復，遣使清算江淮錢穀，捏稱左丞崔斌，與平章阿里伯、右丞燕鐵木兒，私自勾結，盜取官糧四十萬，及擅易命官八百餘員，應命官查勘治罪。世祖准奏，令都事劉正往驗，查無實證，參政張澍等，奉旨再往，迎合阿合馬微意，竟將崔斌等鍛鍊成獄，置諸死刑。

皇太子真金（一作精吉木。）素懷仁孝，聞崔斌等已定死罪，方食投箸，急遣快足止住，已是不及。於是遠近咸憤，民怨沸騰，益都千戶王著，密鑄大錘，與妖人高和尚謀，擬擊殺阿合馬。適皇太子從帝赴上都，留阿合馬守燕京，著遂遣二僧至中書詐稱太子還都作佛事。被禁衛高觿、張九思盤詰，倉卒失對，遂將二僧拘訊，尚未得供，不意樞密副使張易，又受了偽太子命，率兵至東宮。高觿問他來意，易與附耳道：「太子有敕，速誅左相阿合馬。」這語一傳，弄得各人似信非信，不得不遣使出迎。王著令黨人冒稱太子，見一個，殺一個，奪馬馳入建德門。時已二鼓，至東

第二十二回　漁色徇財計臣致亂　表忠流血信國成仁

宮前，傳呼百官，阿合馬揚鞭而來，被王著手下的黨羽，推墜馬下，責他欺君害民，立出銅錘，擊他腦袋，甫一下，即腦漿迸出，仆地死了。（民脂民膏，吸得太多，所以叫他迸出。）又殺死中書郝鎮，拘執右丞張惠。頓時禁中大鬧，秩序紊亂。高觿、張九思開門呼道：「這是賊人倡亂，哪裡是真皇太子？」便叱衛士速捕亂黨。留守布敦，持梃擊倒偽太子，亂黨遂奔，被擒數十名。高和尚逃去，唯著挺身請囚。高觿等亟遣報上都，世祖聞報，立命和爾郭斯馳歸討逆，拿住高和尚及張易與王著，皆棄市。著臨刑大呼道：「王著為天下除害，今日雖死，他日必令人紀念，我死也值得了！」（王著雖自稱除害，然矯令擅殺，不為無罪。）

亂已定，世祖已返燕都，還道阿合馬等冤死，擬加撫卹。樞密副使孛羅（一作博羅。）歷陳阿合馬罪狀，方大怒道：「該殺！該殺！只難為了王著。」覆命剖棺戮屍，縱犬拖食，人民聚觀，無不稱快。阿合馬家產，籍沒充公，復逮其子忽辛（一作湖遜。）至。忽辛時為江淮右丞，既被逮，敕廷臣雜問，忽辛歷指道：「汝等曾受我家錢財，怎麼問我？」嗣至參知政事張雄飛，先問忽辛道：「我曾受過你家錢財否？」忽辛答稱沒有，雄飛道：「如此說來，我應當問你！」遂審實忽辛的罪名，正法伏辜。世祖復聞郝鎮黨惡，亦令戮屍。還有右丞耿仁，與郝鎮同罪，下獄論死。其餘奸黨，一律罷黜，並汰冗官七百十四人，罷官署二百餘所，內外總算一清。

世祖乃加意求治，遣都實（一作篤什。）窮探河源，命郭守敬定授時曆，焚毀道書，創始海運，詔諸路歲舉儒吏，蠲免燕南、河北、山東逋賦。招衍聖公孔洙，為國子祭酒，提舉浙東學校，統是一時美政，傳播人口。

忽有閩僧上言，報稱土星犯帝座，防有內變。世祖本尊崇僧侶，曾拜拔思巴為帝師，皈依釋教。至是聞閩僧告變，自不免迷信起來。且因平宋以後，江南多盜，漳州民陳桂龍及兄子陳吊眼，起兵據高安砦。建寧路總

管黃華，叛據崇安、浦城等縣，自號頭陀軍，稱宋祥興年號，福州民林天成，也揭竿相應。又有廣州民林桂方、趙良鈐等，擁眾萬餘，號羅平國，稱延康年號。雖經諸路元帥，剿撫兼施，或殺或降，然大勢尚未平定。（各處小丑未為小害，故隨筆略過。）自閩僧告變後，復聞有中山狂人，自稱宋主，有眾千人，欲取丞相。京城亦得匿名揭帖，內言某日燒蓑城葦，率兩翼兵起事，定卜成功，願丞相無憂等語！先是帝㬎被虜，至燕京，降封瀛國公，令與宋宗室大臣，寓居蓑城葦。既得揭帖，乃將蓑城葦撤去，遷瀛國公及宋宗室至上都。疑丞相為文天祥，有旨召見。

　　天祥初入燕，至樞密院，見使相孛羅。孛羅欲使拜，天祥長揖不屈，仰首自言道：「天下事，有興有廢，自帝王以及將相，滅亡誅戮，何代沒有？天祥今日，願求早死！」孛羅道：「汝謂有興有廢，試問從盤古至今，有幾帝幾王？」天祥道：「一部十七史，從何處說起？我今日非應考博學鴻詞，何必泛論？」孛羅道：「汝不肯說興廢事，倒也罷了，但汝既奉了主命，把宗廟土地與人，何故復逃？」天祥道：「奉國與人，是謂賣國，賣國的人，只知求榮，還願逃去麼？我前除宰相不拜，奉使軍前，即被拘執，已而賊臣獻國，國亡當死；但因度宗二子，猶在浙東，老母亦尚在粵，是以忍死奔歸！」（侃侃而談，純是忠孝。）孛羅道：「棄德祐嗣君，（德祐係帝㬎年號。）別立二王，好算得忠麼？」天祥道：「古人有言，『社稷為重，君為輕。』我別立君主，無非為社稷計算！從懷、愍而北，非忠，從元帝為忠；從徽、欽而北，非忠，從高宗為忠。」孛羅幾不能答。忽又道：「晉元帝、宋高宗，皆有所受命，你立二王，並非正道，莫不是圖篡不成？」天祥大聲道：「景炎（帝昰年號。）乃度宗長子，德祐親兄，難道是不正麼？德祐去位，景炎乃立，難道是圖篡麼？陳丞相承太皇命，奉二王出宮，難道是無所受命麼？」說得孛羅面赤頰紅，變羞成怒道：「你立二王，究有何功？」（遁辭知其所窮。）天祥道：「立君所以存宗社，存一日，

第二十二回　漁色徇財計臣致亂　表忠流血信國成仁

盡臣子一日的責任，管什麼有功無功？」孛羅覆道：「既知無功，何必再立？」天祥亦憤憤道：「汝亦有君主，汝亦有父母，譬如父母有疾，明知年老將死，斷沒有不下藥的道理！總教吾盡吾心，才算無愧，若有效與否，聽諸天命！天祥今日，一死報國，便算了事，何必多言！」（義正詞嚴，足愧孛羅。）

孛羅即欲殺天祥，還是世祖及廉、許各大臣，憫他孤忠，不欲用刑。至謠言迭起，召諭天祥，要他變志事元，即拜丞相，天祥答道：「天祥係宋朝宰相，不能再事二姓，請即賜死，便算君恩！」世祖心猶未忍，麾之使下，經孛羅等進諫，不如從天祥志，免生謠諑，世祖乃下詔殺天祥。

天祥被押至柴市，態度從容，語吏卒道：「吾事畢了。」南向再拜，乃就刑，年四十七歲。忽又有詔敕傳到，令停刑勿殺，事已無及。返報世祖，並呈天祥衣帶贊，大書三十二字，分作八句。看官記著，首二句是：「孔曰成仁，孟曰取義；」中二句是：「唯其義盡，是以仁至；」末四句是：「讀聖賢書，所學何事？而今而後，庶幾無愧！」世祖連讀連嘆，且太息道：「好男子！好男子！可惜不肯為我用，現已死了，奈何！」（能令雄主贊惜，畢竟忠義動人。）乃贈天祥盧陵郡公，諡忠武。命王積翁書神主，設壇祭醊。飭孛羅行奠禮。孛羅方臨壇奠爵，忽然狂颶大作，燭滅煙銷，上面擺著的神主，好似生有兩翼，陡然騰起，捲入雲中。（此事見諸正史，並非作者捏造。）孛羅大驚，乃令改書神主，寫著前宋少保右丞相信國公數字，倉皇祭畢，天始開霽。燕京人民，相率駭異。

天祥盧陵人，所居對文筆峰，因自號文山。平生作文，未嘗屬草，一下筆，便數千言。流離中感慨悲悼，一發於詩，閱者見之，莫不流涕。其妻歐陽氏收天祥屍，面色如生，義士張毅甫，給資歸葬，適母夫人曾氏遺柩，亦由家人自粵奉歸，同日至城下，相傳為忠孝的報應。後儒有輓文丞相詩二首道：

塵海焉能活壑舟？燕臺從此築詩囚。雪霜萬里孤臣老，光獄千年正氣收。諸葛未亡猶是漢，伯夷雖死不從周。古今成敗應難論，天地無窮草木愁。

　　徒把金戈挽落暉，南冠無奈北風吹。子房本為韓仇出，諸葛安知漢祚移？雲暗鼎湖龍去遠，月明華表鶴歸遲。何人更上新亭飲？大不如前灑淚時。

　　天祥一死，謠言漸靖。不意遼東來一警報，說是十多萬大兵，俱死在日本海中了。是何原因，請看下回。

　　讀元奸臣阿合馬傳，令人生恨，莫不欲舉刀斫之。讀宋忠臣文天祥傳，令人起敬，莫不欲頂禮奉之，可見天道雖或無憑，人心尚有公理。是回前敘阿合馬事，後敘文天祥事，一則顯揭其奸，一則詳述其忠，語淺意深，老嫗都解，較諸史傳之餉人，為益尤大。史傳非盡人能讀，且非盡人得讀，獲此一編，非舉兩弊而悉去之耶！此外雜以他事，有美有惡，雖循史家依事畢書之例，而盛衰之感，隱寓其中，不特簡略之分已也。

第二十二回　漁色徇財計臣致亂　表忠流血信國成仁

第二十三回
征日本全軍盡沒　討安南兩次無功

　　卻說中國海東，有一日本國，與高麗國僅隔海峽，以其地近日出，故名日本。唐時曾遣使入貢，至元代征服高麗，與日本尚未通使。世祖至元二年，高麗人趙彝等，來元修好，奏稱日本可通，請世祖遣使東往。世祖本是個好大喜功的雄主，（好大喜功四字，是世祖一生注腳。）一聞趙彝等言，自然樂從。當於次年秋季，命兵部侍郎赫德，充國信使，禮部侍郎殷弘為副，齎國書東行。至高麗，國王王禃，亦遣使為導，航海至日本。既抵岸，未見有人出迎，只得西歸。世祖又命起居舍人潘阜等，持書復往，留居日本六月，全然不得慰問，也只好回來。

　　至元六年，高麗權臣林衍作亂，倡議廢立，國王禃情急入朝，乞為援師。世祖乃發兵萬人，送禃回國。會林衍已死，亂黨聞元軍大至，相率遠竄。禃復王位，高麗無事。乃覆命祕書監趙良弼東往，並飭高麗王禃，派人送至日本，期在必達。良弼到了日本，始終不見國王，只與日本官吏彌四郎相見，彌四郎引他至太宰府西守護所。據守吏言及，從前被高麗所紿，屢云上國要來伐我，所以不接來使。今聞上國好生惡殺，實出意料。可惜中國王京，去此尚遠，只好先遣人從使回報，他日再當通好等語。良弼無奈，乃遣從官張鋒，先偕日使二十六人，馳還燕京。世祖召姚樞、許衡等入見，並問道：「日使此來，恐是受主差遣，來窺中國強弱，他稱由守護所差來，不盡確實，卿等以為何如？」姚樞、許衡齊聲道：「誠如聖慮，現不應準他入見，只宜待他寬仁，看他以後作何對待，再作計較。」

（以人治人，計非不是，然懷柔之道究不在此。）世祖點頭稱善。

　　姚、許退後，留日使居住客舍，兼旬不得召見。日使索然無味，即乞歸。趙良弼聞日使返國，也即啓程回來，嗣後良弼復往返一次，仍是徒勞跋涉。看官！這日本是東方舊國，也有君主臣民，為什麼元朝行人，往來如織，他竟置諸不理，似痴聾一般哩！（我亦要問。）說來話長，小子不遑細敍，只好略說數語，令看官粗識原因。原來日本當日，藩臣擅權，方主閉關政策，首藩北條時宗尤為頑固，無論何國使臣，一概拒絕。元使入境，還算特別客氣，任他來去自由。至若遣使偕行，虛與周旋，是第一等好意。偏偏元主不明情由，硬要向他絮聒，反令他惱恨起來，決計謝絕。

　　至元十一年，高麗王王禃殂，世子睶襲爵。世祖以高麗歸順有年，把皇女忽都魯揭里迷失遣嫁嗣王，並命他發兵五千，助征日本。於是命鳳州經略使實都，及高麗軍民總管洪茶邱，率大小舟九百艘，載水師一萬五千，會同高麗兵士，航海入日本境。日本聞元兵到來，也不遣將出戰，只令兵民守住要隘，堅壁以待。元兵路陌生疏，不敢鹵莽進攻，耽延了好幾日，費了若干糧餉，若干弓箭。迨至矢盡糧竭，不得已擄掠四境，捉住幾個日人，奪了一些牛馬，便算了事，回來報命。（日境雖是難攻，元將恰也沒用。）

　　越年，世祖又遣禮部侍郎杜世忠，兵部侍郎何文著等，往使日本，被他拒絕。到了至元十七年春間，再命杜世忠等東行，（只知遣使，何益於事，反要送他性命。）所齎國書，未免說得嚴厲，惱動了日本大臣，竟將杜世忠等殺死。那時世祖聞報，自然大怒，遂命右丞相阿嚕罕，右丞范文虎，及實都、洪茶邱等，調兵十萬，浩蕩東征。

　　阿嚕罕年老力衰，無志遠行，只因君命所委，不敢推辭，沒奈何硬著頭皮，率師東指。途中屢次延宕，及到高麗，竟逗留不進，只說是風水不利，未便行軍。嗣後接連會議，或說宜進兵一歧島，可扼日本要口；或說

宜先取平壺島，作屯兵地，然後轉攻一岐。阿嘍罕茫無頭緒，未免心緒不寧，自是食不安，寢不眠，遂致老病復發，拜表辭職。未幾死於軍中。

世祖令左丞相安塔哈往代，尚未到軍，范文虎志欲圖功，從前受制阿嘍罕，不能自專，嘗譏他老朽無用，至阿嘍罕死後，軍中要推他為統帥，一朝權在手，便把勢來行，當下出令發兵，竟往平壺島出發。平壺島四面皆水，日本人稱為懸海，西面有五島相錯，叫做五龍山。元兵既到平壺島，一望無垠，方擬覓地寄泊，俄覺天昏地黑，四面陰霾，那車輪般的旋風，從海面騰起，頓時白浪翻騰，嘯聲大作。各舟蕩搖無主，一班舵工水手，齊聲呼噪，舟內的將士，東倒西歪，有眩暈的，有嘔吐的，就是輕舉妄動的范文虎，也覺支持不定。當下各舟亂駛，隨風飄漾，萬戶厲德彪，招討王國佐，水手總管陸文政等，統是逃命要緊，不管什麼軍令，竟帶著兵船數十艘，乘風自去。

范文虎見各船散走，心中焦急起來，忙飭大眾趨避五龍山。既到山下，檢點各舟，十成中已散去三四成。留著的兵艦，多半是帆折檣摧，篷傾舵側。（可見海軍不可不練，輪船不可不製。）嘆息了一回，只得令兵士休息數天，將船中所有器械，漸漸修整。可奈海上的風勢，接連不斷，稍靜片刻，又是怒號。況此時正值涼秋天氣，商颶司令，不肯遽停。到了仲秋朔日，颶風復至，范文虎以下各將，懲著前轍，統嚇得魂不附體，三十六計，走為上計，慌忙揀擇堅船，解纜西遁。（虎是文的，無怪外強中乾。）

軍中失了主帥，又沒有完善的舟楫，進退無據，只有一個張百戶，算做最高的官長，當由軍士推戴，號為張總管，聽他約束。張總管乘風勢少鍛，令軍士登山伐木，修造船隻，意圖歸還。不料日本兵艦，竟從島中駛出，來殺元軍。看官！你想元軍雖有數萬，到此還能廝殺麼？你推我讓，彼驚此駭，結果是上天無路，入地無門，有二、三萬人喪身刃下，有二、

三萬人溺斃海中，還有二、三萬人，作日本俘囚。日本問是蒙古兵、高麗兵，盡行殺死。唯赦南人萬餘名，令作奴隸，後來逃還中國，只有三人。（中國向迷信星命，未知這三人命中究屬何如？）那時這位張總管不知下落，想總是與波臣為伍了。

范文虎逃歸後，報稱敗狀，並歸咎厲德彪、王國佐等，先自遁還，不受節制。（諉過於人，庸夫長技。）嗣經安塔哈調查，厲德彪等逃至高麗，將部兵遣散，自己也隱姓埋名，避匿他方，一時捕獲不著，遂成懸案。世祖覆命安塔哈為日本行省丞相，與右丞徹爾特穆爾，左丞劉二巴圖爾，募兵造舟，再圖大舉。中丞崔彧及淮西宣慰使昂吉爾，都上書諫阻，世祖不從，可巧占城抗命，有事南征，只好將東征問題，暫時擱起一邊。

且說占城在交趾南方，舊稱占婆國。自兀良哈台征服交趾後，曾遣使招致占城，未得實報。世祖令右丞唆都，（一作索多。）引兵南下，就國立省。占城王子補的，負固不服，遂命唆都進討。唆都率戰船千艘，道出廣州，浮海至占城。占城發兵迎戰，號稱二十萬，兩軍在南海中，鏖鬥起來，魚龍避匿，鯨鱷潛蹤，自辰牌殺到午牌，未分勝負。唆都大憤，帶著敢死士數百名，鼓舟直進，各軍亦不敢怠慢，魚貫而入，頓將敵艦沖開，趁勢掩殺。占城兵不能抵禦，立刻奔潰，被殺及被溺的兵卒，共五萬人。唆都復進兵大浪湖，與占城兵再戰，又斬首數萬級，遂乘勢薄城。王子補的遁入山谷，城中乞降。

唆都入城撫民，擬窮追補的，忽來了占城大吏，名叫寶脫禿花，說是奉王子命，納款輸誠。唆都道：「既願歸降，應即來見！」寶脫禿花只稱貢品未備，須延期數日，唆都照允，遣他歸去，轉瞬經旬，杳無音信。唆都方知是詐，引兵深入。轉戰至木城下，四面都是堡砦，不由唆都不懼，下令還軍。行未數里，斜刺裡忽閃出占城人馬，來截歸路，唆都猝不及防，幾乎被他躪躒。虧得眾軍死戰，方得走脫。檢點軍士，已是一半傷亡，只

得退出占城，奏請濟師。（唆都亦非將材。）

　　世祖封第九子脫歡為鎮南王，令與左丞李恆，領兵南下，往會唆都軍。脫歡欲假道安南，乘便出占城，並命安南國王陳日烜，接濟軍糧。去使還報，日烜願隨力助餉，但不肯假道。脫歡不問允否，只管前進，行入安南，見境上俱有重兵紮住，拒絕元軍，乃紮住大營，整備與戰。安南管軍官阮盉，竟出兵接仗，不到數合，阮盉敗走。元軍奮勇驅入，殺得安南兵七零八落，擒住安南將杜偉、杜祐。當下審問，始知日烜從兄陳峻，職封興道王，扼守界上，不許通道。脫歡遂行文招諭，教他退兵開路，未見答覆。乃再麾兵深入，迭破要隘，獲安南大將段臺，興道王陳峻遁走。

　　元軍在途中，拾得遺棄文字二紙，乃日烜致脫歡公文。內稱：「前奉詔敕，軍不入境，今因占城抗命，大軍經過本國，殘害百姓，是太子所行違誤，本國不能任咎。伏望仍遵前詔，勒回大軍，本國當具貢物馳獻」等語。脫歡閱畢，即令書狀官覆文，略說：「我朝命討占城，曾移文汝國，命汝開路備糧，不意汝違朝命，使興道王等提兵迎敵，射傷我軍。我軍不得已接戰，是禍及汝民，實由汝自己開釁。今與汝約，即日收兵開道，安諭百姓，各務生理，我軍所過，秋毫無犯，否則蹂躪汝國，毋貽後悔云云。」（恃強脅迫，未免不情。）

　　這書方發，忽由偵探來報，安南王日烜，調集軍船千餘艘，來助興道王拒戰了。脫歡道：「他既如此倔強，不如從速進兵。」遂督師親往，直抵富良江，只見江中排著一字兒戰船，高懸興道王旗幟，彩色鮮明。（徒有形色。）乃命將士駕筏前攻，大小並進，四面駛擊，奪得敵船二十餘艘，興道王覆敗走。元軍縛筏為橋，渡過江北，岸上統豎著木柵，由元軍用炮猛攻，守兵亦發炮還擊，聲震天地。到了晚間，來了安南使臣阮效銳，奉書謝罪，且請班師。脫歡不允，次日復攻木柵，柵內已寂無一人。即令軍士拆卸，通道進兵，徑薄安南城下。日烜已棄城遁去，其弟益稷，率屬迎

降。脫歡入城，搜查宮內，毫無珍物，只留文牘等件，亦盡行抹毀，料知日烜已盡室而去。亟遣將士追襲，獲住官吏多人，唯日烜不知去向。是時唆都已引兵來會，奉脫歡命，亦窮追日烜，向南去訖。

　　脫歡寓居安南城，無糧可因，軍士亦多勞瘁，加以水土不服，瘴癘交侵，未免日有死亡，不得已議定退兵。於是出城北旋，仍抵富良江口，方登山伐木，以便築橋通渡，不防山林裡面，統是安南兵伏著，一聲呼嘯，伏兵四起，都惡狠狠地來殺元軍。元軍倉猝迎戰，紀律不整，軍械不全，眼見得為敵所乘，有敗無勝。脫歡一面督戰，一面令軍役速築浮橋，等到橋可通人，岸上的元軍，已有一半受傷。脫歡先自過橋，留李恆斷後。（顧己不顧人，好一個大元帥。）那安南兵見元軍渡江，索性用著毒箭，順風四射。元軍且戰且行，橋狹人多，不堪普濟。更兼毒矢飛來，左右閃避，就使倖免箭鏃，也要失足落水。因此元軍各隊，不是中箭，就是被溺，好多時才得渡完。李恆亦帶隊過來，右頰已受箭傷，血流滿面。安南兵尚思追逐，虧得元軍手快，把橋拆斷，方能止住追兵。這一番廝殺，元軍吃虧不小，狼狽入思明州，李恆創重死了。還有唆都一軍，與脫歡相去二百里，追寇不及，中道折回。總道脫歡尚在故處，仍由原路還軍，誰知到了乾滿江，前後左右，統是安南兵殺到。唆都無從趨避，拚著命與他奮鬥。可奈殺開一重，又是一重，殺開兩重，又有兩重，等到殺透重圍，手下已是零落，身上亦受重傷，看看前面又是江流，無橋可渡，後面的呼殺聲，尚是不絕，進退無路，投江而死。殘眾亦都隨著，撲通撲通的數十響，葬身魚腹去了。（統是枉死。）

　　世祖聞報，憤急得了不得，更發蒙古軍千人，漢軍新附四千人，南往思明，歸鎮南王節制，再討安南。覆命左丞相阿爾哈雅等，大徵各省兵，陸續接濟。吏部尚書劉宣，奏稱安南臣事已久，歲貢並未愆期，似在可赦之列。且鎮南王出兵方回，瘡痍未復，若再令進討，兵士未免寒心。況且

南交一帶,蠻瘴甚深,不如少緩時日,徐作後圖。世祖覽奏,乃遣使往諭脫歡,令其自籌行止。脫歡覆稱從緩進行,唯日烜益稷,為兄所逐,自拔來歸,應如何處置?請旨遵行云云。世祖乃令脫歡還軍,並居益稷於鄂州,容圖後舉。

　　至元二十三年,詔封益稷為安南國王。覆命鎮南王脫歡,統率江淮、江西、湖廣三省蒙古軍,及漢軍七萬人,雲南軍六千人,海外四州黎兵萬五千人,再伐安南,並納益稷。所有右丞阿八赤,程鵬飛暨參政樊楫以下,統歸鎮南王調遣,於是水陸並舉,分道南進。安南王陳日烜,聞元兵大舉,也分道防守。元兵銳氣大張,逢關即破,遇險即登,大小十七戰,都得勝仗,遂深入國都。日烜仍用舊法,棄城入海,脫歡再入城中,仍令將士航海追尋。看官!你想,這大海茫茫,渺無津涯,憑你東尋西覓,哪裡獲得住日烜?不過徒然跋涉,多勞軍士罷了。(前詳後略,用筆得體。)用兵數月,已是至元二十五年仲春,右丞阿八赤語脫歡道:「敵棄巢穴,遠竄入海,意將待吾疲敝,再出爭戰。我軍統是北人,到了春夏交季,瘴癘將作,何能支持!敵弗就擒,吾糧且盡,不如退歸為是!」脫歡遲疑未決,會日烜復遣使請降,(仍是緩兵之計。)乃頓兵待著。相持有日,仍無音耗。脫歡遣阿八赤等沿海巡查,返報海口有安南兵。正擬遣兵往攻,奈天氣日炎,疫癘又作,所得險隘,連報失守,不得不率眾退還。那陳日烜恰是厲害,從海上集眾三十萬,繞出安南國北方,到了東關,截住元軍歸路,連營以待。元軍也自防著,步步為營。(變換前文,不特免復沓之病,且揆情度理,亦應如此。不然脫歡為元帥,豈竟不戒覆轍耶!)既近東關,偵知安南兵在前,各懷著小心,上前奪路。安南兵初次接戰,倒也不甚起勁,只沿途散處,日與元軍戰數十合,他唯搶奪軍械,任他自走。迨元軍行至東關,面面皆山,安南兵都占住山腳,差不多如螞蟻一般。元軍正在駭愕,不期敵軍隊裡,鼓聲一響,千萬桿箭鏃,復撲面飛來。正是:

第二十三回　征日本全軍盡沒　討安南兩次無功

　　日暮途窮天地黑；風淒血薄鬼神愁。

　　畢竟元兵如何抵禦？且看下回便知。

　　元世祖即位以後，統一中原，宜乘此休養士民，修文偃武，古人放牛歸馬之風，何不可遵而行之？況元自太祖稱尊，至世祖滅宋，相傳其屠戮人數，共一千八百四十七萬有奇。既已統一海內，更宜止殺行仁，乃復窮兵東伐，黷武南征，天道惡盈，寧肯令其常勝耶？故無論阿嘍罕等之不足將兵，皇子脫歡等之未克料敵，而揆諸理數，亦斷無永久不敗之理。本回雖第述戰事，而於篇首之「好大喜功」四字，已評定世祖人品。以下逐節寫來，處處寓著譏刺，知寓戒之意深矣！

第二十四回
海都汗連兵構釁　乃顏王敗走遭擒

　　卻說元軍至東關遇敵，被安南兵連放毒箭，將士又復遭傷當下裹瘡力戰，還是殺不退敵兵。阿八赤、樊楫兩人，保住脫歡先行，只望突過東關，便好脫險。那安南兵偏專望大纛殺來，勢不可當，任你阿八赤、樊楫等努力衝突，總是無路可走。阿八赤遂語脫歡道：「王爺顧命要緊，須扮做兵士，莫令敵軍注目，方可逃生。我等願誓死報國了！」脫歡聞言，便卸下戰袍，帶著親卒，混入各軍隊裡，伺隙逃走。（曹阿瞞割鬚棄袍，倒被他模仿得來。）阿八赤、樊楫兩人，竟爾戰死。脫歡正偷出重圍，安南兵又復追上。幸前鋒蘇都爾領了健卒，轉身奮戰，才將安南兵截住。可笑這位鎮南王脫歡，窮極智生，不敢徑行大道，只望僻處奔逃，虧此一著，保全性命，（要算大幸。）

　　到了思明州，敗軍始陸續奔來。仔細檢查，十死五六，比前次損失，還要加倍。脫歡惱喪異常，只好據實奏聞。世祖以脫歡兩次敗還，勃然震怒，便下詔切責，令他留鎮揚州，終身不準入覲。一面擬另簡良將，指日再征。

　　尋得安南來使，貢入金人一座，且卑詞謝罪，方把南征事暫行擱置。是時連歲用兵，多半無功。只諸王相答吾兒（一作桑阿克達爾。）及右丞臺布等，分道攻緬國，還算得手，收降西南夷十二部，直指緬城。緬國即今緬甸，與雲南接壤，役屬附近各部落，聲焰頗盛。至是為元兵所敗，遁入白古。嗣復遣人乞降，願納歲幣，元軍方還。所有印度、暹羅及南洋群

第二十四回　海都汗連兵構釁　乃顏王敗走遭擒

島諸部落，亦聞風入貢，元威算遍及西南了。

世祖雄心未已，復擬斂財儲餉，再征日本及安南。盧世榮以官利邀寵，嘗自謂生財有法，不必擾民，可以增利。因即擢他為右丞。他遂濫發交鈔，妄引匪人，專權攬勢，毒害吏民。嗣經陳天祥奏彈，方召世榮入朝對質，由世祖親自鞫訊，一一款服，才命正法。

天下事福無雙至，禍不單行。盧計臣方才伏辜，皇太子偏又病劇。這皇太子便是真金，起病的原因，自王著矯殺阿合馬，真金心中，已不自安。到至元二十二年，忽有南臺御史，奏請內禪。臺臣以世祖精神矍鑠，定不准奏，遂將原奏擱起。其時盧世榮未戮，引用阿合馬餘黨，竟借公濟私，奏稱太子陰謀禪位，臺臣擅匿奏章；那時世祖未免忿怒，只因太子素來盡孝，還算勉強容忍，不加詰責。嗣被太子聞知，憂懼成疾，醫藥罔效，竟與老父長別，仙逝去了。（真金以仁孝聞，所以轉筆加褒。）

世祖方悲悼未休，忽西北一帶，警耗迭傳，竟有同族相殘的禍案，釀成分裂。於是接連用兵，擾擾了好幾十年。這亂源早已伏著，小子久思敘入，因恐文字夾雜，轉眩人目，不如總敘一回，省得枝枝節節。看官閱著，由小子一一敘來。原來，元太祖即大汗位，至世祖統一神州，先後不過七十年，除亞細亞洲極北部，及亞細亞洲極南部外，全洲統為元有，就是歐洲東北土，亦為元威所及，真是一個大帝國，自中國黃帝以來，所絕無僅有的。當時蒙古諸王族，各有分土，最大者有四國，分述如下：

（一）伊兒汗國　自阿母、印度兩河以西，凡西方亞細亞一帶地，統歸管領，亦稱伊蘭王國。旭烈兀子孫，君臨於此，都城在瑪拉固阿。

（二）欽察汗國　在伊兒汗國北方，東自吉利吉思荒原，西至歐洲馬加境，舉禿納河（即多瑙河。）下流，及高加索以北地，統歸管領，或稱金黨汗國。拔都子孫，君臨於此，都城在薩萊。

（三）察合台汗國　阿母河東面，及西爾河東南，凡天山附近的西遼

故土，統歸管領。察合台子孫，君臨於此，都城在阿力麻里。

（四）窩闊台汗國　凡阿爾泰山附近的乃蠻故土，統歸管領。窩闊台（即太宗。）子孫，君臨於此，以也迷里附近，作為根據地。

這四汗國就封後，一切內政，由他自理，名義上仍由元主統馭。世祖乃建阿母河行省，監制伊兒、欽察兩汗國；置嶺北行省，監製窩闊台汗國；設阿力麻里及別失八里兩元帥府，監製察合台汗國。還有一班皇族宗親，分鎮滿洲，因立遼陽行省，作為監督。總道是內外相維，上下相制，好作子孫帝王萬世的基業。（秦始皇以郡縣治天下，元世祖以分封治天下，俱欲長治久安，後來都生禍亂，可知徒法不能自行。）無如法立弊生，福兮禍倚。窩闊台汗國，自憲宗嗣位後，早懷不平。（應第十九回。）至世祖入繼，阿里不哥構釁，太宗孫海都，為窩闊台汗國首領，曾隱助阿里不哥，謀傾世祖。阿里不哥敗亡，海都汗靜蓄兵力，志圖大逞。

是時察合台早死，其從孫亞兒古為察合台汗，與海都聯盟。世祖探知底細，遣使至察合台汗國，黜逐亞兒古，別立察合台族曾孫八剌為汗。且命連結欽察汗國，與拔都孫蒙哥帖木兒彼此相倚，共制海都。誰知八剌不懷好意，反嗾使海都，合圖欽察汗國。海都引兵入欽察境，蒙哥帖木兒已早聞知，潛出兵襲擊海都後面。海都還軍抵敵，八剌又背了海都，竟將海都所侵地，占據了去。（楊畏三變，尚愧勿如。）海都憤不可遏，卑辭向欽察汗乞和，且得欽察援兵，殺退八剌。八剌很是刁狡，貽書海都，只說要乞師燕都，與他拚命。海都正防這著，不得已與他講和。由是三汗勾連，同會於怛羅斯河畔，模仿庫里爾泰會，推海都為蒙古大汗。

海都傳檄伊兒汗國，令他一同推戴，共抗燕都。伊兒汗國的始祖，是旭烈兀，繫世祖親弟，向來服從世祖。旭烈兀歿後，他子阿八哈，承父遺志，不肯附和海都。海都遂與八剌聯兵，攻入伊兒汗國東境，一面約欽察汗、蒙哥帖木兒侵略伊兒汗國西北。阿八哈頗有父風，熟嫻兵事，竟調集

部眾,逆擊海都、八剌的聯合軍。兩軍相遇,阿八哈略戰即退,誘敵兵深入險地,用四面埋伏計,衝破敵兵。海都八剌幾乎被擒,幸虧逃走得快,方得保命。

阿八哈既戰退聯合軍,復去迎截欽察兵。這欽察兵頗是厲害,聞著阿八哈到來,他竟退歸,至阿八哈回去,他復出來,弄得阿八哈疲於奔命,積勞成疾,未幾身死。子阿魯渾嗣立。阿八哈弟阿美德不服,屢與相爭。阿魯渾雖尚能支持,究竟內亂未平,不暇對外,所以海都的勢焰,愈加鴟張,竟欲入逼燕都。

元廷早議往討,世祖以誼關宗族,不忍發兵,只遣使招諭。(假惺惺。)海都不肯應詔,乃遣皇子耶木罕為大帥,與憲宗子昔里吉,及木華黎孫安童,統兵防禦。不意昔里吉反叛應海都,竟將耶木罕、安童兩人,拘禁營中。那時世祖聞報,急令右丞相伯顏,率兵往救耶木罕等。伯顏兼程而進,聞昔里吉已導海都部眾,將入和林。於是火速進兵,遇昔里吉於鄂爾坤河畔,麾眾直前,攻破昔里吉營帳,救出耶木罕、安童。昔里吉遁走。正擬乘勝窮追,忽來了燕都欽使,促伯顏還朝。

伯顏班師南歸,入見世祖,世祖語伯顏道:「海都未平,乃顏(一作納延。)又復謀逆,所以促卿歸來,商決軍事。」伯顏道:「乃顏也敢謀逆麼?究竟有無實據?」世祖道:「乃顏屢次徵兵,朕命行省闍里帖木兒不得輒發,聞他時出怨言,將來必要為逆了。」伯顏道:「西北諸王,多得很哩。若乃顏一反,脅從王族,恐怕亂禍蔓延。現不如乘他未發,遣使宣撫為是。」世祖問何人可遣?伯顏自請一行,遂奉旨去訖。

看官,你道乃顏究屬何人?原來就是太祖弟別里古台的曾孫。別里古台曾受封廣寧路、恩州二城,以斡難克魯倫兩河間為駐牙地,子孫世襲為王。傳至乃顏,適當海都倡亂,受他運動,遂思徵兵助逆。(敘述明晰。)

伯顏既奉命北行,車中滿載衣裘,每至一驛,輒把衣裘頒給,驛吏很

是感激。（為大事者，不惜小費。）及與乃顏相見，反覆慰諭，乃顏含糊答應。伯顏窺出私意，料非口舌所能挽回，竟不待告辭，夤夜出走。驛吏爭獻健馬，遂得速遁。至乃顏發兵來追，已是馳出境外。

迨返報世祖，很是憂慮。宿衛使阿沙不花道：「欲討乃顏，須先安撫諸王，諸王歸命，乃顏勢孤，不怕不受擒了！」世祖稱善，便命他往說諸王。阿沙不花有口辯才，一入西北境內，就揚言乃顏投誠。諸王聞言，為之氣沮，自是所如無阻，把諸王說得屏足斂容，不敢抗衡。（可見應對之長，斷不可少。）

至阿沙不花歸還，世祖遂決議親征，用桑哥（一作僧格。）為尚書，斂財助餉。桑哥本盧世榮餘黨，一握政權，免不得暴斂橫徵。世祖急於討逆，哪裡管得許多。將要啟蹕，先遣諭北京等處宣慰司，令與乃顏部民，禁絕往來。所有京內兵吏，不得持弓挾矢，於是乘輿北發，肅靜無嘩。

既入乃顏境內，見麾下將校，多與乃顏部兵，立刻相向，釋仗對語。世祖很以為憂。左丞葉李密啟道：「兵貴奇不貴眾，臨敵當用計取。現看蒙古將士，與乃顏部多是親暱，哪個還肯為陛下出力？徒然勞師糜餉，不見成功。臣請令漢軍列前，用漢法督戰，再用大軍斷他後路，示以死鬥。乃顏玩視我軍，必不設備，待我大軍沖入，無慮不勝！」（元代嘗重用蒙古軍，所以葉李有此計議。）

世祖依言，諭左丞李庭等，部勒漢軍，充作前鋒。至撒兒都魯地方，見前面塵飛沙起，料知叛兵到來，便下令布陣，列馬以待。乃顏兵如排牆，號稱十萬，前哨頭目，名叫塔布臺，隨後的頭目，名叫金嘉努。乃顏自領中軍，疾馳而至。世祖麾軍與戰，廝殺了一日，未分勝敗，薄暮收軍。

次日世祖再督軍逆戰，乃顏堅壁不出，當即還軍。兩下相持數日，彼此沒甚動靜，司農卿鐵哥獻議道：「乃顏不來出戰，明是有意頓兵，他欲

第二十四回　海都汗連兵構釁　乃顏王敗走遭擒

待我師老，方來邀擊，若與他相持，正中詭計。現請布一疑陣，淆亂敵心，令他自行退去，才可用奇兵致勝哩。」世祖問計將安出？由鐵哥附耳道：「如此如此！」世祖大喜，依計行事。

乃顏雖然堅守，每日偵探元軍。一夕，得偵騎來報，說是元主據著胡床，張蓋飲酒，態度很是從容，旁有大臣陪著，很是閒適，莫非長此駐紮不成。（密計從偵騎敘出。）乃顏忙與塔布臺等商議，塔布臺道：「元主如此閒暇，定是兵糧饒足，我若與他久持，反受牽制，不如乘夜退去，據險扼守罷了。」乃顏被他一語，倒也心動，便令部眾潛退。部眾得了歸命，巴不得即日回去，頓時收拾行裝，全營忙亂。

事被李庭探悉，即請世祖發令，引敢死士十餘人，執著火炮，夜入敵陣。乃顏部眾，正要奔走，不防炮火射入，聲如震雷，斯時大眾無心戀戰，便一閧兒的逃散。李庭遂率漢軍奮擊，繼以玉昔帖木兒所領的蒙古軍，先後追殺，如虎逐羊。漢軍向被蒙古輕視，至此特別猛厲，顯些威風。蒙古軍見漢軍奮勇，也有爭功思想，顧不得什麼情誼，況已得了勝仗，樂得乘勢驅逐，殺個爽快。（遣將不如激將，便是此意。）只乃顏部眾，確是晦氣，走到東遇著漢軍，跑到西碰著蒙古軍，更且黑夜迷濛，辨不出道路高低，就是倖免鋒刃，也因心慌腳亂，隨地亂僕。塔布臺受創身死，金嘉努不知去向。乃顏抱頭亂竄，已達數里，正慮元軍追著，喘吁吁的縱轡急逃。不意道路崎嶇，馬行未穩，猛覺得一聲崩蹋，那馬足陷入泥淖中，竟將乃顏掀翻地下。殘眾只管自逃，一任元軍追到，將他擒去。看官，你想叛逆不道的罪犯，還能保全性命麼？梟首以後，還要分屍，這也毋庸瑣述。

世祖班師而回，既到燕京，忽由遼東宣慰使塔出，飛驛馳奏，略說乃顏餘黨失都兒等，入犯咸平，請速濟師。世祖遂令皇子愛牙赤，領兵萬人，馳驛往援。時咸平東北一帶，多與乃顏連結，塔出恐他蔓延，急與麾

下十二騎，星夜前行，沿途徵集數百人，直抵建州。適遇失都兒前軍，約有數千名，頭目叫做大撤拔都兒，來攻塔出。塔出毫不畏怯，當先陷陣，麾下數百人，也各自為戰，以一當十，竟將大撤拔都兒殺退。

塔出兩中流矢，仍指揮自如，與未受痛楚一般。忽得偵報，叛黨從間道西出，將襲皇子愛牙赤軍，遂又調兵千名，繞道遮截。至懿州附近，與叛黨帖古歹相遇，兩陣對圓，只見帖古歹執旗麾眾，意氣揚揚，塔出拈弓搭箭，颼的一聲，穿入敵陣，不偏不倚的中了帖古歹口中，鏃出項間，頓時墜馬身死，餘眾不戰自潰。塔出追至阿爾泰山，方才收兵。

回至懿州，懿州人民焚香羅拜道旁，都涕泣道：「非宣慰公到此，吾輩無噍類了！」塔出下馬慰諭道：「今日逐出叛黨，上賴皇帝洪福，下賴將士勇力，我有什麼功績，勞汝等敬禮？」（勞謙君子有終吉。）遂慰諭人民，令他們歸去；一面露布告捷，世祖下詔嘉獎，賞他明珠虎符，充蒙古兵萬戶。皇子愛牙赤亦引還，無如乃顏餘黨，尚是未靖，海都又屢寇和林，於是令皇孫鐵木耳，（一作特穆爾。）巡守遼河，右丞相伯顏，出鎮和林。小子有詩嘆道：

胡人好殺本無親，構怨連年殺伐頻；
為語前車宜後鑑，莫教骨肉未停勻！

畢竟叛黨能否平靖？容俟下回續陳。

海都構亂，兩汗響應，即西北諸王如乃顏者，亦起而響應，是為元代分裂之原因，即為蒙俗殘忍之報應。憲宗蒙哥不經庫里爾泰會透過，即竊據大位，妄肆殺戮。彼非應承大統之人，乃恃強稱帝，自殘同類，亦何怪宗族之解體乎？世祖得國，與乃兄無異，加以窮兵黷武，暴斂橫徵，外患未靖，而內亂迭作，誰為為之，以至於此！幸其時猶稱全盛，不致遽亡；然履霜堅冰，其像已見，讀此回應為之黯然！

第二十四回　海都汗連兵構釁　乃顏王敗走遭擒

第二十五回
明黜陟權姦伏法　慎戰守老將驕兵

　　卻說乃顏餘黨，尚出沒西北，頭目為火魯火孫及哈丹等，攻掠邊郡未下。經皇孫鐵木耳北巡，遣都指揮土土哈等擊破火魯火孫，復戰勝哈丹，收復遼左，置東路萬戶府，嗣是西北稍安。哈丹雖屢來擾邊，終被守兵擊退；只海都屢寇和林。伯顏尚未出發，世祖命皇孫甘麻剌（一作葛瑪拉，係鐵木耳長兄。）往徵，會同宣慰使怯伯等軍，共擊海都，一面命土土哈移軍接應。怯伯陽迓甘麻剌，陰與海都勾通，軍至杭愛山，怯伯反引海都部眾，來擊甘麻剌，將他困在垓心。甘麻剌左衝右突，卒不得脫，心中焦急萬分。幸土土哈率軍殺到，突入圍中，將甘麻剌翼出，令他先行，自率軍斷後，敵眾不肯就舍，統跨馬追來。土土哈挑選精銳，依山設伏，俟追軍將近，先與截殺，佯作敗走形狀，誘敵眾入山，呼令伏兵齊起，一律殺出。敵兵腹背受敵，幾乎敗潰，虧得人數眾多，分隊抵敵。殺了一場，究竟有輸無贏，只好奪路遁去。

　　世祖聞報，復議親征，師至北方，土土哈率軍來會，由世祖撫背慰諭道：「從前我太祖經營西北，與臣下誓同患難，嘗飲班珠爾河流水，作為紀念。今日得卿，不愧古人，卿其努力，毋負朕意！」（應第九回。）土土哈拜謝。海都聞世祖親到，不戰自退。

　　世祖回軍，適福建參知政事，執宋遺臣謝枋得，送至燕京。枋得天資嚴厲，素負奇氣，嘗為宋江西招諭使。宋亡，枋得遁入建陽，賣卜驛橋，小兒賤卒，亦知他為謝侍御。至元二十三年，世祖遣御史程文海，訪求江

第二十五回　明黜陟權姦伏法　慎戰守老將驕兵

南人才，文海博採名士，選得趙孟適、葉李、張伯淳，及宋宗室趙孟頫等，(趙孟頫字子昂，為宋秦王德芳後裔，善書畫，冠以宋宗室三字，所以愧之。)共二十人，枋得亦列在內。時枋得方居母喪，遣書文海，力辭當選。嗣宋狀元宰相留夢炎，亦已降元，復薦枋得，枋得復致書痛責，極言江南士人，不識廉恥，非但不及古人，即求諸晚周時候，如瑕呂飴甥，及程嬰、杵臼廝養卒，亦屬沒有，令人愧煞等語。夢炎見書，未免心赧，虧得臉皮素厚，樂得做我好官，由他笑罵。(誰要你做過前朝的狀元宰相！此編大書前朝頭銜，已足令羞。)會天祐聞元廷求賢，佯召枋得入城卜易。既至，勸他北行。枋得不答，再三慰勉，乃嫚詞譙訶。天祐曲為容忍，偏枋得愈加倨肆，令他難堪。(有意為此。)遂反唇相譏道：「封疆大臣，當死封疆。你為宋臣，何故不死？」枋得道：「程嬰、公孫杵臼，兩人皆盡忠趙氏，程嬰存孤，杵臼死義。王莽篡漢，龔勝餓死。漢司馬子長嘗云：死有重於泰山，或輕於鴻毛。韓退之亦云，蓋棺方論定，參政何足語此？」天祐道：「這等都是強辭！」枋得道：「從前張儀嘗對蘇秦舍人云：『蘇君得志，儀何敢言？』今日乃參政得志時代，枋得原不必多言了！」天祐憤甚，硬令役夫舁他北行，臨行時，故友都來送別，贈詩滿幾。獨張子惠詩最切摯，中有一聯佳句道：「此去好憑三寸舌；再來不值半文錢！」(確是名言。)枋得覽至此句，嘆息道：「承老友規我，謹當銘心！」遂長臥眠篙中，任之舁行。途中有侍從進膳，他卻不食半菽，餓至二十餘日，尚是未死。既渡江，侍從屢來勸食，乃躊躇一番，(何故躊躇？看官試猜。)復少茹蔬果。及到燕京，已是困憊不堪。勉強起身，即問故太后攢所，及瀛國公所在地，見二十二回。匆匆入謁，再拜慟哭。(所以躊躇者，只為此耳。)歸寓後，仍然絕粒。留夢炎使醫持藥，雜米飲以進。枋得怒，擲諸地上，過了五日，奄然去世。世祖聞枋得死節，很是嘆息，命他歸葬。其子定之，遂往奉骸骨，還葬信州。(忠臣足以服梟雄。)

還有一位庸中佼佼的處士，姓劉名因，係保定容城人。他並未受職宋朝，只因蒙兒得國，不願委贄，專力研究道學，篤守周、邵、程、朱學說，並愛諸葛孔明靜以修身一語，表所居曰靜修。嗣經尚書不忽朮舉薦，有詔徵辟，乃不得已入朝。世祖擢為右贊善大夫。他敷衍了數日，奏稱繼母年老，乞歸終養，遂辭職去。所給俸祿，一律繳還。後復徵為集賢學士，仍以疾辭，世祖稱他為不召之臣，由他歸休。旋於至元三十年去世。贈翰林學士，封容城郡公，諡文靖。（劉因有知，恐不願受。）

劉因以外，第二個要算楊恭懿，他籍隸奉元。至元初年，與許衡俱被召，屢辭不起。太子真金，用漢聘四皓故事，延他入朝，與定科舉制度，及考正曆法。至曆成，授他為集賢學士，兼太史院事。恭懿辭歸，尋又召他參議中書省事，仍不就徵，與劉因同年告終。

元初大儒，應推這兩人為巨擘了。（特別揄揚。）此外要算國子監祭酒許衡。只許衡久食元祿，老歸懷孟，至七十三歲壽終。嘗語諸子道：「我為虛名所累，不能辭官，死後慎勿請諡，勿立碑，但書許某之墓四字，使子孫知我墓所，我已知足了！」（隱有愧意。）及死後，世祖加贈司徒，封魏國公，諡文正。衡雖悔事元朝，究竟有功儒教，元制有七匠、八娼、九儒、十丐等階級，幸有許衡維持，方將周、孔遺澤，絕而復續，略跡原心，功不可沒，這且按下不提。

且說世祖自西北還師，駐蹕龍虎臺，忽覺空中有震盪聲，地隨聲轉，心目為之眩暈，不覺驚訝異常。越日得各處警報，地震為災，受害最劇，要算武平路，黑水湧出地中，地盤突陷數十里，壞官署四百八十間，民居不可勝計。於是命左丞阿魯渾涯里（一作諤爾根薩里。）召集賢翰林兩院官，詢及致災的原因。各官都注意桑哥，只是怕他勢大，不敢直言。（地震之災，未必由桑哥所致，然桑哥虐民病國，諸臣不敢直言，仗馬寒蟬，太屬誤事。）獨集賢直學士趙孟頫，因桑哥鉤考錢穀，有數百萬已收，未

收還有數千萬，縱吏虐民，怨苦盈道，遂奏請下詔蠲除，借弭天災。世祖遂命草詔，適為桑哥所見，悻悻道：「此詔必非上意。」孟頫道：「錢穀懸宕，歷徵未獲，此必由應徵人民，死亡殆盡，所以不曾奉繳，若非及時除免，他日民變驟起，廷臣得便上書，怕不要歸咎宰輔麼？」桑哥嘿然無言，方得頒詔。

後來世祖召見孟頫，與言葉李、留夢炎優劣。孟頫道：「夢炎是臣父執，操行誠實，好謀能斷，有大臣風。葉李所讀的書，臣亦讀過，所知所能，臣亦自問不弱。」世祖笑道：「你錯了！夢炎在宋為狀元，位至丞相，當賈似道執政時，欺君誤國，他卻阿附取容，毫無建白。李一布衣，尚知伏闕上書，難道不遠勝夢炎麼？」

孟頫撞了一鼻子灰，免冠趨出。乃與奉御徹里相遇，便與語道：「上論賈似道誤宋，責留夢炎不言，今桑哥誤國幾過似道，我等不言，他日定難逃責！但我是疏遠的臣子，言必不聽，侍御讀書明義，又為上所親信，何不竭誠上訴，拚了一人的生命，除卻萬民的殘賊，不就是仁人義士麼！」（你於宋亡時何不拚命，至此卻教人拚命，自己又袖手旁觀，好個聰明人，我卻不服。）徹里不覺動容，答稱如命。

一日，世祖出獵㳇北，徹里侍著，乘間進言，語頗激烈，世祖黜他詆毀大臣，命衛士用錘批頰，血流口鼻，委頓地上。少頃，復由世祖叫問，徹里朗聲道：「臣與桑哥無仇，不過為國家計，所以犯顏進諫。若偷生畏死，奸臣何時除？民害何時息！今日殺了桑哥，明日殺臣，臣也瞑目無恨了！」（如徹里者，不愧忠臣。）世祖大為感動，遂召不忽朮密問，不忽朮數斥桑哥罪惡多端，乃降敕按驗。廷臣遂相率彈劾，你一本，我一折，統說桑哥如何不法，如何應誅。世祖召桑哥質辯。那時臺臣百口交攻，任你桑哥舌吐蓮花，也是辯他不過。況且事多實據，無從抵賴，沒奈何俯伏請罪。世祖遂把他免職，一面命徹里查抄家產，所積珍寶，差不多如內藏一

般。返奏世祖，世祖憤憤道：「桑哥為惡，始終四年，臺臣寧有不知的道理？知而不言，應得何罪？」御史杜思敬道：「奪官追俸，唯上所裁！」（你前時何亦溺職。）於是臺臣中斥去大半，阿魯渾涯里與桑哥同黨，亦奪職抄家。葉李同任樞要，一無匡正，亦令罷官。先是桑哥專寵，一班趨炎附勢的官員，稱頌功德，為立輔政碑，奉諭俞允；且命翰林學士閻復撰文，說得非常讚美。至是已改廉訪使，亦坐罪免官。（未免冤枉。）

世祖欲相不忽朮，與語道：「朕過聽桑哥，以致天下不安，目下悔之無及，只可任賢補過！朕識卿幼時，使從學政，正為今日儲用，卿毋再辭！」不忽朮道：「桑哥忌臣甚深，幸蒙陛下聖鑑，諒臣愚忠，得全首領。臣得備位明廷，已稱萬幸，若再不次擢臣，無論臣不敢當，就是朝廷勛舊，亦未必心服呢！」世祖道：「據你看來，何人可相？」不忽朮道：「莫如太子詹事完澤。（《元史》作旺札勒。）曩時籍阿合馬家，抄出簿籍，所有賂遺近臣，統錄姓氏，唯完澤無名。完澤又嘗謂桑哥為相，必敗國事，今果如彼所料，有此器望，為相定能勝任了！」（不忽朮有讓賢之美。）世祖乃命完澤為尚書右丞相，不忽朮平章政事，朝右一清。

會中書崔彧，奏劾桑哥當國四年，賣官鬻爵，無所不為，親戚故舊，盡授要官，宜令內外嚴加考核，凡屬桑哥黨羽，統應削職為民云云。（真是打落水狗。）有旨准奏，遂徹底清查，把京內外官吏，黜逐無數。有湖廣平章政事要束木，（一作約蘇穆爾。）係桑哥妻舅，尤為不法，繫逮至京，籍沒家產，得黃金四千兩，遂將他正法。（今之官吏擁資數千萬，比要束木為何如？）自是窮凶極惡的桑哥，也被拘下獄，無可逃免，結果是推出朝門，斬首示眾。（貪官聽著。）嗣又有納速剌丁、忻都、王巨濟等亦被臺臣糾參，說他黨附桑哥，流毒江南，乞即加誅以謝天下。世祖以忻都長於理財，欲特加赦宥，經不忽朮力爭，一日連上七疏，乃一併伏罪，與桑哥的鬼魂，攜手同去了。（生死同行，可謂親暱。）

第二十五回　明黜陟權姦伏法　慎戰守老將驕兵

　　小子把朝事敘畢，又要回顧前文，把海都的亂事，接續下去。世祖自親征回蹕後，因窮究桑哥餘黨，不遑顧及外務。且因江南連歲盜起，如廣東民董賢舉，浙江民楊鎮龍、柳世英，循州民鍾明亮，江西民華大老、黃大老，建昌民邱元，徽州民胡發、饒必成，建平民王靜照，蕪湖民徐汝安、孫唯俊等，先後揭竿，更迭起滅，(看似隨筆敘過，實是隱咎元朝。)累得世祖宵旰勤勞，幾無暇晷。還要開會通河，鑿通惠渠，溝通南北，累興大役，因此把北方軍務，都付與皇孫甘麻剌，及左丞相伯顏。

　　伯顏出鎮和林，威望素著，海都有所顧忌，不敢近邊。會諸王明里帖木兒被海都唆使，來攻和林。伯顏出兵阻截，至阿撒忽突嶺，已見敵軍滿布，倚險為營。當下舉著令旗，當先陷陣，任他矢下如雨，只管冒險前進。各軍望風爭奮，頓時闖入敵營。明里帖木兒忙來攔阻，看伯顏軍似潮湧入，銳不可當，料知抵敵不住，索性回轉營後，扒山逃去。伯顏令速哥梯迷禿兒等追殺敵軍，自引兵徐徐退還。

　　到必失禿嶺，夕陽下山，伯顏仰望嶺上，飛鳥迴翔，彷彿似怕懼蛇蠍，不敢投林；遂令軍士向山紮營，嚴裝待命。諸將入稟伯顏，願即回軍。伯顏道：「你等不見嶺上的飛鳥麼？天色已晚，不敢歸巢，豈不是內有伏兵！若鹵莽前進，正中他計！」(老成持重，何至敗衂。)諸將道：「主帥既料有伏兵，何不上山搜尋，痛剿一番！」伯顏道：「夜色蒼茫，不便搜剿。」諸將再欲有言，被伯顏叱退，並下令軍中道：「違令妄動者斬！」(成竹在胸。)已而暮夜沉沉，連營寂寂，猛聽嶺上四起胡哨，不待偵卒還報，就令各營堅壁固守，遇有敵兵衝突，只準在營放箭，不得出營接仗，如有擅動，雖勝亦斬！(是謂軍令如山。)嚇得將士戰戰兢兢，謹守號令，果然敵兵來襲數次，統被飛箭射退。守至天明，軍令復下，飭各將士越嶺速追，遲緩者斬！(疊寫斬字，威聲凜凜。)當下將士遵令，立刻拔營登山，遙望敵兵，已向山後退去，便搖旗吶喊，縱轡賓士。敵兵前行如飛，

伯顏軍後追如電。將要追著，只見敵兵後隊停住，前隊紛亂，便即乘勢殺入。看官，你道敵兵何故失律？原來速哥梯迷禿兒追趕明里帖木兒，未及而還，從間道來會伯顏軍，巧遇敵兵遁走，就此截住。這時敵兵窮蹙異常，怎禁得兩路夾攻，有幾十百個生得腳長，還算僥倖逃生，此外都作刀頭之鬼。

伯顏掃盡敵兵，當即收軍。各將士都將首級報功，共得二千數百顆，遂打著得勝鼓，回至和林。會偵騎獲到間諜一名，由伯顏召入慰問，賜他酒食。諸將爭欲殺他，伯顏不許，放他歸去。臨行時，給發回書，並賞以金帛，諜使感謝而去。過了數日，得明里帖木兒復音，情願率眾歸降，諸將方知伯顏妙用，勝人一籌。（始懼以威，繼感以德，確是大將權謀。）

是時海都聞明里帖木兒敗還，大舉入寇，伯顏只令各處要隘，嚴守不戰。元廷還道伯顏怯敵，遂劾他久鎮北方，觀望遷延，無尺寸功，甚或說他通好海都。（信而見疑，忠而被謗，無怪豪傑灰心。）世祖半信半疑，遂詔授皇孫鐵木耳軍符，統握北方軍務，以太傅玉昔帖木兒（一作約蘇特穆爾。）輔行，召伯顏還居大同，靜待後命。

伯顏聞旨，並無慍色，諸將卻很是不平，咸請發兵對敵，先除海都，後接欽使。伯顏笑道：「要除海都，也沒甚難事，只恐諸君不聽我命。」諸將齊聲遵約，伯顏道：「既如此，且遣人止住欽使，待我除滅海都。」諸將喜甚，遂遣使止住鐵木耳等，一面麾軍出境，既遇敵營，伯顏令各軍往戰，只准敗，不准勝，違者斬。又出奇謀。諸將聞令，疑惑得很，奈因前誓遵令，不敢有違。便出與海都交綏，略略爭鋒，當即敗退。伯顏亦退軍十里下寨。次日便齊集聽令，見伯顏號令如故，仍復照行。伯顏復退軍十里下寨。一連五日，交戰五次，連敗五陣，退軍至五十里。諸將忍耐不住，都交頭接耳的談論伯顏。到第六日，伯顏下令，仍然照舊。諸將遂齊聲稟道：「連日退兵，長他人銳氣，滅自己威風，莫怪讒人鼓舌！還求改

令方好！」伯顏道：「我與諸君定有前約，如何違慢？多言者斬！」（復出二斬字，煞是奇異。）諸將忍氣吞聲，不敢不去，不敢不敗。接連又是兩日，復退軍二十里，一邊著著退步，一邊著著進行，惱得諸將性起，不管什麼死活，又來與伯顏爭辯。伯顏道：「這便所謂驕兵之計，你等哪裡知道！」諸將齊聲道：「戰了七日，敗了七陣，退了七十里，驕兵計也用得夠了，難道還要這般麼！」伯顏不禁長嘆。諸將復道：「我等願出滅海都，如或不勝，甘當重罰！」伯顏道：「諸君少安，待我說明。」正是：

老將驕兵操勝算，武夫好鬥騖奇功。

畢竟伯顏說出什麼話來？看下回明白交代。

謝枋得為宋盡忠，氣節不亞文山，足為後人圭臬。劉因、楊恭懿等，未曾仕宋，亦能高尚志節，許莫盧對之，應有愧色，此著書人之所以亟亟表彰也。世祖名為重儒，實是好武，因用兵而斂財，因斂財而任佞，阿合馬、盧世榮後，復有桑哥，三奸肆惡，元氣斲喪，雖先後伏誅，而民已不勝困敝矣。伯顏為元室良將，匪特用兵如神，即謹守不戰，亦為休養兵民起見，乃讒口囂囂，媒蘗其短，卒至瓜代之使，奉敕遙來，雄主好猜，老臣蒙謗，乃知劉因、楊恭懿之屢徵不至，固有特識，非第華彝之防己也。閱者於夾縫中求之，庶識著書人深意。

第二十六回
皇孫北返靈璽呈祥　　母后西巡臺臣匭奏

卻說伯顏因諸將爭議，復說明本意道：「海都懸軍入寇，十步九疑，我若勝他一仗，他即遁去。我擬誘他入險，使他自投羅網，然後一戰可擒。諸君定欲速戰，倘或被他逃走，哪個敢當此責？」諸將還是未信，覆道：「主帥高見，原是不錯，但皇孫及太傅等，停止中道，彼未知我密計，又向朝廷饒舌，恐多未便，所以利在速戰。主帥若慮海都脫逃，當由末將等任責！」伯顏復長嘆道：「這也是海都的僥倖，由你等出戰罷！」一聲令下，萬眾歡躍，便大開營門，聯隊出去。

海都因連日得勝，滿懷得意，毫不防著。正在飲酒消遣，偵卒來報，敵軍來了。海都笑道：「不過又來串戲。」隨即整隊上馬，出營督戰。說時遲，那時快，伯顏軍已踹入營盤，似生龍活虎一般，無人可當。海都部眾，紛紛退下，究竟海都老於戎事，見伯顏軍此次來攻，與從前大不相同，料得前番屢退，明是誘敵，遂招呼部眾，且戰且走。幸喜尚未入險，歸路平坦可行，不過兵馬受些損傷，自己還算幸脫。伯顏軍力追數十里，只奪了些軍械，搶了些馬匹，殺傷了幾百個敵兵，看著海都遠颺，不能擒獲，沒奈何收軍而回！伯顏道：「我說何如？」諸將惶恐請罪。（徒勇無益。）伯顏道：「此後你等出兵，須要審慎，有主帥的總須奉命；自己做了主帥，越宜小心，老夫年邁力衰，全仗你等努力報國，今日錯誤，他日可以改過，我也不願計較了！」（言下感慨不盡。）諸將感謝。

伯顏遂遣人往迓欽使。俟鐵木耳等到來，置酒接風，談了一番國務。

次日即將印信交與玉昔帖木兒，告別欲行。鐵木耳亦還酒相餞，舉杯問伯顏道：「公去何以教我？」伯顏亦舉杯還答道：「此杯中物請毋多飲！還有一著應慎，就是女色二字！」名論不刊。鐵木耳道：「願安受教！」（只恐受教一時，未必時時記著。）飲畢，伯顏自赴大同去訖。

是年已是至元三十年，安南遣使入貢，有旨拘留來使，再議南征。看官道是何故？原來至元二十八年，世祖曾遣吏部尚書梁曾，出使安南，徵他入朝。這時安南王陳日烜已死，其子日燇襲位，聞元使到來，擬自旁門接詔。梁曾以安南國原有三門，舍中就偏，明是懷著輕視的意思，遂寓居安南城外，致書詰責。三次往還，始允從中門接入。相見畢，曾復勸日燇入朝。日燇不從，只遣臣下陶子奇偕曾入貢。曾進所與日燇辯論書，世祖大喜，解衣為賜。廷臣見了，未免嫉忌，只說曾受安南賂遺。（妒功忌能之臣何其多乎？）世祖又召曾入問，曾答道：「安南曾以黃金器幣遺臣，臣不敢受，交與來使陶子奇。」世祖道：「有人說你受賂，朕卻不信；但你若稟過朕躬，受亦何妨。」（恐亦是現成白話。）廷臣又以日燇終不入朝，請拘留陶子奇。世祖允他所請，覆命諸王亦里吉觯等，整兵聚糧，擇日南征。

師尚未發，忽彗星出現紫微垣，光芒數尺。（似為世祖殂逝之兆。）世祖頗為憂慮，夜召不忽朮入禁中，問如何能弭天變？不忽朮道：「天有風雨，人有棟宇；地有江河，人有舟楫；天地有所不能，須待人為。古人與天地參，便是此意。且父母發怒，人子不敢嫉怨，起敬起孝；上天示儆，天子亦宜恐懼修省。三代聖王，克謹天戒，未有不終。漢文帝時，同日山崩，多至二十有九，就是日食、地震，也是連歲頻聞，文帝求言省過，所以天亦悔禍，海內承平。願陛下善法古人，天變自然消弭了！」（善補袞闕！）世祖聞言，不覺悚然，不忽朮複誦文帝〈日食求言詔〉。世祖道：「古語深合朕意。」復相與講談，直至四更方罷。是冬蠲賦賑飢，大赦天下。

越年元旦，世祖不豫，停止朝賀。次日，召丞相知樞密院事伯顏入

京。越十日,伯顏自大同歸。又越七日,世祖大漸。伯顏與不忽朮等入承顧命。又三日,世祖崩於紫檀殿,在位三十五年,享壽八十。親王諸大臣,發使告哀於皇孫。知樞密院事伯顏,總百官以聽。兵馬司請日出鳴晨鐘,日入鳴昏鐘,借防內變。伯顏叱道:「禁內何得有賊?難道你想作賊嗎?」會有役夫至內庫盜銀,被執,宰執欲立置死地,伯顏道:「嗣皇未歸,禁中無主,理應鎮靜為是!尋常小竊,稍稍加懲,便可了事,不宜施用大刑,自示張皇!且殺人必須主命,目今何命可承?」(可謂得大臣之度。)說得宰執啞然無語,自是宮廷肅靜,一如平時。過了數日,靈駕發引,葬起輦谷,從諸帝陵。總計世祖一生,功不補過,如迭任貪佞,屢興師徒,尊崇僧侶,汙亂宮闈四大件,最為失德。史臣稱他度量洪廣,規模宏遠,未免近於諛頌,小子也不必細辯了。

且說皇孫鐵木耳聞訃,從和林還朝,將至上都,遇著右丞張九思率兵迎駕,並奉上傳國璽一枚。這傳國璽並非世祖御寶,乃是歷代相傳的璽印。先是木華黎曾孫碩迪,已死而貧,其妻出玉璽一枚,鬻諸市間,為中丞崔彧所得。彧召祕書監丞楊桓,辨認印文,說是「受命於天,既壽永昌」八大篆字。彧驚異道:「這莫非是秦璽不成!」(秦璽早付灰爐,如何復能出現,況木華黎係元代世臣,既得此璽,安敢藏匿不獻,這是明明贗鼎,藉此以獻諛耳。)遂獻諸故太子妃弘吉剌氏。皇孫鐵木耳,係故太子真金第三子,是弘吉剌妃所生。妃得此璽,遂遍示群臣,丞相以下,次第入賀,俱稱世祖晏駕以後,方出此璽,明是上天留賜皇太孫,真可謂絕大喜事。乃遣右丞張九思,率禁卒數百名,齎璽迎獻。皇孫鐵木耳受璽後,喜形於色,慰勞有加。遂馳入上都,諸王宗親,文武百官,同日畢至,議奉皇孫為嗣皇帝。親王中或有違言,時太傅玉昔帖木兒亦隨皇孫同還,遂與晉王甘麻剌道:「宮車晨駕,神器不可久虛,曩日天賜符璽,已有所歸,王係宗親首領,何不早言?」甘麻剌點頭,正欲發言,見伯顏帶劍上殿,

第二十六回　皇孫北返靈璽呈祥　母后西巡臺臣匡奏

宣揚顧命，備述選立皇孫的意旨。甘麻剌遂乘勢附和，決立皇孫鐵木耳。諸王至此，不敢不從，遂皆趨殿下拜。鐵木耳乃南面即尊，下詔大赦，其辭道：

朕唯太祖聖武皇帝，受天明命，肇造區夏，聖聖相承，光熙前緒。迨我先皇帝體元居正以來，然後典章文物大備，臨御三十五年，薄海內外，罔不臣屬，宏規遠略，厚澤深仁，有以衍皇元萬世無疆之祚。我昭考早正儲位，德盛功隆，天不假年，四海觖望。顧維眇質，仰荷先皇帝殊眷，往歲之夏，親授皇太子寶，付以撫軍之任。今春宮車遠馭，奄棄臣民，乃有宗藩昆弟之賢，咸畹官僚之舊，謂祖訓不可以違，神器不可以曠，體承先皇帝夙昔付託之意，合詞推戴，誠切意堅。朕勉徇所請，於四月十四日即皇帝位，可大赦天下，尚念先朝庶政，悉有成規，唯慎奉行，罔敢失墜。更賴祖親勳戚，左右賢良，各盡乃誠，以輔臺德。布告遠邇，咸使聞知！

是詔下後，復上大行皇帝尊謚曰聖德神功文武皇帝，廟號世祖。追尊故太子真金為裕宗皇帝，生母弘吉剌氏為皇太后，改太后所居舊太子府為隆福宮。以玉昔帖木兒為太師，伯顏為太傅，月赤察爾（一作伊徹察喇。）為太保，並封賞各宗親百官有差。又放安南使陶子奇歸國，罷伐安南兵。朝政大定，乃移駕入燕都。鐵木耳後號成宗，小子依前文世祖故例，以下就改稱成宗了。

成宗即位後，河東守臣使獻嘉禾，稱為瑞徵。平章政事不忽朮問道：「汝境內所產，是否皆同？」來使答道：「只此數莖。」不忽朮笑道：「照此說來，於民無益，有什麼好處？」遂擱置不提。又西僧作佛事，每請釋放罪囚，謂可祈福，梵語叫傳「禿魯麻。」豪民犯法，統納賂西僧，乞他設法免罪；甚至奴僕戕主，妻妾弒夫，亦往往呼籲西僧，但教西僧答應，無論彌天罪惡，亦可邀免。有時西僧且為代請，被罪犯以帝后服，乘坐黃犢，款段出宮門，即謂增福消災，得度一切苦厄，帝后亦深信不疑。（據這般

法制，無罪的人，不如有罪的好。）不忽朮卻憤憤道：「賞善罰惡，是政治的根本，今第據西僧一言，便將罪犯赦免，就使逆倫傷化，也不足責，自古以來，無此法度呢！」成宗聞言，責丞相完澤道：「朕嘗有言戒汝，毋使不忽朮知道，今他退有後言，轉令朕生惶愧！」（欲要不知，除非莫為，況王道蕩蕩，豈可無故縱惡，諱莫如深耶！成宗之所以為成者，恐第成人之惡，非成人之美也。）又使人語不忽朮道：「卿且休言，朕今聽卿！」

未幾有奴告主人，主已坐罪被誅，詔令將主人官爵，給奴承襲。不忽朮又進奏道：「奴可代主，大壞天下風俗，將來連君臣上下，都可不管，請即收回成命！」成宗悔悟，乃將前旨取消。（視國事如兒戲，元政之顛倒可知。）完澤以不忽朮位在己下，特膺寵眷，且遇事直言，不少回護，心中未免啣恨。（不忽朮曾保薦完澤，今反恨他直言，人心之難料如此！）廷臣亦多與不忽朮有嫌，慫恿完澤。（直道難行，令人浩嘆。）完澤遂請不忽朮外用，調授陝西行省平章政事，成宗亦以為然。（無非恐他多言。）詔已下，被太后弘吉剌氏聞知，呼帝入內，與語道：「不忽朮係朝廷正人，先皇帝所付託，汝奈何令他外用？我實不解。」成宗乃留使在京，仍供原職。

是年十二月，有大星隕於西北，聲如雷鳴。廷臣共以為不祥，但未知有何變故。越數日，忽報太傅知樞密院事伯顏病歿，（備書官職，一如史家書法。）成宗悲悼輟朝。伯顏智勇深沉，曾將二十萬軍伐宋，如將一人，諸將仰之如神明。元將最喜屠戮，伯顏亦時申禁令，還朝未嘗言功，嗣後出御外務，入靖內訌，朝廷倚作長城，中外推為柱石，好算是一位出將入相的全材。卒年五十九，贈太師，諡忠武。

越年即成宗元年，年號元貞，寰宇承平，宮廷靜謐，沒有大事可表，唯授嗣漢三十八代天師張與材，為太素凝神廣道真人，管領江南道教。（信釋及道，所以特書。）又冊立駙馬托里斯女伯岳吾氏為皇后。（伯岳吾

第二十六回　皇孫北返靈氎呈祥　母后西巡臺臣匡奏

一作巴岳特。）后有才略，冊立後，成宗頗加敬憚，因此漸預外事，容後再表，（暗伏下文。）

元貞二年，贛州民劉六十，聚眾萬餘，私立名號。成宗遣將往徵，多半退縮不前，匪勢益盛。虧得江淮行省左丞董士選，親自往討。至興國，距賊營百里，命將校分守待命，先把奸吏貪民，查實正法。百姓很是感奮，爭出投效，遂導兵入賊寨，一鼓蕩平，六十就擒。士選拜表奏捷，但請黜贓吏數人，並不言殺賊功績。輿論稱他不伐，這也可謂元室良臣了。（不沒善人。）

越年，復改元大德，五臺山佛寺告成。山在山西五臺縣東北，五峰聳立，高出雲表，山上無林木，狀如臺然，因名五臺。先是世祖在日，深信佛教，嘗推拔思巴為帝師，尊信備至。凡西域郡縣土番地方，設官分職，盡歸帝師管轄。每遇大朝會，百官班列，帝師獨專席座旁，以此朝右大臣，莫得與帝師敵體。甚且帝后妃主，亦須向帝師前受戒，膜拜頂禮，帝師居然受拜。拔思巴又靠著些小才，創製蒙古新字，字僅千餘，字母四十有一，世祖令頒行天下，與梵文並重。升號拔思巴為大寶法王。至拔思巴死，贈他嘉號，幾乎記不勝記。看官記著，乃是皇天之下，一人之上，宣文輔治，大聖至德，普覺真智，佑國如意，大寶法王，西天佛子，大元帝師。（奇稱怪號，自古罕聞。）其弟亦憐真嗣職，亦憐真夭逝，西僧答兒麻八剌乞列承襲，權力如故。

世祖殂後，宮廷中迷信益深，成宗母弘吉刺氏，因飭建五臺山佛寺，命司程陸信等統率工役，驅役民夫，冒險入山谷，伐木運石，壓死至萬餘人。寺既成，弘吉刺太后，備駕臨幸，惹動了監察御史李元禮，竟草奏數百言，力為諫阻。中有扼要數語，錄述如下道：

五臺山建立寺宇，工役俱興，供億煩重，民不聊生。伏聞太后臨幸五臺，尤不可者有五：盛夏禾稼方茂，民食所仰，騎從經過，不無蹂躪，一

也。親勞聖體，經冒風日，往復數千里山川之險，萬一調養失宜，悔之何及！二也。天子舉動，必書簡策，以貽萬世，書而不法，將焉用之，三也。財非天降，皆出於民，今日支持排程，百倍曩時，而又勞民傷財，以奉土木，四也。佛以慈悲為教，雖窮天下珍玩供養不為喜，雖無一物為獻亦不怒，今太后欲為兆民求福，而親勞聖體，使天子曠定省之禮，五也。伏望回轅中道，端處深宮，上以循先皇后之懿範，次以盡聖天子之孝誠，下以慰元元之望；如此，則不祈福而福自至矣！

　　奏上，中丞崔彧見他言詞鯁直，不敢上聞，遂將原奏擱起。於是慈輿西幸，千乘萬騎，前後擁護，說不完的熱鬧，寫不盡的莊嚴。所過地方，供張浩繁，有司一律跪迎，盛稱太后仁慈，為民祈福。只河東廉訪使王忱，獨述建工時的損害；並謂建寺所以福民，福尚未及，害已先受，恐朝廷初意，未必如是云云。太后亦為動容，令頒給國帑，撫卹工役家屬。迨到了五臺，拈香已畢，賞賜僧侶也費了巨萬，實則統是民膏民脂。為了泥塑木雕的佛像，吸盡萬民血液，這又何苦呢！（當頭棒喝。）

　　太后回鑾後，忽侍御史萬僧，取元禮封章入奏，略稱崔中丞私暱漢人，李御史大言謗佛，俱應坐罪。惹得成宗惱恨起來，令完澤、不忽朮逮訊。完澤道：「往時臣亦入諫，太后謂先皇帝已有此心，非臣所知。」不忽朮恰云：「他御史懼不敢言，獨一元禮直諫，不特無罪，還當加賞！」（兩人枉直，可於言下見之。）成宗沈吟半晌，瞿然道：「御史元禮說的很是，遂任元禮原職，萬僧罷職。（弄巧成拙，世之好訐人者，俱應如此處置。）小子有詩詠道：

　　害人反把自身當，天道原來善惡彰；
　　我佛有靈應亦笑，痴迷喚醒即慈航。

　　五臺事了，八鄰又來警報，說是海都復猖獗得很，已由欽察都指揮使床兀兒，領兵抵敵去了。事詳下回，請看官續閱。

第二十六回　皇孫北返靈璽呈祥　母后西巡臺臣匡奏

　　故太子真金已死，世祖之意，將遞授皇孫，不應出使鎮邊，致有絕續之慮；況世祖年已八十，寧能長生不死乎？宮車晏駕，方遣使告哀，直至三月無君，幸有伯顏總己以聽，方得無事，否則殆矣！然猶須假璽愚民，帶劍宣命，以定策之大政，憑諸神道武力，僥倖成功，是固不足為後世訓，宜乎後嗣之奇變迭出也。成宗嗣立，佞佛如故。太后雖賢，卒不能脫婦人之見，以致親幸五臺。李元禮一諫，千古不朽，崔彧之匿不上聞，果奚為者？元之興不特僧侶，元之衰亡，實自僧侶貽之。上昏下蔽，何以為國耶？懲前毖後，請鑑是書！

第二十七回
得良將北方靖寇　信貪臣南服喪師

　　卻說海都被伯顏戰退，兩年不敢入寇。嗣聞世祖已殂，伯顏隨歿，復乘隙進兵，即將八鄰據去。八鄰亦稱巴林，在今阿爾泰山西北，勢頗險要。欽察都指揮使床兀兒，（一作綽和爾。）係土土哈三子，曾以從征有功，封昭勇大將軍，出鎮欽察。既聞海都襲據八鄰，遂一面馳驛奏聞，一面率北征軍越過金山，（即阿爾泰山。）攻八鄰地。

　　八鄰南有答魯忽河，兩岸寬廣。海都將帖良臺阻水紮營，伐木立柵，把守得非常嚴密。俟床兀兒師馳至，命將士下馬跪坐，持著弓矢，一排兒的待著。床兀兒本欲渡河，看他這般嚴備，不敢輕渡，但矢不能及，馬不能前，如何可以進攻！他竟想出一法：命麾下吹起銅角，清音激越，又令舉軍大呼，聲震林野。（這也是疑兵計。）帖良臺部下，大吃一驚，不知所措，相率起身上馬。床兀兒趁他慌亂，立即麾軍齊渡，湧水拍岸，木柵為之浮起。守軍失恃，嚇得腳忙手亂，所持弓矢，不是呆著，就是亂放，經床兀兒奮師馳擊，已沒有招架能力。帖良臺撥馬先逃，餘眾四散奔逸。床兀兒追奔五十里，不及乃還，把他人馬廬帳，一律搬回。

　　行至雷次河，遙見山上有大旗招展，料是海都遣來的援軍，當下挑選精銳，作為前鋒，由自己帶著，逕自渡河，奔山上岡。那山上的敵將，名叫孛伯，剛思下山對仗，不防床兀兒已經上山，執著令旗，舞著短刀，縱轡躍馬而來。孛伯亦仗膽上前，與他接戰，兩馬方交，床兀兒部下，已大呼殺入。那時不及爭鋒，急忙領兵攔截，無如顧彼失此，阻不勝阻，未到

第二十七回　得良將北方靖寇　信貪臣南服喪師

一時，已是旗靡轍亂，無可約束。大眾沿山奔竄，馬多顛躓，被床兀兒痛殺一陣，十死八九。只無從追尋孛伯，想是乘間脫逃，窮寇勿追，收軍回營，復遣使奏捷。成宗聞報，免不得有一番獎賞。

是時諸王也不干，係太宗庶孫，也叛應海都。駙馬闊里吉思，襲父高唐王孛要合封爵，疊尚公主。至是自請往討，成宗不許。三請乃允行，命大臣出都餞別。闊里吉思酹酒誓道：「若不平定西北，誓不南還！」（又是死讖。）遂慷慨北行。

至伯牙思地方，突遇敵軍前來，差不多有數萬人，即欲上前爭殺。部將謂寡不敵眾，應俟各軍齊集，方可與戰，闊里吉思道：「大丈夫矢志報國，臨難尚且不避，況我奉軍命北征，正為殺敵而來，難道定要靠人麼？」（語雖不錯，然徒恃勇力，究嫌鹵莽。）當下激厲孤軍，鼓譟前進，敵兵欺他兵少，未曾防備，被他殺得大敗虧輸。闊里吉思當即奏捷，由成宗賞他貂裘寶鞍，統是世祖遺物。

嗣至隆冬，諸王將帥，謂去歲敵兵未出，不必防邊。闊里吉思獨毅然道：「寧可多防，不可少防，今秋敵中候騎，來的很少，是如鷙鳥一般，將要擊物，必先遁形，奈何不加防備！」（此說很是。）諸王將帥，反以為迂。闊里吉思不暇與辯，只整頓兵備，嚴行防守。到了殘臘，果然敵兵大至。闊里吉思即與接仗，三戰三勝，乘勝追殺過去，直入漠北。道旁多山澤，坳突不平，各軍隨行稍緩，獨闊里吉思策馬當先，不管什麼利害，只自前進。誰知敵兵掘有陷坑，一不小心，竟爾失足，馬躓身僕，被伏兵活捉了去。後騎趕緊馳援，已是不及。

敵兵執送至也不干，也不干勸他歸降。闊里吉思不答，也不干道：「你若肯投順了我，我有愛女，願給你為妻。」闊里吉思抗聲道：「我乃天子婿，無天子命，令我再娶，豈可使得！況你身為王族，天子待你不薄，你何故背叛天子，私通海都？我今日被執，有死無降，你也不必籠絡我

了！」也不干憐他驍勇，不肯即誅，將他拘住別室。

　　成宗得知消息，令他家臣阿昔思特，赴敵探視。闊里吉思只問兩宮安否，次問嗣子何如？餘不多言。次日復與相見，闊里吉思覆語道：「歸報天子，我捐軀報國了！」（死得有名，但窮追致死，未免不智。）

　　阿昔思特尚未歸國，闊里吉思已經畢命。至阿昔思特返報，成宗追封為趙王。其子術安尚幼，令其弟木忽難襲爵。木忽難才識英偉，謹守成業，撫民御眾，境內乂安。（才過乃兄。）至術安年已成人，即將王爵讓還，（孝友可風。）術安尚晉王甘麻剌女，且請旨迎父屍歸葬，這是後話不提。

　　且說海都頻年寇邊，互有勝負，未能得志，至此又欲再舉，因察合台汗八剌去世，遂令其子都哇（一作都幹。）承襲為汗，並令他出兵為助，合軍南侵。成宗命叔父寧遠王闊闊出，（一作庫克楚。）總兵北邊，防禦海都。闊闊出怯弱無能，只連日奏聞警耗，乃改命兄子海山（一作海桑。）往代。海山有智略，既至軍，即簡練士卒，壁壘一新。會聞海都軍已至闊別列地方，忙督兵出戰，奮鬥一晝夜，竟殺退海都軍。

　　海都回軍休息，養足銳氣，過了一年有餘，復與都哇合兵，傾寨前來。海山早已探悉，急檄令諸王駙馬各軍，會師迎敵。都指揮使牀兀兒，聞命前來。海山聞他智勇過人，即迎入帳下，慰勞畢，即與商軍事。牀兀兒道：「用兵無他道，只張吾銳氣，毋先自餒，總可望勝。」言已，遂自請為先鋒。海山應允，即令各軍分為五隊，向金山出發。時海都軍已越山而南，至迭怯裡古地，兩軍相遇，海都軍倚山自固，聲勢銳甚。牀兀兒引著精銳，向前突陣，左右奮擊，所向披靡，海山麾軍接應，海都收隊退去。牀兀兒奮勇欲追，由海山止住，方回軍下寨。

　　次日，都哇引兵挑戰，牀兀兒復躍馬出營。海山忙出督陣，見牀兀兒揮刀前進，勢不可當，約一時許，已連斬敵將數員，不禁驚嘆道：「好壯

士！我自出陣以來，從沒有見過這般力戰。」方欲驅兵援助，那都哇兵已紛紛敗去，乃鳴金收軍。床兀兒還語海山道：「我正欲追殺都哇，王爺何故鳴金？」海山道：「海都此次入寇，聞他傾寨而來，其志不小，為什麼不耐久戰？想必別有詐謀！」（料事頗明。）床兀兒道：「王爺所慮甚是。」海山道：「我想明日出戰，令諸王駙馬，先與接仗，我與你從後接應何如？」床兀兒應命。

翌晨，進兵合剌合塔，由諸王駙馬各軍，前去攻擊，與海都軍混戰一場。海都麾兵徐退，諸王駙馬，一齊追上，忽敵軍分作兩翼，海都率右，都哇率左，從兩面包抄過來，將諸王駙馬各軍，圍住中心。頓時喊聲震地，呼殺連天，幾乎要把諸王駙馬，都吞將下去。諸王駙馬，知已中計，急欲突圍逃命，偏偏敵軍死不肯放，後來且箭如飛蝗，死傷甚眾，任你如何能耐，一些兒都沒用。方在驚惶失措，忽見敵軍左翼，紛紛自亂，有一大將舞刀突陣，帶著銳卒千名，隨勢掃蕩，竟入垓心。大將非別，就是欽察親軍都指揮使床兀兒！（一語千鈞。）諸王駙馬大喜，便欲隨他殺出。床兀兒道：「且慢！」言未已，敵軍右翼，復鼓譟起來，外面又闖入無數健卒，擁著一位大帥海山，聯轡入陣，把敵軍殺得東倒西歪。（筆法又變。）當下號召諸王駙馬，分隊馳殺，大敗敵軍。海都、都哇統行逃去，海山方整軍回營。

是曉復與床兀兒密議，守至黎明，即令各軍出營攻敵，自與床兀兒領著精銳，從間道去訖。（此處用虛寫，待後敘明。）各軍與海都交戰，只恐蹈著前轍，不敢奮勇爭先，海都軍反得乘間掩殺，恃眾橫行。正在興高采烈的時候，忽後面有兩軍殺到，一是元都指揮使床兀兒，一是元帥海山。海都見前後受敵，知難取勝，忙督軍奪路，向北遁去。都哇遲了一步，被海山部將阿什，發矢中膝，號哭而逃。海山追了一程，奪得無數輜重，方才班師。這一次大戰，方將海都的雄心，收拾了一大半，悵悵的回至本國

去了。都哇亦負創自去。

海山連章報捷，盛稱床兀兒戰功，並使尚雅思禿楚王女察吉兒。成宗亦非常欣慰，遣使賜以御衣。嗣因海都積鬱病亡，乃徵使入朝。成宗親諭道：「卿鎮北邊，累建大功，雖以黃金周飾卿身，尚不足盡朕意，況窮年叛逆，賴卿得除，不唯朕深嘉慰，就是先帝亦含笑九泉了。」遂賜以衣帽金珠等物，拜驃騎衛上將軍，仍使回鎮欽察部。

海都死後，子察八兒嗣，（一作徹伯爾。）都哇因懲著前敗，勸察八兒降成宗。察八兒不得不從，遂與都哇同遣使請降。欽察汗忙哥帖木兒勢孤，也束手聽命。於是西北四十餘年的擾攘，總算暫時安靖，作一段大結束。

後事慢表，且說緬國服元後，歲貢方物。大德元年，緬王的立普哇拿阿迪提牙，遣子僧合八的奉表入朝，並請歲增銀帛。成宗嘉他恭順，賜以冊印，並命僧合八的為緬國世子，給賞虎符。未幾，緬人僧哥倫作亂，緬王發兵往討，執其兄阿散哥也，繫諸獄中。尋將他釋出，不復問罪。阿散哥也偏心中懷恨，竟歸結餘黨，突入緬都，將緬王拘禁豕牢。旋且弒王，並害世子僧合八的，獨次子窟麻剌哥撒八，逃詣燕京。成宗乃命雲南平章政事薛綽爾，發兵萬二千人往徵。

薛綽爾奏報軍務，言緬賊阿散哥也倚八百媳婦為援，氣焰頗盛，應再乞濟師。雲南行省右丞劉深，且貽書丞相，備言八百媳婦應討狀。是時不忽朮已卒，完澤當國，以劉深言為可信，遂入朝勸成宗道：「世祖聰明神武，統一海內，功蓋萬世。今陛下嗣統，未著武功，現聞西南夷有八百媳婦叛順助逆，何不遣兵往討？彰揚休烈！」言未畢，中書省臣哈喇哈孫，出班奏道：「山嶠小夷，遠距萬里，若遣使招諭，自可使之來廷，何必遠勤兵力！況目今太后新崩，大喪才畢，尤宜安民節餉，毋自貽憂」。（從哈喇哈孫奏中歸結太后，亦是省文。）成宗不從，竟發兵二萬，屬劉深節

第二十七回　得良將北方靖寇　信貪臣南服喪師

制，往征八百媳婦。御史中丞董士選，復入朝力諫，大略謂輕信一人，勞及兆民，實是有損無益。成宗變色道：「兵已調發，還有何言？」說罷，即麾他出朝。士選怏怏趨出。

看官，你道八百媳婦究屬何國？相傳是西南蠻部，為緬國西鄰，其酋有妻八百，各領一寨，因名八百媳婦。（荒誕無稽，不能盡信。）劉深既奉命南征，取道順元。時適盛暑，蠻瘴橫侵，士卒死喪，十至七八，驅民運餉，跋涉山谷，一夫負米數鬥，數夫為輔，歷數十日乃達，死傷亦數十萬人。於是中外騷然。劉深復發奇想，欲脅求蠻婦蛇節，作為己妾。蛇節係水西土官妻，素有豔名，且趫健多力，喜著紅衣，土番號為紅娘子。（大約是美女蛇所變。）土官聞劉深硬索己妻，哪裡就肯繳出。遂去連結蠻酋宋隆濟，抗拒元軍。

隆濟捏詞諭眾道：「官軍將征發爾等，剪髮黥面，作為兵役，身死行陣，妻子為虜，爾等果情願否？」大眾齊稱不願。隆濟道：「如果不願，如何對付官軍？」大眾呼嚷道：「不如造反！」（正要他說此語。）隆濟道：「造反如何使得？」大眾道：「同是一死，如何不造反！」隆濟道：「造反須有領袖。」大眾道：「現在眼前，何必另舉？」遂推隆濟為頭目，隆濟復令水西土官，去挈蛇節。至蛇節到寨，果然美貌絕倫，武藝出眾。（名不虛傳。）隆濟遂撥眾千名，令她帶著。夜間卻召入蛇節，只說是密商兵事，誰知他已暗地勾通，肉身演戰。水西土官，因要靠著隆濟，不敢發言，隆濟反得坐擁嬌娃，先嘗滋味。（世之娶美婦者其慎諸。）

不到數日，已脅從苗、獠諸蠻數千人，破楊、黃諸寨，進攻貴州。知府張懷德力戰敗死。劉深聞警赴援，恰巧狹路逢著冤家。看官道是何人？就是朝思暮想的紅娘子。那時劉深拚命與戰，恨不得立刻抱來，同她取樂，偏偏這個紅娘子，狡獪異常，出陣打了個照面，偏回馬逃走。劉深哪裡肯捨，下令軍中，生擒蛇節者賞金千兩。於是各軍力追，直至深山窮谷

中，轉了幾個灣頭，蛇節不知去向。偏來了數千名土番，面目猙獰，狀貌可怖。（一班羅剎鬼。）他卻不知陣法，一味的跳來跳去，亂斫亂砍，弄得軍士手足無措，左支右絀。正驚愕間，蠻酋宋隆濟，復率眾馳到，將劉深軍攔入洞壑，四面用蠻眾圍住。（為了小洞，反入大洞。）劉深陷入絕地，只好束手待斃。（還是此時死了，省得後來梟首。）虧得鎮守雲南的梁王闊闊，恐劉深窮追有失，率兵接應，方殺退隆濟，將他救出。

隆濟復進圍貴州，劉深整兵再戰，只是不能取勝。相持數月，糧盡矢窮，引兵退還，反被隆濟追擊，把輜重盡行委棄，又喪失了數千兵士，狼狽逃歸。敗耗傳至燕京，成宗乃改遣劉國傑為帥，楊賽因不花（原名漢英，其先太原人，自唐時平播州，世有其地，元時其父納土，乃賜名楊賽因不花，一作楊賽音布哈。）為副，率四川、雲南、湖廣各省兵，分道進討諸蠻。

是時征緬統帥薛綽爾亦受緬人金賂，率兵遽退。元廷尚未聞知，封窟麻剌哥撒八為緬王，賜以銀印，令他回國。方要出發，緬賊阿散哥也，已遣弟者蘇入朝，自陳弒主罪狀，乞加寬宥，並願奉窟麻剌哥撒八回緬。至此訊悉征緬軍，已退回雲南。

那時薛綽爾奏報亦到，只託詞炎暑瘴癘，不便進兵，還師時反被金齒蠻邀擊，士多戰死等語。成宗大憤，遣吏按驗，查得薛綽爾圍緬兩月，緬城薪食俱盡，將要攻陷，雲南參知政事高慶，及宣撫使察罕，受納緬金，聳恿薛綽爾還軍，以致功敗垂成。於是高慶、察罕正法，免薛綽爾為庶人。獨劉深受完澤庇護，未曾加罪。南臺御史陳天祥，遂抗詞上奏，大旨是參劾劉深殃民激變，非正法無以弭禍。小子閱著原奏，不禁技癢起來，即信筆成詩道：

堯階乾羽化苗日；元室兵戈釀亂時。
誰是聖仁誰是暴？興衰付與後人知。

欲知原奏詳細，請看下回敘明。

　　海都肇亂四十年，戰殺相尋，幾無寧日，幸出鎮有人，或善攻，或善守，以此北方千里，尚未陷沒。海都不獲逞志，憂鬱以死。自是都哇倡議歸降，察八兒等同時聽命，三汗投誠，兵禍少弭；然勞師靡餉，已不知幾許矣！為成宗計，當口不言兵，專謀富教，庶乎承平之治，可以期成。乃復征緬國，征八百媳婦，憤兵不戢，必致自焚。迨悍酋妖婦，連結構兵，擾擾雲、貴者有年，劉深之肉，其足食乎？本回於北方之戰，歸功床兀兒；南征之役，歸罪劉深，而隱筆仍注意成宗，皮裡陽秋，可與言史矣。

第二十八回
蠻酋成擒妖婦駢戮　藩王入覲牝后通謀

　　卻說御史陳天祥，因劉深未曾加譴，抗疏嚴劾，說得洋洋灑灑，為《元史》中僅見文字。小子不忍割愛，節錄如下：

　　臣聞八百媳婦，乃荒裔小夷，取之不足以為利，不取不足以為害。而劉深欺上罔下，遠勞大眾，經過八番，縱橫自恣，中途變生，所在皆叛，不能制亂，反為亂眾所制，食盡計窮！倉皇退走，喪師十八九，棄地千餘里，朝廷再發四省之兵，以圖收復。比聞從徵者言經過之地，皆重山復嶺，陡澗深林，其窄隘處僅容一人一騎，賊若乘險邀擊，我軍雖眾難施。或諸蠻遠阻險隘，以老我師！進不能前，退無所掠，將不戰自困矣！且自征伐諸夷以來，近三十年，未嘗有尺土一民之益，計其所費，可勝言哉！去歲西征，及今此舉，何以異之？乞早正深罪，乃下明詔招諭，彼必自相歸順，不須遠勞王師，與小丑奪一朝之勝負也。苟謂業已如此，欲罷不能，亦當詳審成敗，算定後行。彼諸蠻皆烏合之眾，必無久能同心捍我之理。但急之則相救，緩之則相疑，以計使之互相仇怨，待彼有隙可乘，徐命諸軍數道俱進，服從者懷之以仁，抗敵者威之以武，恩威兼濟，功乃可成。若復捨恩任威，深蹈覆轍，恐他日之患，有甚於今日者也！謹奏。

　　奏入不報。只緬國嗣王，許者蘇奉回為主，把征緬事擱置不提。於是天祥託病辭去，成宗也不慰留。

　　忽西南緊報，雜沓而來，如烏撒、烏蒙、東川芒部及武定、威楚、普安諸蠻，統託辭供億煩勞，不堪虐苦，這邊發難，那邊響應，攻掠州縣，焚燒堡砦，幾乎鬧得一團糟。成宗乃急命陝西行省平章政事伊遜岱爾，統

第二十八回　蠻酋成擒妖婦駢戮　藩王入覲牝后通謀

師往討,並令會同劉國傑,以資策應。國傑方討宋隆濟等,不及來會。(成宗命他兼顧,原是無謂。)伊遜岱爾督軍前進,分道驅殺,那蠻民本係烏合,趁著一時憤激,遽爾倡亂,一聞官軍驟至,既無統領,又無機謀,倉猝對敵,被官軍殺得大敗。頓時逃的逃,降的降,不到一月,已奏報肅清了。

只蠻酋宋隆濟,已猖獗年餘,集黨數萬人,肆行無忌,他竟自稱為王,每日驅眾四掠,自己恰與蛇節宣淫。蛇節妖媚得很,一心一意的從著隆濟,要他封為王妃。(水性楊花。)隆濟因她有夫,倒也礙著面目,不好發表。偏蛇節設心狡毒,竟唆隆濟殺死土官,(實足副名。)那時隆濟受她蠱惑,只說水西土官違命,將他斬首。(家家床頭有蛇節,幸勿輕意。)越宿,遂命蛇節正式為妃。(這一宿間興味何如?)

嗣是朝歡暮樂,兩口兒非常愉快。忽聞元將劉國傑,帶領數省大兵,前來征剿,不免憂慮起來。蛇節道:「無妨,只教給我五千人,便殺他片甲不回。」(恃有前勝。)隆濟大喜,便整備兵械,著於次日起程。是夜把蛇節竭力奉承,不消細說。翌晨,便撥眾萬名,令蛇節帶著,先行起馬,自率萬人為後應。

蛇節聞官軍自廣西進兵,遂向東出發,行至播州,方遇著官軍,她即抖擻精神,來與官軍接戰。劉國傑前軍接著,望見敵隊中的大旗,隨風飄蕩,露著數個大字,什麼南蠻王妃字樣。各軍早聞蛇節美名,都睜著眼望那蛇節,但見蛇節跨著繡鞍,裹著鐵甲,面上不塗脂粉,自然白中帶紅,兼且眉似初月,唇若朝霞,妖豔中露出三分殺氣,越覺宜笑宜嗔,(蠻婦中有此豔婦,真是尤物。)頓時齊聲喝采,不由的目眙神呆。孰意蛇節竟揮著鸞刀,驅殺過來,官軍無心戀戰,竟被衝動陣角,往後倒退。蠻眾個個奮勇,愈逼愈緊,有好幾個晦氣的官軍,早已身首分離。幸劉國傑督軍繼至,一陣力戰,才把蠻眾驅退。收軍後,察知前隊情形,即把將士訓斥

一番,令他見敵即殺,不得為色所迷。

是夕無話。越日,兩軍復戰,國傑令兵士不得退後,只向前進。蛇節不能抵禦,敗退十里。越日又戰,蛇節覆敗走,官軍追將過去,偏值隆濟殺到,蛇節亦轉身前來,合力奮鬥,殺敗官軍。國傑忙鳴金收軍,親自斷後,才得徐徐退回。入營檢查,已傷亡千人。

當下與楊賽因不花共同商議,想了一策:令軍士各在盾上加釘,準備要用。軍士得令,統摸不著頭緒,只能遵令辦就。翌日,軍士將盾獻上,國傑傳令道:「今日出戰,前隊攜盾對敵,稍戰即走,將盾棄地,不得取回;後隊整械聽令!」軍士奉命,即如法施行。將近敵營,隆濟、蛇節,並轡出來,蠻騎爭先馳突,官軍棄盾即走。隆濟見部眾得勝,忙令他前追,誰知地上都是棄盾,盾上有釘,馬足躒蹐不穩,多半顛躓,騎馬的人,自然隨僕。(原來如此,的是奇想。)國傑麾軍齊上,如削瓜砍菜一般。隆濟、蛇節,慌忙走脫,部眾已死了一半。

國傑得勝回營,只令堅壁弗動,過了數日,隆濟、蛇節,又邀合蠻眾,復來攻擊。國傑仍令固守,不準出陣。隆濟、蛇節無可奈何,收眾回去。接連數日,不發一兵。隆濟、蛇節更迭挑戰,只是不應。(國傑又要作怪。)軍士也不知何故,唯有嚴裝待命。

一夕見偵騎入營密報,即由國傑發令,教楊賽因不花率軍五千,夤夜去訖。越日仍無動靜,直到天晚,方下令夜薄敵營。時至三更,淡月迷濛,國傑令軍士出營,親自押隊,啣枚疾走。行近隆濟寨前,突發火炮,麾軍直入。那時隆濟正抱著蛇節,酣寢帳中,驚聞炮聲震天,方才驚醒,還道營內失火。揭帳一望,只聞一片喊殺聲,嚇得心驚膽落,連忙扯起蛇節,連外衣都不及穿著,飛步逃至寨後,覓得戰馬兩匹,與蛇節跨鞍逃走。營內的蠻眾,都從夢中驚醒,伸了足即被斫去,展了手又被戳斷,大家是親親暱暱,同赴鬼門關。只營後守卒數百名,還有逃走工夫,拚命奔

第二十八回　蠻酋成擒妖婦駢戮　藩王入覲牝后通謀

去。國傑掃盡敵營，天已黎明，即下令回軍。

將士因渠魁脫走，稟請追趕。國傑道：「不必，自有人擒來！」（妙極！）回營甫一小時，果有軍士入見，已將蠻婦蛇節擒到。國傑問道：「楊副帥來未？」軍士答道：「隆濟涉河遁走，楊副帥追覓去了。」

看官，你道這蛇節如何得擒？原來國傑計獲叛蠻，先時曾遣人探路，料知隆濟殺敗，必往墨特川，方可歸巢。因先命楊賽因不花率軍繞道，截住川濱。隆濟、蛇節果然中計，奔至川旁，被楊軍截殺，隆濟投入水中，鳧水逃生。偏蛇節不能泅水，單身孤騎，如何對仗，只好下馬乞降，所以先被拿到。國傑即命推入，軍士見蛇節只著衵衣，雲鬟半墜，面色微青，（睡容中又帶驚容，好一幅美人圖。）喘呼呼的下跪案前。國傑拍案道：「妳是妖婦蛇節麼？」蛇節淒聲答道：「是！」國傑復怒道：「妳擅拒天討，加害生靈，曾否知罪？」蛇節復流淚答道：「已經知罪！若蒙赦宥，恩同再造，就是收為奴妾，也所甘心！」國傑厲聲道：「好沒廉恥的蠢婦！左右與我斬訖！」（你若不要她作妾，何不送與劉深？）將士聞了這令，都想求他釋放，賞做小老婆，怎奈國傑滿面殺氣，不敢率請，眼見得一個美婦，倏忽間化作兩段了。

又過一天，楊賽因不花回營，已將隆濟獲到，說是由他兄子宋阿重縶送，當問了數語，囚入檻車，一面請旨處置，旋奉詔就地正法。蠻境敉平，雲、貴總算安靖，連八百媳婦，也不再征。唯劉深免官，嗣被哈喇哈孫再行奏彈，說他徼名首釁，喪師辱國，非正法不可，乃將劉深伏誅，南征事因此結局。（暫作收束。）

完澤也為臺官所劾，且有納賂嫌疑，幾乎被譴，成宗特別包荒，釋置不問。獨冥官不肯饒他，偏叫二豎為災，一病長逝。嗣職的便是哈喇哈孫。副相令阿忽臺繼任。（阿忽臺一作阿呼岱。兩相為武宗繼統所繫，故特表明。）且復徵召陳天祥，授集賢院大學士。天祥再起就職，懷著一片

忠心，屢欲暢陳時弊，偏成宗燕暱宮闈，常不視朝，後且時患寢疾，內政決於皇后，外政委諸廷臣。惹起天祥煩惱，忍不注意中鬱勃，便極陳陰陽反覆，天地易位，是今時大弊。且因宗廟被火，兩浙大飢，河東地震，太白經天，種種災祲，統陳列在內，說是咎由人致，很為切直。看官，你想這道奏疏，明明是內譏牝后，外斥權臣，難道能邀批准麼？果然奏入留中，付諸冰擱，天祥復謝病去了。

大德九年，成宗以寢疾難痊，立子德壽為太子。德壽非元后親出，乃是次后弘吉剌氏所生。元室宮闈，並后匹嫡，成為常例，所以皇后不止一人。弘吉剌氏性安簡默，一切政務，俱由元后伯岳吾氏主持。太子德壽，立未數月而卒。或言由伯岳吾后暗中謀害，事無左證，不便直指。唯成宗從子愛育黎拔力八達，（一作阿裕爾巴里巴特喇）及其母弘吉剌氏，為伯岳吾后所忌，令他出居懷州。愛育黎拔力八達，就是海山的母弟。海山時封懷寧王，出鎮青海，聞知此事，頗懷不悅。奈因道途修阻，鞭長莫及，不得已靜待後命。

是冬，成宗老病復發，且比從前加甚，伯岳吾后恐有不測，密令心腹去召安西王阿難答，（一作阿南達。）及諸王明里帖木兒。阿難答繫世祖庶孫，與成宗為兄弟行，接著密使，遂於次年正月，偕明里帖木兒入朝。伯岳吾后即陰令進見，與語道：「皇帝病日加重，恐不日就要殯天，我召你等來京，無非為嗣位問題，須要密商。現在太子已逝，愛育黎拔力八達從前頗覬覦神器，我所以令他出居懷州。若召立海山，他必為弟報怨，諸多不利。你等試為我一決！」明里帖木兒素與阿難答莫逆，便接著道：「何不就立安西王？」伯岳吾后以目視阿難答，端詳一會，恰故作躊躇狀。明里帖木兒覆道：「皇后莫非慮嫂叔的嫌疑麼？須知嫂溺援手，道貴從權，若安西王得立，想必感恩圖報，皇后盡可臨朝稱制呢！」（黜去從子，偏立皇叔，就是愚婦人亦不至出此，此中或有曖昧，何怪致人藉口！）伯岳

第二十八回　蠻酋成擒妖婦駢戮　藩王入覲牝后通謀

吾后尚在沉吟，阿難答也說道：「這事恐怕未便。」明里帖木兒道：「有了，皇后臨朝，皇叔攝政，還有何人可說？」伯岳吾后道：「此議甚是，你去預告宰輔罷。」二王便辭別出宮。

越數日，成宗病殂，在位十三年，壽四十二。伯岳吾后即下敕垂簾，命安西王阿難答輔政。右丞相阿忽臺奉敕，集群臣商議祔廟及攝政事。太常卿田忠良，博士張昇道：「先帝祔廟，神主上應書嗣皇帝名，今書誰人？」（一語便即駁煞，如何可以有成。）阿忽臺道：「他日續書，有何不可？況先帝即位時，非亦三月無君麼？」（虧他尋出故例。）御史中丞何瑋道：「世祖駕崩，中外屬意先帝，祔廟時已書就嗣君，何嘗是沒有呢？」阿忽臺變色道：「法制並非天定，全由人事主張，你等獨不怕死麼？敢阻國家大事！」何瑋道：「不義而死，恰是可怕；若捨生取義，怕他何為！」（倒是硬漢。）

是時右丞相哈喇哈孫未至，不好率行定議，當即散會。隨由內旨去召哈喇哈孫，他卻收拾百司符印，封儲府庫，自己守宿掖門，只是稱疾未赴。阿忽臺與明里帖木兒等密議，想尋隙謀害哈喇哈孫，然後奉皇后正式臨朝。哈喇哈孫早已防著，適懷寧王遣康里脫脫在京，急命返報，一面遣使至懷州，迎愛育黎拔力八達入都。

愛育黎拔力八達聞報，懷疑未決，詢其傅李孟。李孟道：「支子不嗣，繫世祖遺典，今宮車晏駕，懷寧王遠居萬里，請殿下急速入宮，借安眾心。」愛育黎拔力八達乃奉母返燕都。行至中道，先遣李孟問哈喇哈孫。正要進去，不防有人兜頭出來，見了李孟，停足不行。李孟面不動容，反上前問訊，那人說是奉后所遣，來此視疾。李孟道：「丞相安否？我正為診疾而來。」（妙有急智。）便即趨入，見了哈喇哈孫，長揖不拜，即引哈喇哈孫右手，作診脈狀，哈喇哈孫覷破情形，自然與他談病，不及國政。至後使去後，乃與密言宮禁事，且令促愛育黎拔力八達入都。李孟返報愛

育黎拔力八達，尚欲問卜，經李孟暗語卜人，教他言吉不言凶。卜人入筮，果得吉爻，李孟道：「筮不違人，是謂大同。」遂擁愛育黎拔力八達上馬，馳至燕京。諸臣皆步從，入臨帝喪，哭泣盡哀，復出居舊邸。

　　伯岳吾后聞知，忙與安西王阿難答、左丞相阿忽臺密商。阿忽臺道：「聞得三月三日，係愛育黎拔力八達生辰，可託詞慶賀，逼他出見，憑老臣一些手力，立可撲殺此獠，並可除他黨羽。」原來阿忽臺素有勇力，人莫敢近，因此自信不疑。計畫已定，便遣人通知哈喇哈孫，預約屆期同往，慶賀生辰。

　　哈喇哈孫滿口答應，密遣使報愛育黎拔力八達，並函授祕計。愛育黎拔力八達閱函畢，忙令都萬戶囊加特，去邀諸王禿剌。（一作圖剌。）禿剌係察合台四世孫，力大無窮，見了囊加特，敘談一番，允為臂助。囊加特歸報。於是先二日率衛士入內，詐稱懷寧王有使到來，請安西王、左丞相入邸議事。

　　安西王頗懷疑懼，阿忽臺道：「不妨，有我在此！」復邀同明里帖木兒，並馬偕行。既至愛育黎拔力八達邸中，甫行交談，那愛育黎拔力八達忽拂袖起坐，搶步出外，大呼道：「衛士何在？」言未已，外面走進如虎如狼的衛卒，來拿安西王等。阿忽臺亦即離座，揚眉大呼道：「來！來！你等莫非來送死麼？」旁有一人接著道：「你自來送死！還敢妄言！」阿忽臺瞧將過去，便失聲叫著，「不好了！安西王快走！」正是：

　　　弄巧不成反就拙，恃強無益適遭殃。

　　畢竟阿忽臺瞧見何人？容俟下回續敘。

　　隆濟一蠻酋，蛇節一番婦，何敢叛？乃以苛求脅迫故，揭竿而起，猖獗異常，可見怨不可叢，叢怨必生禍；戎不可啟，啟戎必罹殃。微劉國傑，雲、貴陸沈矣！然因蛇節而隆濟致叛，因隆濟而劉深伏誅，婦人之害，一至於此，可勝慨哉！下半回敘牝后稱制事，亦由婦人生事，蔑祖

制，蓄異謀，釀成巨釁，故天下不能無婦人，而斷不能授權於婦人。婦禍之興，人自啟之耳，於婦人乎何誅？

第二十九回
誅奸慝懷寧嗣位　　耽酒色嬖倖盈朝

　　卻說阿忽臺正欲抵敵，猛見一起赳武夫，才知不是對手。這人為誰？就是諸王禿剌。禿剌指揮衛士，來擒阿忽臺。阿忽臺只怕禿剌，不怕衛卒，衛卒上前，被他推翻數人，即欲乘間脫逃。禿剌便親自動手，把他截住。阿忽臺至此，雖明知不敵，也只好拚命與鬥。俗語說得好，棋高一著，縛手縛腳，況武力相角，更非他比，不到數合，已被禿剌擒住，飭衛士用鐵索捆好。那時安西王阿難答，及諸王明里帖木兒，向沒有什麼本領，早被衛士擒住。縛扎停當，押送上都，一面搜殺餘黨，一面禁錮皇后。
　　事粗就緒，諸王闊闊（一作庫庫、）牙忽都（一作呼圖。）入內，語愛育黎拔力八達道：「罪人已得，宮禁肅清，王宜早正大位，安定人心！」（現成馬屁。）愛育黎拔力八達道：「罪人潛結宮闈，亂我家法，所以引兵入討，把他伏誅，我的本心，並不要作威作福，窺伺神器呢。懷寧王是我胞兄，應正大位，已遣使奉璽北迎。我等只宜靜等宮廷，專待吾兄便了。」
　　當下哈喇哈孫議定八達監國，自統衛兵，日夕居禁中備變，並令李孟參知政事。李孟損益庶務，裁抑僥倖，群臣多有違言。於是李孟嘆息道：「執政大臣，當自天子親用，今鑾輿在道，孟尚未見顏色，原不敢遽冒大任。」遂入內固辭，不獲奉命，竟掛冠逃去。
　　是時海山已自青海啟程，北抵和林，諸王勳戚，合辭勸進。海山道：「吾母及弟在燕都，俟宗親盡行會議，方可決定。」乃暫行駐節，專候燕都消息。

第二十九回　誅奸慝懷寧嗣位　耽酒色嬖倖盈朝

　　先是海山母弘吉剌氏，嘗以兩兒生命，付陰陽家推算。陰陽家謂「重光大荒落有災，」「旃蒙作噩長久。」小子嘗考據爾雅，大歲在辛日：「重光，」在巳日：「大荒落，」是重光大荒落的解釋，就是辛巳年。又在乙日：「旃蒙，」在酉日：「作噩。」是旃蒙作噩的解釋，就是乙酉年。海山生年建辛巳，愛育黎拔力八達生年建乙酉。弘吉剌妃常記在心，因遣近臣朵耳往和林，傳諭海山道：「汝兄弟二人，皆我所生，本無親疏，但陰陽家言，運祚修短，不可不思！」

　　海山聞言，嘿然不答。既而召康里脫脫進內，語他道：「我鎮守北方十年，序又居長，以功以年，我當繼立。我母拘守星命，茫昧難信，假使我即位後，上合天心，下順民望，雖有一日短處，亦足垂名萬世。奈何信陰陽家言，辜負祖宗重託！據我想來，定然是任事大臣，擅權專殺，恐我嗣位，按名定罪。所以設此奸謀，藉端抗阻。你為我往察事機，急速報我！」（星命家言原難盡信，但也未免急於為帝。）

　　康里脫脫奉命至燕，稟報弘吉剌妃。弘吉剌妃愕然道：「修短雖有定數，我無非為他遠慮，所以傳諭及此。他既這般說法，教他趕即前來罷。」

　　當下遣回脫脫，復差阿沙不花往迎。適海山率軍東來，途次遇著兩人。阿沙不花具述安西謀變始末，及太弟監國，與諸王群臣推戴的意思。脫脫復證以妃言。海山大喜，即與二人同入上都，命阿沙不花為平章政事，遣他還報母妃又母弟。愛育黎拔力八達遂奉母妃至上都，諸王大臣亦隨至，當即定議，奉海山為嗣皇帝。

　　海山遂於上都即位，追尊先考答剌麻八剌為順宗皇帝，母弘吉剌氏為皇太后。一面宣敕至燕京，廢成宗后伯岳吾氏，出居東安州，又將安西王阿難答，及諸王明里帖木兒，與左丞相阿忽臺等，一併處死。嗣以安西王阿難答與伯岳吾后同居禁中，嫂叔無猜，定有姦淫情弊，所以不立從子，

反欲妄立皇叔,業已穢亂深宮,律以祖宗大法,罪在不赦,應迫她自盡。詔書一下,伯岳吾后無術可施,只好仰藥自殺了。(垂簾亦無甚樂趣,為此妄想,弄得身名兩敗,真是何苦!)

海山後號武宗,因此小子於海山即位後,便稱他為武宗。當時改元至大,頒詔大赦。其文道:

昔我太祖皇帝以武功定天下,世祖皇帝以文德洽海內,列聖相承,不衍無疆之祚。朕自先朝肅將天威,撫軍朔方,殆將十年,親御甲冑,力戰卻敵者屢矣,方諸藩內附,邊事以寧。遽聞宮車晏駕,乃有宗室諸王,貴戚元勳,相與定策於和林,咸以朕為世祖曾孫之嫡,裕宗正派之傳,以功以賢,宜膺大寶。朕謙讓未遑,至於再三,(早已蓄謀為帝,偏說謙讓再三,中國文字之欺詐,多半如此,可嘆!)還至上都,宗親大臣,復請於朕。間者奸臣乘隙,謀為不軌,賴祖宗之靈,母弟愛育黎拔力八達,稟命太后,恭行天罰。內難既平,神器不可久虛,宗祚不可乏嗣,合詞勸進,誠意益堅,朕勉徇輿情,於五月二十一日即皇帝位。任太守重,若涉淵冰,屬嗣服之雲初,其與民更始,可大赦天下,此詔。

嗣是駕還燕京,論功封賞,加哈喇哈孫為太傅,答剌罕(一作達爾罕。)為太保,並命答剌罕為左丞相,床兀兒、阿沙不花並平章政事。又以禿剌手縛阿忽臺,立功最大,封為越王。哈喇哈孫謂祖宗舊制,必須皇室至親,方可加一字的褒封,禿剌係是疏屬,不得以一日功,廢萬世制。武宗不聽,禿剌未免挾恨,暗中進讒,說是安西謀變,哈喇哈孫亦嘗署名,自是武宗竟變了初志,將哈喇哈孫外調,令為和林行省左丞相,仍兼太傅銜,陽似重他,陰實疏他。(浸潤之譖,膚受之愬。)一面立弟愛育黎拔力八達為皇太子,授以金寶,以弟作子,煞是奇聞。在武宗的意思,還道是酬庸大典,特別厚施。(既欲酬庸,不妨正名皇太弟,何必拘拘太子二字耶!)又令廷臣議定祔廟位次,以順宗為成宗兄,應列成宗右,乃

第二十九回　誅奸憝懷寧嗣位　耽酒色嬖倖盈朝

將成宗神主，移置順宗下。（成宗雖為順宗弟，然成宗為君時，順宗實為之臣，兄弟不應易次，豈君臣獨可倒置耶？胡氏粹中謂如睿宗，裕宗，順宗，皆未嘗居天子位，但當祔食於所出之帝，其說最為精當。）配以故太子德壽母弘吉剌后，因后亦早逝，所以升祔，這且不必細表。

單說武宗初，頗欲創製顯庸，重儒尊道，所以即位未幾，即遣使闕里，祀孔子以太牢，且加號「大成至聖文宣王，」敕全國遵行孔教。中書右丞孛羅鐵木兒，用蒙古文譯《孝經》，進呈上覽，得旨嘉獎，並云《孝經》一書，係《孔聖》微言，自王公至庶人，都應遵循，命中書省刻版模印，遍賜諸王大臣。宮廷內外，統因武宗尊崇聖教，有口皆碑。既而武宗坐享承平，漸眈荒逸，每日除聽朝外，好在宮中宴飲，招集一班妃嬪，恆歌酣舞，徹夜圖歡。（酒色二字，最足蠱人。）有時與左右近臣，蹴踘擊球，作為娛樂，於是媚子諧臣，陸續登進，都指揮使馬諸沙（一作茂穆蘇。）善角牴，伶官沙的（一作錫迪。）善吹笙，都令他平章政事。（角牴吹笙的伎倆，豈關係國政乎？）樂工犯法，刑部不得逮問；宦寺幹禁，詔旨輒加赦宥，而且封爵太盛，賞齎過隆，轉令朝廷名器，看得沒甚鄭重。

當時赤膽忠心的大臣，要算阿沙不花，見武宗舉動越制，容色日悴，即乘間進言道：「陛下身居九重，所關甚大，乃唯流連麴櫱，暱近妃嬪，譬猶兩斧伐孤樹，必致顛僕。近見陛下顏色，大不如前，陛下即不自愛，獨不思祖宗付託，人民仰望，如何重要！難道可長此沉湎麼？」武宗聞言，倒也不甚介意，反和顏悅色道：「非卿不能為此言，朕已知道了！卿且少坐，與朕同飲數杯。」（大臣諫他飲酒，他恰邀與同飲，可謂歡伯。）

阿沙不花頓言謝道：「臣方欲陛下節飲，陛下乃命臣飲酒，是陛下不信臣言，乃有此諭，臣不敢奉詔！」武宗至此，方沈吟起來。左右見帝有不悅意，遂齊聲道：「古人說的主聖臣直，今陛下聖明，所以得此直臣，應為陛下慶賀！」言未畢，都已黑壓壓的跪伏地上，接連是蓬蓬勃勃的磕

頭聲。(繪盡媚子諧臣的形狀。)武宗不禁大喜,立命阿沙不花為右丞相,行御史大夫事。阿沙不花道:「陛下納臣愚諫,臣方受職。」武宗道:「這個自然,卿可放心!」

阿沙不花叩謝而出,左右又奉爵勸酒。武宗道:「你等不聞直言麼?」左右道:「今日賀得直臣,應該歡飲,明日節飲未遲!」(明日後,又有明日,世人因循貽誤,都以此言為厲階。)武宗道:「也好!」遂暢懷飲酒,直至酩酊大醉,方才歸寢。越日,又將阿沙不花的言語,都撇在腦後了。(可謂貴人善忘。)

太子右諭德蕭㪺,前曾徵為陝西儒學提舉,固辭不至。武宗慕他盛名,召侍東宮,乃扶病至京師。入覲時,奉一奏摺,內錄尚書酒誥一篇,餘無他語。(別開生面。)嗣因武宗未嚴酒禁,謝病乞歸。或問故,蕭㪺道:「朝廷尊孔,徒有虛名,以古禮論,東宮東面,師傅西面,此禮可行於今日麼?」遂還山。㪺奉元人,操行純篤,教人必以小學為基,所著有《三禮說》諸書。嗣病歿家中,賜諡貞獻。(元代儒臣,多不足取,如蕭㪺者亦不數覯,故特書之。)過了數月,上都留守李璧,馳至燕都,入朝哭訴。由武宗問明原委,乃是西番僧強市民薪,民至李璧處訴狀,璧方坐堂審訊,那西僧率著徒黨,持梃入署,不分皂白,竟揪住璧髮,按倒地上,捶撲交下。打到頭開目腫,還將他牽拽回去,閉入空室,甚至禁錮數日,方得脫歸。李璧氣憤填胸,遂入朝奏報武宗。武宗見他面有血痕,倒也勃然震怒,立命衛士偕璧北返,逮問西僧,械繫下獄。孰意隔了兩日,竟有赦旨到上都,令將西僧釋出。李璧不敢違命,只好遵行。

未幾僧徒龔柯等,與諸正合兒八剌妃爭道,亦將妃拉墮車下,拳足交加。侍從連忙救護,且與他說明擅毆王妃,應得重罪等語。龔柯毫不畏懼,反說是皇帝老子,也要受我等戒敕,區區王妃,毆她何妨!這王妃既遭毆辱,復聞譏詈,自然不肯干休,遣使奏聞。待了數日,並不見有影

第二十九回　誅奸憝懷寧嗣位　耽酒色嬖倖盈朝

響。嗣至宣政院詳查，據院吏言，日前奉有詔敕，大略謂毆打西僧，罪應斷手，詈罵西僧，罪應斷舌，虧得皇太子入宮奏阻，始將詔敕收回等語。

看官閱此，總道武宗酒醉糊塗，所以有此亂命，其實宮禁裡面，還有一樁隱情，小子於二十六回中，曾敘及西僧勢焰，炙手可熱，為元朝第一大弊。然在世祖成宗時代，西僧騷擾，只及民間，尚未敢侵入宮壼。至武宗嗣位，母后弘吉剌氏，建築一座興聖宮，規模宏敞得很，常延西僧入內，諷經建醮，禱佛祈福，不但日間在宮承值，連夜間也住宿宮中。那時妃嬪公主，及大臣妻女，統至興聖宮拜佛，與西僧混雜不清。這西僧多半淫狡，見了這般美婦，能不動心？漸漸的眉來眼去，同入密室，做那無恥勾當。漸被太后得知，也不去過問，自是色膽如天的西僧，越發肆無忌憚，公然與妃嬪公主等，裸體交歡，反造了一個美名，叫做「捨身大布施。」（元宮婦女最喜入寺燒香，大約是羨慕此名。）自從這美名流傳，宮中曠女甚多，哪一個不願結歡喜緣？只瞞著武宗一雙眼睛。武宗所嗜的是杯中物，所愛的是床頭人，燈紅酒綠之辰，紙醉金迷之夕，反聽得滿座讚美西僧，譽不絕口，（都受和尚布施的好處。）未免信以為真。（誰知已作元緒公。）所以李璧被毆，及王妃被拉事，統擱置一邊，不願追究。就是太后弘吉剌氏，孀居寂寞，也被他惹起情腸，後來忍耐不住，也做出不尷不尬的事情來。（為下文伏脈。）

武宗忽明忽暗，寬大為心，今日敕造寺，明日敕施僧，後日敕開水陸大會，西僧教瓦班，善於獻諛，令他為翰林學士承旨。（並儒佛為一塗，也是創聞。）還有宦官李邦寧，年已衰邁，巧伺意旨，亦蒙寵眷。他的出身，是南宋宮內的小黃門，從瀛國公趙㬎北行，得入元宮。世祖留他給事內廷，至此已歷事三朝，凡宮廷中之大小政事，他俱耳熟能詳。武宗嘉他練達，命為江浙平章。邦寧辭道：「臣本閹腐餘生，蒙先朝赦宥，令承乏中涓，充役有年，愧未勝任。今陛下復欲置臣宰輔，臣聞宰輔的責任，是

佐天子治天下，奈何以刑餘寺人，充任此職，天下後世，豈不要議及聖躬麼！臣不敢聞命！」武宗大悅，擢他為大司徒，兼左丞相銜，仍領太醫院事。邦寧竟頓首拜謝，受職而退。（江浙平章，與大司徒同為重任，辭彼受此，何異以羊易牛，此皆小人取悅慣技，武宗適墮其術耳。）

越王禿剌自恃功高，嘗出入禁中，無所顧忌，就是對著武宗，亦唯以爾我相稱。武宗特別優容，不與計較，後來益加放肆，嘗語武宗道：「你的大位，虧我一人助成；倘若無我，今日阿難答早已正位，阿忽臺仍然柄政，哪個來奉承你呢？」武宗不禁色變，徐答道：「你也太囉唆了，下次不要再說！」禿剌尚欲有言，武宗已轉身入內，那時禿剌恨恨而去。

後來武宗駕幸涼亭，禿剌隨著，將乘舟，被禿剌阻住，語復不遜，自此武宗更滋猜忌。及宴萬歲山，禿剌侍飲。酒半酣，座中俱有醉意，禿剌復喧嚷道：「今日置酒高會，原是暢快得很，但不有我，哪有你等。你等曾亦憶及安西變事麼了」（念茲在茲，可見小人難與圖功。）武宗咈然道：「朕教你不要多言，你偏常自稱功。須知你的功績，我已酬賞過了，多說何為？」禿剌聞言，將身立起，解了腰帶，向武宗面前擲來，並瞋目視武宗道：「你不過給我這物，我還你便罷！」言畢，大著步自去。

武宗憤甚，便語左右侍臣道：「這般無禮，還好容他麼？」侍臣統與禿剌有嫌，哪裡還肯勸解，自然答請拿問。當即命都指揮使馬諸沙等，率著衛士五百名，去拿禿剌。好在禿剌歸入邸中，沉沉的睡在床上，任他加械置鎖，如扛豬一般，舁入殿中。迨至酒醒，由省臣鞫訊，尚是咆哮不服。省臣乃復奏禿剌不臣，陰圖構逆，宜速正典刑，有詔准奏，禿剌遂處斬，一道魂靈，馳入酆都，與阿忽台等鬼魂，至閻王前對簿去了。小子有詩詠道：

褒封一字費評章，祖制由來是善防。
誰謂濫刑寧濫賞，須知恃寵易成狂！

第二十九回　誅奸慝懷寧嗣位　耽酒色嬖倖盈朝

欲知後事如何？且看下回分解。

　　本回全為武宗傳真，寫得武宗易喜易怒，若明若昧，看似尋常敘述，實於武宗一朝得失，俱櫽括其間，較讀《元史本紀》，明顯多矣。夫以武宗之名位論，孰不謂其當立，然吾謂其得之也易，故守之也難。嗣位未幾，即耽酒色，由是嬖倖臣，信淫僧，種種失政，雜沓而來。書所謂位不期驕，祿不期侈者，匪特人臣有然，人主殆尤甚焉！故武宗非一昏庸主，而其後偏似昏庸，為君誠難矣哉！讀史者當知所鑑矣。

第三十回
承兄位誅逐奸邪　重儒臣規行科舉

　　卻說元武宗至大八年，復議立尚書省，分理財帛。先是世祖嗣位，審定官制，以中書省為行政總樞。長官稱中書令，副以左右二丞相。中書令不常置，往往以右丞相兼攝。自阿合馬、桑哥等相繼用事，恐中書干涉，故特立尚書省，專握政柄。自是廷臣保八、樂實等，請復立尚書省，舊政從中書，新政從尚書，並推舉乞臺普濟脫、（一作奇塔特伯奇。）脫虎脫（一作托克托。）為丞相。武宗准奏，乃命乞臺普濟脫為右丞相，脫虎脫為左丞相，三寶奴、（一作三布干。）樂實為平章政事，保八為右丞，蒙哥鐵木兒為左丞，王羆參知政事。這一班新任大臣，統是阿合馬、桑哥流亞，好言理財，其實並沒有什麼妙法，只管從交鈔上著想，濫發紙幣，充作銀兩。從前中統交鈔及至元交鈔，統由計臣創議，頒行天下，民間只有紙幣，並沒有現銀，以致物價日昂，民生日困。（行鈔無準備金，必受其弊，元代覆轍，今又將蹈之矣。）樂實言舊鈔未良，應改用新鈔，方昭畫一。乃改造至大銀鈔，凡十三等，每一兩準至元鈔五貫，白銀一兩，黃金一錢，隨路立平準行用庫，及常平倉以權物價，毋令沸騰。元代鈔法，經此三變，無如有鈔無銀，總難信用，難道改造至大二字，便可作為金錢麼？那計吏上下其手，從中刻削盤剝，卻中飽了不少，只百姓又重重受苦了！（言之痛心。）

　　武宗反以脫虎脫、三寶奴兩人，特別出力，加脫虎脫為太師，封義國公；三寶奴為太保，封楚國公。嗣又以樂實為尚書左丞相，封齊國公，這

第三十回　承兄位誅逐奸邪　重儒臣規行科舉

也不在話下。只武宗嗣位數年，已當壯歲，六宮妃嬪，羅列數百，卻未曾正式立后，這也是史鑑上所罕聞的。（想因妃嬪統得寵幸，一時難分差等耳。）會皇太子舉薦李孟，遣使訪求，得孟於許昌陘山，徵為中書平章事，集賢大學士。孟入見，首請立后以正陰教，乃立真哥皇后。后亦弘吉剌氏所出，才色軼群。真哥有從妹，名速哥失里，亦得武宗寵幸，武宗又稱她為后。（不立后則已，立后則必使匹嫡，元制之不經可知。）還有妃子二人，一係亦乞烈氏，一係唐兀氏。亦乞烈氏實生和世㻋，後為明宗，唐兀氏實生圖帖睦爾，後為文宗，後文再表。

　　單說太后弘吉剌氏，頤養興聖宮，除飭行佛事外，沒甚事情，未免安閒得很。她忽然動了一種邪念，暗想妃嬪公主等人，多與僧徒結歡喜緣，只自己身為帝母，不便捨身布施，欲保全名節，又是意馬心猿，按捺不住。（武宗年已及壯，太后應亦將半百矣，乃猶因逸思淫，求逞肉慾，此逸豫之萌所以最足誤人也。）她本是青年守孀，順宗於二十九歲去世，其時兩孤尚幼，嫠婦在幃，孤帳淒清，韶光辜負。虧得同族周親，有個鐵木迭兒，常相往來，隨時撫卹，每當花晨月夕，獨居無聊時，得鐵木迭兒與為談心，倒也解悶不少。（恐不止談心而已。）後為成宗后伯岳吾氏所忌，出居懷州，遂與鐵木迭兒疏遠。嗣成宗復令鐵木迭兒為雲南行省左丞相，路隔萬里，一在天涯，一在地角，就是憶念著他，也只好付諸長嘆，無可奈何。此次長子為帝，尊作太后，一切舉動，無人監製，正好召幸故人，重尋舊約。當下遣一密使，遙征鐵木迭兒。看官，你想這鐵木迭兒得此機會，哪有不來之理？一鞭就道，兩月至京，太后已待得不耐煩，迨見了面，如獲異珍。（既見君子，我心則降。）那鐵木迭兒向來巧佞，善承意旨，至此越發效力，竟在興聖宮中，盤桓了好幾天，杜門不出。雲南行省，不見了鐵木迭兒，遂稟報政府，說他擅離職守，應加處分。尚書省即據實奏陳，武宗尚莫名其妙，將奏牘批發下來，令尚書省訪查下落，以

便定罪。誰知他早入安樂窩中，穿花度柳，快活得很。（呂不韋故事復見元宮。）過了數日，尚書省復接詔敕，說是奉皇太后旨意，援議親故例，赦鐵木迭兒罪名。（親若皇父，安得不赦。）尚書省中，統是一班狐群狗黨，管什麼宮內勾當，自然擱起不提。武宗還想恣意遊幸，令築城中都，飭司徒蕭珍監工，調發兵役數萬名，限五閱月告竣，逾期加罪。無如福已享盡，天不假年，至大四年正月元旦，百官俱入殿朝賀，待了半日，竟由宮監傳旨，帝躬不豫，免行大禮。廷臣始知武宗有疾，相率退班。過了七日，武宗竟崩於玉德殿，在位五年，壽只三十一。先是宦官李邦寧曾乘間入告武宗，謂陛下春秋日富，皇子漸長，自古以來，只有父祚子續，未聞有子立弟，應酌量裁斷等語。武宗不悅，並叱邦寧道：「朕志已定，你不必與我多言，可自去稟聞東宮。」（武宗友於之心，也不可沒。）

邦寧碰了這大釘子，自然不敢再說。皇太子愛育黎拔力八達方得保全儲位。至武宗殂後，遂入理大政，第一著下手，便飭罷尚書省，把丞相脫虎脫、三寶奴、平章樂實、右丞保八、左丞蒙哥帖木兒、參政王羆，一律免官，逮禁獄中。命中書右丞相塔思不花，知樞密院事，鐵兒不花等參鞫。訊得脫虎脫等殃民誤國，種種不法等情，遂命將脫虎脫、三寶奴、樂實、保八、王羆諸人，即日正法；蒙哥帖木兒犯罪較輕，杖了數百，充戍海南。第二著下手，罷城中都，追奪司徒蕭珍符印，把他拘禁起來。凡中都所占民田，盡行發還。第三著下手，召還先朝通達政務，及素有聞望的老臣，如前平章程鵬飛、董士選、前太子少傅李謙、少保張閭、右丞陳天祥、尚文、劉正，前左丞郝天挺，前中丞董士珍，前太子賓客蕭𣀰，前參政劉敏中、王思廉、韓從益，前侍御趙君信，前廉訪使程文海，前杭州路達魯噶齊等十六人，統令詣闕議政。只陳天祥、劉敏中、蕭𣀰不至。一面重用李孟欲授為中書右丞相，偏皇太后已經降旨，將中書右丞相的職任，付與鐵木迭兒。皇太子不便違命，只好順從母意。（敝笥之詩，寧尚未

讀。)太后且信陰陽家言,命太子即位隆福宮。御史中丞張珪,以嗣君正位,應在正殿,乃於大明殿即皇帝位,受諸王百官朝賀。並下詔大赦道:

　　唯昔先帝事皇太后,撫朕藐躬,孝友天至,由朕得託,順考遺體,重以母弟之嫡,加有削平內難之功,於其踐阼,曾未逾月,授以皇太子寶,領中書令樞密使,百揆機務,聽所總裁,於今五年。先帝奄棄天下,勳戚元老,咸謂大寶之承,既有成命,非與前聖殯天,而始徵集宗親,議所宜立者比,當稽周、漢、晉、唐故事,正位宸極。朕以國恤方新,誠有未忍,是用經時。今則上奉皇太后勉進之命,下徇諸王勸戴之情,三月十八日,於大都大明殿即皇帝位,凡尚書省誤國之臣,先已伏誅,同惡之徒,亦已放殛,百司庶政,悉歸中書,命丞相鐵木迭兒,平章政事李道復等,從新拯治,可大赦天下。此詔!

　　詔中所言李道復,就是李孟。孟字道復,因前時翊戴功深,並調停母子兄弟間,特別盡力,所以特別推重,稱為道復而不名。即位禮畢,復諭以次年改元,議定皇慶二字。小子披覽元史,武宗以後,就是仁宗,仁宗即愛育黎拔力八達的廟號,因此小子於他嗣位後,仍循例稱作仁宗了。仁宗以脫虎脫等雖已伏誅,黨羽尚多,擬盡加鞫訊。延慶使楊朵兒只(一作楊多爾濟。)上書諫阻,大旨以帝王為治,不嗜殺人,今當嗣服初年,尤以省刑為要,應寓恩於威,以敦治道等語。仁宗感悟,乃改從寬大,只擬用陝西平章孛羅鐵木兒,江浙平章烏馬兒,甘肅平章闊里吉思,河南參政塔失鐵木兒,江浙參政萬僧,俱由臺官糾參,奉旨罷黜,不准再舉。

　　於是尊重文教,優禮師儒,先命釋奠先師孔子,行祭丁制,只主祭的人,卻遣了一個宦官李邦寧。邦寧曾在武宗前勸易皇太子,至仁宗登基,左右亦奏述前言,請即加罪。還是仁宗寬弘大量,諭以帝王歷數,自有天命,不足介懷,乃置不復問。此次命他為集賢院大學士,且飭釋奠先師,(褻聖甚矣。)那邦寧竟爾受命,擺著儀仗,入大成殿行禮。看官,你想大

成至聖文宣王，願受他拜跪麼？太牢方設，鼎俎雜陳，邦寧整肅衣冠，向案前就位。忽然狂風大起，捲入殿中，兩廡燭盡吹滅，燭臺底下的鐵鐏，陷入地中尺許，嚇得邦寧魂飛天外，慌忙屈膝俯伏，執事諸人，統伏地屏息。約過了幾小時，風始停止，才勉強成禮，邦寧慚悔數日。就是仁宗聞知，也悚然起敬，由是益敬禮儒臣。

平章政事李孟，幼擅文名，博學強記，貫穿經史，嘗開門授徒，遠近爭至。嗣入東宮為太子師傅，與仁宗很是契合。至此君臣相得，如魚投水，嘗諭他道：「卿係朕的舊學，朕有不及，全仗卿忠心輔佐。」孟受命後，也深感知遇，力以國事為己任，節濫費，汰冗員。貴戚近臣，多言不便，奈因帝眷方隆，無隙可乘，也只好忍耐過去。（君子小人，總不相容。）

孟又因大德以後，封拜繁多，釋道二教，俱設官統治，權抗有司，撓亂政事，大為時害，遂奏請信賞必罰，賞善懲惡，並罷免僧道各官。至若風俗日靡，車服僭擬，上下無章，尊卑無別，孟復請嚴加限制。仁宗一一准奏，且與之立約道：「朕在位一日，卿亦宜在中書一日。」遂賜爵秦國公，命畫師影像，詞臣加贊。入見必賜坐，與語必稱卿，或稱字，一面增國子生，為三百人，令孟督率。孟因上言老成凋謝，亟應求材。四方儒士，如有德成藝進，請擢任國學翰林祕書太常，或儒學提舉等職，以昭激勸。且謂人材所出，不止一途，漢、唐、宋、金，嘗行科舉，得人稱盛，今欲興賢舉能，不如用科舉取士，較諸多門干進，似勝一籌。唯必先德行經術，次及文辭，然後可得真才。仁宗乃決意進行，命中書省臣，規定條制。

先是世祖嘗議立科舉法，未及舉行。至是乃命中書省頒定科條，科場每三歲一次，以皇慶三年八月為始，從士人本籍官司，於諸色戶內推舉，年及二十五，有孝行可稱，信義足述，以及經明行修的士子，以次敦遣。

其或徇私濫舉,並應舉不舉的有司,監察御史肅政廉訪司,應體察究治。考試程式,蒙古色目人,第一場經問五條,《大學》、《論語》、《孟子》、《中庸》內設問,用朱氏章句集注,遇有義理精明,文詞典雅,乃算中選。第二場,策一道,以時務出題,限五百字以上。漢人南人第一場,明經經疑二問,《大學》、《論語》、《孟子》、《中庸》內出題,並用朱氏章句集注,結以己意,限三百字以上。經義一道,各治一經,《詩》以朱氏為主,《尚書》以蔡氏為主,《周易》以程朱為主,以上三經,兼用古注疏,《春秋》許用三傳,及胡氏傳,《禮記》用古注疏,限五百字以上,不拘體格。第二場,古賦,詔誥,章表。內科一道,古賦詔誥用古體,章表四六,參用古體。第三場,策一道,經史時務內出題,不矜浮藻,唯務直述,限一千字以上。蒙古色目人,願試漢人南人科目,中選者加一等注授。蒙古色目人作一榜,漢人南人作一榜,第一名賜進士及第,從六品。第二名以下,及第二甲,皆正七品,三甲皆正八品,兩榜並同,乃即下詔道:

唯我祖宗以神武定天下,世祖皇帝設官分職,徵用儒雅,崇學校為育材之地,議科舉為取士之方,規模宏遠矣。朕以眇躬;獲承不祚,繼志述事,祖訓是式,若稽三代以來,取士各有科目,要其本末,舉人宜以德行為首,試藝則以經術為先,詞章次之,浮華過實,則所不取。爰命中書參酌古今,定其條制,其以皇慶三年八月為始。天下郡縣,興其賢者能者,充試有司。次年二月,會試京師,中選者朕將親策焉。

到了皇慶三年,改元延祐,八年開試舉人,至次年廷試,賜護都沓兒、張起岩等五十六人及第出身有差,分為兩榜。蒙古色目人為右,漢人南人為左,嗣是垂為常例。(元代之有科舉,自延祐始,故詳紀之。)仁宗復用齊履謙、吳澄為國子司業。履謙字伯恆,汝南人,幼習推步星曆諸術,及稍長,讀洙泗、伊洛遺書,窮理格物。至元二十九年,授為星曆教授,大德二年,擢任保章正,至大三年,升授侍郎,兼領冬官正事。仁宗

即位，以履謙學行純篤，命教國學子弟。與吳澄並司教養。每五鼓入學，風雨寒暑，未嘗少怠。

吳澄字幼清，撫州人，宋末舉進士不第，隱居布水谷，讀書著述，夙負盛名。至元中曾召至燕京，欲授以官，澄乞歸養母，遂辭去。至大元年，復石為國子監丞，皇慶元年，授為司業，澄用宋程顥學校奏疏，胡瑗六學教法，朱熹學校貢舉私議，約為教法四條：一經學，二行實，三文藝，四治事，逐條規勉，不憚求詳。嗣因履謙改僉太史院事，澄以同學乏人，託病歸籍，學制稍廢。

仁宗復調履謙為司業。履謙律己益嚴，教道益張，嘗立升齋積分等法。每季考生徒學行，以次遞升，既升上齋，逾再歲，始與私試。詞理俱優為滿分，詞平理優為半分，歲終積至八分，得充高等，以四十人為額，然後集賢院及禮部歲選六人，充作歲貢。三年不通一經，及在學不滿一年，定章黜革，所以人人勵志，士多通材。元朝學術，唯皇慶延祐時，推為極盛。（師道立則善人多，觀此益信。）

仁宗又嘗將《貞觀政要》，《大學衍義》，並程復心所著《四書集注》，陸淳所著《春秋纂例》、《辨微疑旨》，及《資治通鑑》，《農桑集要》等書，悉令刊布，頒行學宮。復以宋儒周敦頤、程顥、程頤、張載、邵雍、司馬光、朱熹、張栻、呂祖謙，暨元儒許衡，學宗洙泗，令從祀孔子廟廷，重儒尊道，也可謂元代第一賢君了。小子有詩詠道：

大元制典太荒唐，竟把儒生列匄倡！
幸有後王能幹蠱，莘莘學子尚成行。

仁宗方有心求治，雅意得人，偏偏鐵木迭兒，得寵太后，從中播弄，舉佞斥賢，這也是元朝的氣數。欲知詳細，下回再述。

武宗在位四年，秕政甚多，唯孝友性成，不私天下，較之曹丕、蕭繹，相去遠矣！仁宗嗣服，首斥憸王，召用老臣，並尊師重儒，興學育

才,不愧為守文之主。至若科舉一端,以一日之長,即第其高下,似不得為良法。然曠觀古代,因選舉之窮,繼以科舉,殆亦有不得已之意,存於其間者。況科目亦曷嘗不得人乎?即如今日之廢科目,復選舉,弊端百出,罄竹難書,是選舉且不科目若也。元素賤儒,唯仁宗始注意及此,善善從長,故本回特備錄之。

元史演義——從劫紅顏得妻至誅逐奸邪

作　　者：	蔡東藩
發 行 人：	黃振庭
出 版 者：	複刻文化事業有限公司
發 行 者：	複刻文化事業有限公司
E－mail：	sonbookservice@gmail.com
粉 絲 頁：	https://www.facebook.com/sonbookss
網　　址：	https://sonbook.net/
地　　址：	台北市中正區重慶南路一段 61 號 8 樓
	8F., No.61, Sec. 1, Chongqing S. Rd., Zhongzheng Dist., Taipei City 100, Taiwan
電　　話：	(02)2370-3310
傳　　真：	(02)2388-1990
印　　刷：	京峯數位服務有限公司
律師顧問：	廣華律師事務所 張珮琦律師

定　　價：350 元
發行日期：2024 年 09 月第一版

國家圖書館出版品預行編目資料

元史演義——從劫紅顏得妻至誅逐奸邪 / 蔡東藩 著 . -- 第一版 . -- 臺北市 : 複刻文化事業有限公司 , 2024.09
面 ；　公分
POD 版
ISBN 978-626-7514-77-1(平裝)
857.4557　　　　113013309

電子書購買

爽讀 APP　　　臉書